芭蕉の正統を継ぎしもの

支考と美濃派の研究

中森康之

ぺりかん社

芭蕉の正統を継ぎしもの――支考と美濃派の研究――＊目次

第Ⅰ部　文考の研究

第一章　各務支考という人（一）——評判

第一節　研究史における「通説」

一

私が支考（寛文五（一六六五）年～享保十六（一七三一）年）研究を始めたとき、それは三十年ほど前のことであるが、学会における支考の評価は非常に低いものだった。というより、まともな研究対象とさえ認識されておらず、ただひとり、堀切実が支考研究を続けていただけであった。(1)

その理由ははっきりしていて、支考は人間性に問題があり、その説くところも信ずるに足りないという「通説」が生きていたからである。難解で衒学的な文章を好む法螺吹きで、芭蕉のような優れた発句もない支考など、まともに研究する価値はない、そう考えられていたのである。

もちろん、支考をきちんと研究すべきだと考えた研究者もいた。潁原退蔵は、支考俳論を「彼一流の芸術論として見る時は、頗る面白い見解も少くない(2)」と指摘し、各務虎雄も支考研究を重ねた。(3)宮本三郎は『蕉風俳諧論考』（昭和四十九年八月　笠間書院）において、支考が創始した七名八体や虚実論を論じている。また宮本が「はしがき」で「俳諧性を究明するためには、越人が仇敵視する俳魔支考をさらに究めねばならぬと思うようになった」

と述べているのを受けて、中村幸彦は書評(4)において次のように述べている。

これらの中で、筆者の最も共鳴するものは、宮本さんも「はしがき」で「越人が仇敵視する俳魔支考をさらに究めねばならぬと思うようになった…」と述べている、支考俳論の重視である。筆者の若い頃、俳諧研究では、支考を嫌うこと甚しく、美濃派の俳書は開くも嫌と云う人さえあった。今から思えば、それは研究者を覆うた一種の文人的嗜好であったようである。思うに近世を通じて俳諧に遊んだ者の多くが、この支考の俳論に、賛否いずれはともかくも、ふれたことは、明らかな事実である。これを如何に取扱うかは、研究者の力量である。これを除外して俳諧を論ずる如き、弱々しい文人的嗜好など、払拭すべきである。これを嫌ったことが、蕉風俳諧研究を遅延せしめた一因であったかも知れない。

さらに中村は、その三年後（昭和五十三年）に「支考論」なる講演を行い、支考と支考が創始した美濃派が蕉門を普及させたことは「軽んずべからざる歴史的事実ではないか」、「何がしか考慮の対象として、その価値を認めてもよいのではないか」と提言した後、次のように述べている(5)。

俳諧史が、頂点のつまみ喰いですまされるものでなく、また何の評価も加えず列記に終ってよいものでないならば、支考についても、研究家は、も少し広い気持で、彼の行動や主張についても、彼の側に立って理解を示してみても悪くはないと、私には何となく思われて来るのである。これまでの俳諧史によると、いわゆる中興時代、蕉風復興を主唱した人達が、蕉風の正しい道は、支考らの美濃派によって大いに誤られたとして、俳魔と罵り、支麦の徒と軽んじた。そしてこの余波は、今日の研究家にも及んで、美濃派の特色ある俳書の文字を見るさえ不愉快だとする人さえある。私は、かかる態度に、若干の異説を唱えてみたく思っている。その私とて、彼の行動には納得できない点もあり、彼の難渋な俳論は、決して楽しく読めるものではないけれども、否定面だけ大きく採上げられている支考を、今回はわざと弁護する側に立って、考え直してみたいと思っている。

先の書評とあわせて、冒頭で述べた学会の空気感をよく伝えているように思う。

その他、中村俊定は自ら論文を発表することはなかったものの、支考研究の重要性を説いていたというし、堀信夫は、支考創案の仮名詩を真正面から論じ、それを高く評価している。(6) また鈴木勝忠も『美濃派俳書序跋集』(岐阜大学教育学部郷土資料(2)　昭和四十六年三月　岐阜大学教育学部) などを執筆している。もちろんそれ以外にも論文を書いた研究者もいるし、論文は書かないまでも支考研究の必要性は感じていた研究者もいただろう。しかし学会全体としては、支考はその「人間性」ゆえに嫌われた存在だったのである。ところで、その「人間性」の問題は、いつから通説となったのだろうか。

二

支考の人間性批判は、実は生前からあった。(7) そして研究においても、例えば潁原退蔵は、昭和十（一九三五）年の時点で、次のように記している。(8)

彼が俳人としての態度が純正でなかつた事には、勿論何人も異存はないが、しかし単に一介の山師的人物として葬り去るのは、些か早計といわねばならぬ。彼の多くの著述がよし放漫で徒らに高遠を装うて居るにせよ、少くとも彼ほど組織的に俳諧の諸問題を取扱つて居る人はこれまで全くなかつたのである。否この後とてもあまり見ることが出来なかつた。且つその論は芭蕉を祖述するといふ意味に於ては決して忠実ではなかつたが、彼一流の芸術論として見る時は、頗る面白い見解も少くないのである。

ここで頴原が述べているのは、支考の論を人間性や芭蕉の教えと切り離して、「彼一流の芸術論」として検証すべきだ、ということである。そのことを主張するのに、頴原は「俳人としての態度が純正でなかつた事には、勿論何人も異存はない」と前置きしなければならなかった。すでにこの時点で、支考は人間性に問題があるということが、俳諧研究の常識となっていたからである。

また、井本農一も昭和十五（一九四〇）年、美学者大西克礼著『風雅論――「さび」の研究――』（昭和十五年五月　岩波書店）の書評[9]で、次のように述べている。

支考の俳論を蕉風の中心的俳論であるかの如く取扱はれたのは如何であらうか。（略）之を支考の俳論として論ずるならば兎も角、芭蕉の考を正しく述べた蕉風の中核的俳論と考へることは、支考が作風に於ても人物、系統に於ても蕉風の正統を伝へるものでないと事実的に定位されてゐる今日、十分慎重を期せらるべきであつたと思われる。

一応、「支考の俳論として論ずるならば兎も角」と前置きをしているけれども、やはり井本も昭和十五年において、「支考が作風に於ても人物、系統に於ても蕉風の正統を伝へるものでない」ということが、「事実的に定位されてゐる」と述べているのである。

しかし管見の範囲では、この「事実」が学問的にきちんと論証された形跡はない。もちろん私的な会話や研究会などで議論されたはずであるが、少なくとも公刊された論文などのオープンな場で、この「事実」が論証されたことはないのである。しかも、俳文学会（昭和二十五（一九五〇）年）や日本近世文学会（昭和二十六（一九五一）年）が創設され、機関誌が創刊された後もまた、支考の人間性と蕉門における正当性について、学問的にきちんと検証されたことは一度もなかったのだ。(10)

学問としての俳諧研究が本格的に始まったときには、支考の人間性は信用できず、「蕉風」の俳論としては論じるに値しないという「事実」が、すでに「定位」されており、その後もそれが検証されることなく「通説」となり続けたのである。

三

ではなぜそのようなことになったのか。先にも述べたが、支考の人間性批判は生前からあった。しかしそれが近代以降も力を持ったのには理由がある。それは支考の説く「俳諧」が、近代以降の研究者がもっていた俳諧観（文学観）と大きく異なっていたからである。つまり支考の著作や活動は、彼らから見ると、とても「俳諧」には見えず、端的に言ってしまえば、でたらめに見えたのである。それが人間性が信用できないという支考批判に説得力を与えた。支考は人間性が信用できず、その著作や活動もでたらめである、というのを少し上品に言い換えると、先の井本の「支考が作風に於ても人物、系統に於ても蕉風の正統を伝へるものでないと事実的に定位されてゐる」という支考評になるのである。

しかしほんとうにそうなのか。支考がでたらめなのではなく、私たちの支考理解がでたらめだったのではないのか。『俳諧十論』は衒学的なのではなく、その説くところを私たちが正しく受け止められていないだけではないのか。その他の支考の数々の試みも、私たちが支考の真意を分かっていないのではないのか。例えばいま支考が俳諧の行為であるとして試みた事例を思いつくままに挙げてみると、まず『本朝文鑑』（享保三（一七一八）年跋）、『和漢文操』（享保十二（一七二七）年刊）の編纂があげられる。これは古今の文章を文体（支考が考案した俳文の格式）により分類し、注釈を加えたアンソロジーである。ここにはいわゆる俳文だけではなく、人麿や赤人や西行などの文章も収められている。このようなアンソロジーは、支考以前には存在しなかった。同門の許六が『本朝文鑑』の十二年前、宝永三（一七〇六）年に『本朝文選』（のち『風俗文選』と改題）を刊行しているが、『本朝文選』には芭蕉と蕉門の俳文しか収録されていないし、注釈も付されてはいない。

また、詩といえば漢詩を意味した当時にあって、仮名書きの詩「仮名詩」を創案した。「仮名書きの詩人」蕪村より五十年以上も前に、明治の『新体詩抄』[11]よりも百五十年以上も前に、である。この「仮名詩」について、堀信夫は「たしかに支考一派の作品を通読しての印象は、そのとおり（「あまりに衒学的あまりに遊戯的」――引用者注）であるが、しかしそれにもかかわらず、彼が新体の詩を作る意図は、決して衒学的思いつきや悪ふざけではなかった」[12]とし、支考が仮名詩を創案した理由とその意義を支考の俳論も参照しながら丁寧に解き明かしている。そして論考を次のように結んでいる。

さてここで我々が思い出すのは明治十五年に出版された『新体詩抄』の次の一節である。

夫レ明治ノ歌ハ明治ノ歌ナルベシ。古歌ナルベカラズ。日本ノ詩ハ日本ノ詩ナルベシ、漢詩ナルベカラズ。是レ新体ノ詩ヲ作ル所以ナリ。

言うは易く行うは難しとか。同書に収める新体詩が拙劣であることは、衆目の認めるところである。にもかかわらず『新体詩抄』が今なお文学史的に高く評価されているのは、右の宣言が全く理に叶っていたからであろう。とすれば、明治を遡ること略々二百年もの昔に、『新体詩抄』と同趣の宣言をした支考の仮名詩論にも、応分の賛辞を呈してよいのではなかろうか。

もし実際の作品に引き摺られすぎることなく、仮名詩の概念とその意義がもう少し深く理解されていたなら、日本語による詩は支考に始まったと認定されていたかも知れないのである。[13]

さらに支考は、当時教訓書として読まれるのが普通だった『徒然草』を、文芸書として読み解いた。文体や論の運び、筆者の真意に着眼した支考の注釈書『つれ〴〵の賛』（正徳元（一七一一）年跋）は、斎藤清衛・岸上慎二・冨倉徳治郎編著『枕草子　徒然草』（国語国文学研究史大成六　昭和三十五年一月　三省堂）において次のように評価されている。

> 本書の研究史上における意味は、研究史通観の章に述べたが、この書は、まず徒然草を一つの教誡書と見る見方から全く解放されている点にあろう。（略）
>
> 彼は徒然草を、新しく大段四十九段に大別し、それぞれの内容を四字の漢字で示すという、破天荒の試みをしているのである。
>
> もちろんこの大別には、多分に無理もあり、こじつけもあり、妥当な段分けとは言えないものがあるが、しかし、著者があえてこうした試みをしようとした意図は、単に新しがりという以上に、信じるところあってしたものと考えてよいようである。（略）
>
> 支考はこの徒然草の注解に当たって、彼が俳論において得ている素養、ことに付句の付け味の理解を巧みに応用しているように見えるのである。もちろん、そのことは必ずしも妥当なことではなかろうが、しかし

盤斎の来意説とは別の意味で、またこの随筆文学の形態表現についての一つの解釈として認めてよいと思われるのである。（略）

本書には、支考一流の駄弁が多く、時に独断に落ちた点も多いが、しかし、純文芸書として徒然草を理解しようとした点は近世注釈中の一異彩で、その点この書の研究史上の意義は大きいといえるのである。

批判すべき点は批判し、認めるべき点は認める非常に冷静な評価であり、実際の作品の出来だけでなく、支考の意図に想いを致し、俳諧の影響を指摘していることは重要である。

また川平敏文も、「彼は古典注釈の定法である出典考証、時代考証といった実証的方法を一切用いない。代わりに、諷詞・褒貶・賊意・模様・あやかし・遁場・断続・虚実・変化といった彼独特の難解な注釈用語を駆使して、徒然草の巧妙な修辞法を解説してゆくのである。（略）そのような微意の解釈だけで九巻という大著を為した支考の『徒然の讃』は、我が国における散文評論としても重要な文学史的位置にあると言える[14]」と指摘している。さらに、「先行諸注とは趣を異にした全く目新しい注釈[15]」として次のように述べている。

『讃』（『つれ〴〵の讃』――引用者注）の文体が通常の注釈書に見られる文語調の簡潔な文体ではなく、彼流の俳文の趣向を大いに取り入れた、談話調の饒舌な文体であることが感得されるであろう。（略）徒然草注釈の一形態として、かかる可能性が呈示されたことは、それだけでも、この時期の注釈史の流れを考える上での重要な手掛りを与えてくれるものであったと言える。なぜなら、徒然草講釈的雰囲気を漂わせる文体と、斬新な「読み」の姿勢を持った注釈書は、支考以後もっと顕著な形となって現れてくるからである。

注釈の方法においても、形態においても、文体においても、支考の『つれ〴〵の賛』は、日本の散文評論史上に新しい地平を切り開いたというのである。

その他にも、漢文に対する日本式漢文体「大和詞」を創案、『新撰大和詞』（享保六（一七二一）年刊）を刊行した。また支考が死の直前まで書き続けていた絶筆は、俳諧的視点と文体による『論語』の注釈書『論語先後鈔』（未完）[16]である。支考がこれを執筆中に息を引き取ったときの様子を、美濃派の道統を継いだ廬元坊が『文星観』（享保十七（一七三二）年刊）「病中ノ記」二月七日の記事に記している[17]。

七日朝飯も常にかはらず、例の机に寄添ひ給へりとぞ。されば戌の春『古今抄』の大望終りてより『先後抄』の草稿にかゝりて、病中にも一日筆を捨たまはず、「我机をはなれなば此世の限りと思ふべし」など常に申されき。（略）此日も七つの日影かたぶきて夕飯を窺ふに、其膳を待せて両臂を組ながら火燵に俯きて息たえぬ。

俳諧師支考が、息を引き取るまで必死になって執筆していたのが、発句でも連句でも撰集でもない『論語』の注釈書であったことの意味は、決して軽んじられるべきではない。

さて、以上のように、支考はそれまでなかった新しいものを次々と生み出した。そしてそれを可能にしたのが「俳諧」という視点であった。

つまりこれらは全て支考にとっては俳諧の実践だったのである。しかし俳諧研究においては、全く評価されていない。近現代の研究者にとっては、これらは到底、俳諧とは認められないものだった。彼らにとって俳諧とは、発句であり連句であり俳句であり、かろうじて俳文や俳画だったからである。

近代的な文学観にとらわれた者にとって、芭蕉は理解できるが、支考は理解できない。だから支考は、芭蕉の正統ではないとされた。しかし、それは錯覚ではないだろうか。支考が理解できないのに芭蕉が理解できるということがあるのだろうか。ひょっとしたら私たちはこれまで、自分たちの勝手な俳諧観を当て嵌めて、芭蕉は分かるが支考は分からないと勝手に思い込んでいただけなのではあるまいか。そのように考えると、私たちの芭蕉理解も、にわかに怪しくなってくるのである。少なくとも支考は、自分の説く俳諧は芭蕉の俳諧だと言い、芭蕉も支考を認めていたのだから。もし支考の説く俳諧が、芭蕉の俳諧の本質を言い当てていたのだとしたら、私たちはこれまで芭蕉をも勝手な先入観によって誤解していたことになる。支考とその俳論を正確に読み解くことは、ひとり支考だけの問題ではなく、芭蕉の俳諧を理解することであり、さらには「俳諧とは何か」を理解することでもあると言っても過言ではないのである。

ところで、これまで述べてきたように、人間性や俳論に関しては信頼できないというのが支考に対する通説であるが、それでもただ一つ、支考が評価されていることがある。それは、支考が創始した美濃派という存在である。

美濃派は芭蕉没後の俳壇において、地方を中心に最大勢力を誇り、その道統は、芭蕉を一世、支考を二世、廬元坊を三世と数え、その後分裂や再統合などを経て、現在まで継承されている（平成二十九年十二月三十一日現在、第四十一世）。この美濃派の空間的・時間的広がりが、芭蕉を世に広めるのに果たした役割は決して小さくはない。そして単に普及させただけではない。今日の芭蕉観の基礎を作り上げたのは、他ならぬ支考と美濃派であった。

例えば、今日芭蕉の最も有名な句、「古池や蛙飛びこむ水のおと」を「蕉風開眼の句」として喧伝したのは支考であった。また、この句を閑寂な句、「さび」の句と規定したのも支考であった。もし支考がいなければ、芭蕉の代表句は他の句になっていた可能性もあるし、よしんばこの句が有名になったとしても、全く別の解釈がなされた可能性もあるのである。

以上のように、人間性と俳論は信用できないが、美濃派を創始し、芭蕉を全国に広めた功績だけは評価できるというのが、これまでの俳諧研究における支考の評価なのである。

注

（1）『蕉風俳論の研究――支考を中心に――』（昭和五十七年四月　明治書院）など。

（2）「俳論史」（昭和十年講義録自筆原稿）。引用は『潁原退蔵著作集　第四巻』（昭和五十五年三月　中央公論社）による。

（3）『俳文学研究』（昭和十二年六月　文学社）など。

（4）「宮本三郎著『蕉風俳諧論考』」（「連歌俳諧研究」第四十九号　昭和五十年七月）。

（5）引用は、『中村幸彦著述集　第九巻』（昭和五十七年十二月　中央公論社）による。「書下し」とされているが、大東急記念文庫第二十二回公開講座「蕉門――芭蕉とその弟子たち」での講演（昭和五十三年十一月三日）をもとにしたものであり、中村の「支考論」も『大東急記念文庫公開講座講演録　蕉門――芭蕉とその弟子たち――』（昭和五十六年八月　大東急記念文庫）に収められている。著述集版はそれを修正したものであり、大東急文庫版を「礎稿」と位置づけている。

（6）「仮名詩の根拠」（「国語と国文学」昭和四十三年十月）。

（7）越人の『不猫蛇』（享保十（一七二五）年稿）など。

（8）注2に同じ。

（9）「大西克礼氏著「風雅論」」（「国語と国文学」昭和十五年九月）。

（10）俳文学会の機関誌「連歌俳諧研究」は昭和二十六年十一月創刊。日本近世文学会の機関誌は、「日本近世文学会会報」が昭和二十八年五月に創刊され、四号（昭和二十九年十月）まで続いた後、同じ昭和二十九年十月に「近世文芸」が創刊された。

（11）外山正一・矢田部良吉・井上哲治郎撰『新体詩抄　初編』（明治十五年八月　丸家善七）。

（12）注6に同じ。

（13）近年、川平敏文も仮名詩の再評価を試みている（「ひらがなの漢詩――仮名詩史補綴」（静永健・川平敏文編『東アジアの短詩形文学　俳句・時調・漢詩』（アジア遊学一五二　平成二十四年五月　勉誠出版）所収。

（14）引用は『徒然草の十七世紀――近世文芸思潮の形成』（岩波書店　平成二十七年二月）による。初出は「元禄―享保期の徒然草注釈――兼好発憤説と述志の文学」（「語文研究」第八十一号　平成八年六月）。
（15）注14に同じ。初出は「舌耕徒然草――『諸抄大成』以後諸注釈の展開――」（「雅俗」第二号　平成七年一月）。
（16）各務虎雄によって『初音』二一三号（昭和四十三年五月）の表紙に紹介され、解説が付されている。それによると「筆蹟から見て支考の甥各務東羽の浄書したもの」で「完本は東羽の浄書本を模したものが二部はあるやうである」という。ただし解説にも述べられているが、東羽浄書本は全三冊のうち「天」一冊しか現存しない。また各務が述べている「完本」との関係は不明だが、『古典籍下見展観大入札会目録　昭和六十三年十一月』（東京古典会）に「巻首富岡鉄斎画及句入　鉄斎旧蔵　四冊」として掲載されているものがある（現在の所在は不明）。さらに、『俳諧古今抄』（享保十五年跋　野田治兵衛刊架蔵）末尾の「俳諧書籍目録　獅子庵ノ遺稿」に「論語先後抄　大和真名ノ註　全四巻」とあるので出版を予定していたと思われる。
（17）引用は早稲田大学図書館蔵本（中村俊定文庫　文庫一八・二二五・一）による。ただし濁点、句読点、『　』を私に付した。以下版本、写本からの引用はこれに準ずる。

第二節　支考の同門評

一

ところで、なぜ支考の人間性は、それほどまでに問題にされたのであろうか。その大きな原因の一つは、支考が同門から批判されたことにある。順を追って確認したい。

まず、支考が芭蕉に入門したのは、元禄三（一六九〇）年三月。芭蕉が没するのが元禄七（一六九四）年十月であるから、支考は芭蕉最晩年の弟子であり、芭蕉と親しく接したのは、わずか四年ほどということになる（もちろんその間ずっと一緒にいたわけではない）。しかし期間は短いものの、芭蕉はこの才能豊かな弟子をとても愛した。入門の翌月、元禄三（一六九〇）年四月に幻住庵に入った芭蕉の薪水の労をとったのも支考であった。[1]

ただし、元禄五年五月七日付去来宛芭蕉書簡に支考を非難するかのような文言が見える。「盤子」とは支考のことである。

盤子は二月初めに奥州へ下り候。いまだ帰り申さず候。こいつは役に立つやつにて御座無く候。其角を初め、連中皆々悪み立て候へば、是非無く候。もつともなげぶし何とやらをどりなどとて、酒さへ呑めば馬鹿尽くし候へば、愚庵、気をつめ候事なりがたく候。定めて帰り候はば上り申すべく、そこもとへ尋ね候とも、御覚悟になさるべくと存じ候故、内證かくのごとくに御座候。史邦へもひそかに御伝へ、さたなき様に御覚悟なさるべく候。[2]

　この書簡をもって、芭蕉が本気で支考を難じていると考える人がいたことも確かだが、堀切実が「愛情の裏返し」[3]と指摘しているように、愛情は損なわれていないと読んでよいように思う。少なくとも芭蕉のこのもの言いからは、芭蕉が本気で支考を遠ざけるほど非難しているとは読めないし、その後の芭蕉の支考に対する信頼、つまり入門してまだ日の浅い支考に『続猿蓑』（元禄十一（一六九八）年奥）撰の協力をさせ、蕉門初の俳論書『葛の松原』（元禄五（一六九二）年刊）の出版も許し、最後の旅となった伊賀から難波への旅にも随従させ、臨終の病床に侍らせて遺言状の代筆までさせていることからも明らかだろう。

　またこの書簡の宛先、去来も、支考とは終生良好な関係を保った。支考は去来の死に際し、「落柿先生ノ挽歌」（『本朝文選』所収）を創作して「先生」の死を悲しんでいるし、逆に去来の方も支考を高く評価していた。『去来抄』には支考を評価する記事が散見されるし、茂竹（百羅）による去来門人空阿からの聞書、『岡崎日記』に次のようにある。[4]

　竹問、支考と申人如何侍りしにや。

　答、支考には落柿舎にて度々逢たる也。先師も常に申されしは、行末おそるべき物は支考也。才学たくましきものなり。しかし翁にはやくわかれたるは残念也。今十年も翁につき侍らば、其角も嵐雪も追ぬくべし。自身も其事を歎て、江戸にては杉風に何事も問尋ね、京へ来ては去来にたよりて、蕉門の事はしられたる也。大かたの事はすべて先師より伝来せられしより（しカ）、先師常に申されし也。志のほどは先師もふかくほめられしなり。翁も常に支考の事は行末をもひやり給ふといへり。『葛の松原』といふものを書たる時、翁も去来も我を折られたると也。（略）如何様先師の申されし通、益俳諧に通達して、なんなく天下に獅子門の一派を伝へたる人なり。道に深切なる事は蕉門に比類なき人なり。

空阿によれば、芭蕉も去来も、支考のことを非常に高く評価し、深い愛情を持っていたのである。空阿は『岡崎日記』には「去来之甥中田庄五郎」と記されているが、大礒義雄は「去来の妾腹の子、すなわち庶子であると確信する」と述べている。(5) また大礒によれば、芭蕉と去来は並々ならぬ愛情を空阿に注いでおり、去来は多くの伝書を空阿に譲っている。空阿もその「去来伝来の文書類を肌身離さず保管し、最良の後継者に移譲したいと念願し、その念力によって長寿を保っているとすら思えるほどであ」り、「いざという場合は田中五竹坊に移譲しようかとも思い悩んでいた」という。五竹坊は美濃派の第四世道統である。またその伝書の中には『蕉門姿情之伝』など、支考と共通する教えを説いたものも含まれており、去来と支考の近さが窺える。

次に江戸の連衆であるが、先の書簡で芭蕉が「其角を初め、連中皆々悪み立て候へば」と述べているので、其角を初め江戸の連衆の多くが支考を嫌うこともあったのだろう。だがこの書簡がしたためられる三ヵ月前の元禄五年二月、奥羽行脚に出立する支考に対し、芭蕉、其角など十一人の連衆から餞別吟が贈られており、書簡の翌六月に江戸に戻った際にも、其角・支考・桃隣三吟歌仙が巻かれていることから、「悪み立て候へ」といっても、そのくらいは可能な程度のものだったと見てよいだろう。芭蕉の没後支考が杉風を頼っていたことを空阿が証言しているし、もちろん其角も嵐雪も、公には支考を批判することはなかった。

では一体だれが支考を批判したのか。

許六と越人と露川である。

二

許六は元禄五（一六九二）年、参勤出府の折に芭蕉庵ではじめて芭蕉に対面し入門した。元禄十四（一七〇一）年には、北陸行脚に向かう途中に尋ねてきた支考に「桜山伏画図」を餞別に送るなど、許六と支考は初めのうち良好な関係にあった。元禄十（一六九七）年から十一（一六九八）年にかけての去来と許六の応酬を収録した『俳諧問答』（元禄十一（一六九七）年奥）の「同門評判」では許六は次のように述べている。(6)

支考、器すぐれてよし。花実大方兼備せり。しかもとりはやし得もの也。難じていはゞ、実うすきがごとし。故に言外の意味少し。一句ふみ込たる事も、雨中にみの笠かりて薄習ひに行人のごとし。文章かゝせてもきゝ事也。かたはし文章にいやをかけるといふ人もあれ共、門人の内、此人に類する人なし。慥に血脈の俳諧なり。とやかく噂する人あり共、それは血脈の筋をしらぬ人なれば、日〳〵にふるく成て、後には俳諧やめるより外はなき物也。しらず共、此風を学で俳諧せば、おのづから此僧に随て流行すべし。

敢えて言えば「実」が薄く、言外の余情が乏しいとする以外、許六は支考を非常に高く評価していることが窺える。支考は間違いなく芭蕉の俳諧の正統を受け継いでおり、それを学べばおのずと新しい俳諧を会得することができるとまで述べているのである。

しかし許六が編纂した『本朝文選』（宝永三（一七〇六）年刊）の書名の「本朝」に対する支考の非難があり、許六は書名を『風俗文選』と改めるなど、多少行き違いが生じるようになる。

そして没後に刊行された『歴代滑稽伝』（正徳五（一七一五）年跋）ではかなり様子が違ってくる。(7)

先師はいかいの、あたらしく面白き所を得心したるものは、東花坊（支考——引用者注）一人也。その余の門人宗匠達、夢にも知らず。されど此坊不実軽薄にして、先師身まかりて後の上手に成たるもの也。百韻のうち五十句は聞事にして天晴也。二十句は徒事にて、はなし也。平話のうち、成るとならぬとをさとして、はいかいに成る所をしりて用る也。此坊是を知らず、軽みとおもふて居る也。

「あたらしく面白き所」を理解しているのは支考だけであると、一応支考を評価しているものの、「不実軽薄」であると人間性を批判し、芭蕉の「軽み」も誤解しているというのである。

さらに許六は、この少し後で次のように述べている。

此坊発句大下手也。一生秀逸の句五句となし。文章もしさゐらしく書つゞけ侍れど、口より奥まで趣意が通らず、言葉つゞき半分なぐり、つゐに決定したる所なし。何の格、かの格と彼がいふは、みな嘘也。惣じて和文に格なし。ましてはいかいの文章には古格として用る物なし。只手短に、持て廻らぬやうに書を俳諧文章の格式也と、先師より慥に相伝したり。此坊がいふ事うけがふべからず。

まず発句が「大下手」で、秀逸の句は生涯のうち五句もなく、文章ももっともらしく書いてはいるが文意不明で、支考が云々する文章の格も全て嘘であり、支考のいうことを決して認めてはならない、というのである。それだけでなく、許六は逆に自分こそが師芭蕉から俳諧文章の格式を確かに相伝したのだと主張している。ここではもはや「慥に血脈の俳諧なり」という支考評価は全く消えている。許六はさらに続ける。

近年二十五ヶ条の秘訣など、去来より相伝したりとて金銀をむさぼり、しらぬ人をたぶらかすよし、沙汰のかぎり、偽にて大うそ也。愚老が『宇陀法師』撰する時、「二十五ヶ条ばかりの秘訣あるよし、書くれよ」とたのむゆへに書記したる物也。俳諧大秘訣といふは、愚老一人に伝へ給ふ二巻の書よりなし。先師のはいかい、口写を聞ごとく、五十韻・百韻巻面に高低ありて退屈せず、しかも新しく、終に世に出ぬはいかいを並べ、哀なる所はあはれを述べ、さびしき所には淋しきを演べ、滑稽のおかしみ、面白み、此等を自由にするものは五老井一人也。発句の自由を得、はいかいの作意を尽し、文章をたくさんに書ものは許六が事也。正風血脈の門人、芭蕉翁二代目といはむもにくからむか。干時正徳第五乙未の秋八月十四日之夜、病床におゐて識之。

ここに至って許六は、最近支考は『二十五箇条』を去来から相伝したといって人を騙して金儲けをしているが、すべて大嘘である、『二十五箇条』は自分が支考に頼まれて与えたものであり、俳諧の秘訣は師芭蕉が私だけに伝えた二巻の書以外にはなく、芭蕉の俳諧を自在に実践できるのは私一人なのだ、だから自分こそが蕉風（正風）の血脈を継ぐ芭蕉翁二世である、とまで主張しているのである。さすがにここまでくると、『俳文学大辞典』（平成七年十月　角川書店）「許六」（尾形仂執筆）に「武士俳壇の頭領としての自負と晩年長期の病臥がもたらした倨傲狷介の言辞は、世の顰蹙を免れぬ点がある」と述べられているように、ただただ自分こそが芭蕉の正統な後継者であることを主張したいのであって、支考批判は、冷静な分析とはほど遠い感情的なものであると言わざるを得ない。

しかしここに後の支考批判の原型が見られることも事実である。つまり、実作、とくに発句が下手であり、文章も難解で意味不明、伝書・偽書の類を売り歩く、利己的で不誠実で軽薄な人間であるという支考評価である。このような支考評価をした許六の意図や心理状態は忘れ去られ、評価だけが一人歩きしてしまったのである。

三

越人と露川は、それぞれ支考と論争を繰り広げた。それについては後で詳しく見るが、どちらの論争も感情的なもので、許六と同様、支考の人間性の不誠実を非難し、自己の正当性を主張したものとなっている。

ここでは、近代以降の支考批判に非常に大きな影響を与えた越人について簡単に見ておこう。

まず越人は『不猫蛇』(享保十(一七二五)年稿)を著す。これはもともと支考と露川の二人を批判した書であるが、その大半は支考批判、特に『俳諧十論』(享保四(一七一九)年跋)批判に当てられている。今読むと、越人がそれを全く理解できなかったこと、「蕉門の古老」を自認する越人にとって、新参者支考の言動が許し難いものであったことがよく分かる。

越人は、支考が芭蕉の教えとして説くことを、芭蕉に長年師事してきた自分は聞いたことがなく、それゆえ支考は大嘘つきだというのであるが、越人は、ちょうど支考の入門と入れ違うかのように、『猿蓑』(元禄四(一六九一)年刊)以降、芭蕉の変化についてゆけず芭蕉から離れていった門人である。許六の『歴代滑稽伝』では「勘当の門人」の一人にあげられている。逆に支考は、晩年の芭蕉に強くひかれ、多くの時間をともに過ごしたのである。したがって、支考が説く芭蕉の教えを越人が知らなくても当然であり、その中身についても越人には理解できなかったとしても無理もないことであった。結局越人は、支考を芭蕉に紹介したのは自分であるとか、支考は指折り数えないと発句も作れなかったとか、本質的ではないことを感情的に攻撃する他なかったのである。

しかしこの越人の支考批判も、そのような事情は忘れ去られ、『不猫蛇』が写本でしか伝わっていないにも関わらず、近代になっても強い影響力を持った。中でも高浜虚子は次のように述べている。(8)

元禄七年、芭蕉が歿した後の俳句界は再び混迷に帰したといってよいのであります。全国に散在した芭蕉の門弟達が各々自説を確執して譲らず、徒らに論難を事とし、其角、嵐雪、去来等の力を以てしてもそれを如何ともすることは出来ませんでした。この俳句の戦国時代に乗じて益々俳句界を掻き廻したのが次に述べる支考であります。

「俳句界を掻き廻した」というもの言いから、虚子の心情が窺える。これだけでも手厳しいと思うが、虚子はさらに次のように述べる。

芭蕉生前は神妙でよかったのでありますが、芭蕉歿後がよくないのであります。遂に芭蕉の衣鉢を伝ふるものは我独りなりと放語して数多あやしげな著書を刊行し、殆ど低俗いとふ（ママ）べき句を吐きつゝ、口では豪さうなことを揚言し、汎く世人を瞞著して敢て恥ぢなかったのであります。

越人の著に俳諧不猫蛇といふ本があります。それは支考の著書が如何に出鱈目であるかを説破したものでありますが、言々句々凡て支考罵倒の文字で埋って居ります。（略）

本朝文鑑、俳諧十論、みな支考の著書であります。この不猫蛇は主として十論を論駁したものであります。些か当時の乱脈を知るに足ります。

また彼の君子人の如き杉風すら、支考の傍若無人の放言を甚だしく立腹して「かれ若し東武に脚を入るゝことあらば、両足を切り払ひくれんず」と息巻いたといふことであります。

支考は斯の如く、同時代の先輩に罵倒された許りでなく、後世、蕪村の門人召波からも俳魔支考と罵られました。後輩からあなどられる許りでなくこの後とも長く万代に亘って罵られて然るべき人物かと考へます。

後年、自ら死んだと称して故園に隠れ、ひそかに世評を覗ったといふに至ってはその所行、言語に絶せりといはざるを得ません。この一派を美濃派といひます。

いくら何でも、「長く万代に亘って罵られて然るべき人物」とはひどすぎる。虚子には虚子なりの考えがあったのだろうが、それにしても、である。しかし、この虚子の極端な支考批判は、その後の支考評価に大きな影響を与えたと思われる。なお、引用中の杉風の逸話は、涼袋著『芭蕉翁頭陀物語』（寛延四（一七五一）年序）に見えるエピソードであるが、『俳家奇人談』に、杉風が支考と「絶交」したとするのは「大なる妄誕なり」と述べるように、信憑性は低い。

以上のように、人間性が不誠実であるとする支考批判は、許六、越人、露川らの同門評に端を発し、近代になっても虚子などを媒介し、近年まで続いてきたのであった。

注

（1）尾形仂「芭蕉関係の新資料二点」（「言語と文芸」六十二、昭和四十四年一月）。
（2）引用は田中善信『全釈芭蕉書簡集』（平成十七年十一月　新典社）による。
（3）『俳聖芭蕉と俳魔支考』（平成十八年四月　角川学芸出版）。
（4）大礒義雄『岡崎日記と研究』（昭和五十年十月　未刊国文資料刊行会）。
（5）『芭蕉と蕉門俳人』（平成九年五月　八木書店）。初出は「高見本『岡崎日記』『元禄式』の出現と去来門人空阿・空阿門人百羅」（「連歌俳諧研究」八十七号　平成六年七月）。
（6）引用は『蕉門俳論俳文集』（古典俳文学大系第十巻　昭和四十五年九月　集英社）による。
（7）注6に同じ。
（8）『俳句読本』（昭和十年十月　日本評論社）。引用は角川文庫（昭和二十九年十二月）による。

第二章　各務支考という人（二）――自己規定

第一節　文考は芭蕉に何を求めたか

一

前章で、支考が説く「俳諧」とその活動が、近代以降の研究者がもっていた俳諧観（文学観）と大きく異なっていたと述べた。支考がどのような俳諧観をもっていたかについては、第Ⅱ部で詳しく検討するが、その前に、そもそも支考がなぜ芭蕉に入門したのかについて考えてみたい。というのも、芭蕉と支考の出会いは、通常の俳諧師と俳諧師の出会いとは違っていたからである。それは支考が語る支考自身の経歴、芭蕉入門時期などを重ね合わせると見えてくる。もともと支考は、いわゆる「文芸としての俳諧」を求めて芭蕉に入門したのではなかった。では、支考は芭蕉の何に惹かれて入門したのか。

二

これまでの研究によると、[1] 支考は寛文五（一六六五）年、美濃国山県郡北野村西山組で生まれた。父は村瀬氏、母は渡辺姓。支考が各務氏を名乗るのは、後年次姉の嫁ぎ先、各務宗三郎方へ籍を移したためであるという。九歳か十歳の頃、大智寺に雛僧として入った。支考が師事した大智寺住職については諸説あったが、現在のところ、獅子庵の看住という役職を努めた各務自得の調査による、中興第四世龍潭恵鏡《りようたんえきよう》禅師（元禄十四年四月廿一日寂寿六十一）に落ち着いている。(2)

さて、入山のときの様子を、支考は、「鑑塔ノ銘並序」（『和漢文操』所収）で次のように述べている。(3)

いでや、先師の行状を録せばすなわち、入学は延宝の始ならん。其頃山寺の紅葉を詠ずとて、いろはの詞を裁ち入れて、勃かの三尺の名に響きたるは、年漸や十一の秋なりき。

ここで支考は二つのことを述べている。一つは延宝の始（延宝元年は支考九歳）に大智寺に入山したこと、もう一つは十一歳の秋に「いろは歌」を詠み込んだ紅葉の句を作ったことである。この句については、自ら付した註で次のように述べる。

伊呂波ノ裁入トハ、獅子庵ノ『遺稿ノ夜話』ニ「我むかし手習のはじめに、其寺の紅葉を見て、「色は葉に出てちりぬる紅葉哉」といひしに、師ノ坊やがて其脇ニ、「山のけしきもあさき秋風」と附給へり。さるは我伯父の古風を聞おぼえて、かくこそ申出つれ。孟母が友えらびも此故なれば、今の若き人〳〵は、生知の才覚も出べき事にや」とあり。

これにより、いろは歌を読み込んだ紅葉の句とは、「色は葉に出てちりぬる紅葉哉」であることが分かる。ちなみにここにあるように、大智寺での師については、支考本人は「師ノ坊」とするのみで、名前は明らかにしていない。

実は、支考が芭蕉入門前の自分と俳諧との関わりについて語っているのは、これだけなのである。「鑑塔ノ銘並序」では先の引用に続いて、これを支考の俳歴の始めだと考えれば、「鑑塔ノ銘並序」執筆時点で、支考の俳歴は三十六年になると述べている。しかし、もし仮にこのエピソードが事実だったとしても、「手習いのはじめ」に「叔父の古風を聞きおぼえ」たという程度のものを、通常は俳歴とは言わないだろう。ではなぜわざわざ支考はこのようなエピソードを披露したのか。おそらく、幼い頃から俳諧の才能があったことをアピールしたかったのだろう。しかも正式な俳歴とはならない早熟な子どものエピソードとして。なぜそのような複雑なことをするのかというと、支考にとって芭蕉の俳諧とそれ以前の俳諧は全く別物であり、俳諧は芭蕉が元祖であると主張していたからである。

幼くして禅門に入り、俳諧とはほとんど無関係、これが支考が語る自己の最初の経歴なのである。

三

さて、支考は十九歳で大智寺を下山した。その後数年を経て芭蕉に入門するのであるが、その数年間のことも、実はよく分かっていない。現在おおよそ考えられていることを、堀切実が次のように要領よくまとめている。(4)

下山後の動静は全く推量の域を出ないが、支考自らの回想記に「むかしはいせの国にありて、かの草庵の夜の雨に山田がはらの時鳥を聞捨しが……」（「獅子庵ノ記」『本朝文鑑』）とか「中の比は儒家の文章をまなびて一以万貫の道に通じ、」（「通夜物語ノ表」）とあるように、主に伊勢山田方面にあったと見られる。伊勢神道に心をひかれ、さらに儒学を修めようとしていたのである。一旦京へ出て伊藤仁斎に漢学を、一条家についいて和歌を学んだという説も伝わっている。また一説には、東都（江戸）のある寺の大会で、碧巌の講主に八ケ条の問いをあげて難陳したところ、講主にその才をにくまれ、それが禅機を挫く機縁になった（『俳諧世説』）とも伝えられる。しかも、その支考が難陳した相手は、高僧至道無難であったとの大智寺蔵の古記録もあったというが、これは年代的に矛盾がある。それぞれ自賛、他賛とも、後代になって創られた伝説的逸話である可能性が低くない。なによりも、支考は下山後もしばしば「僧盤子」「釈盤子」の号を用いているので、全く僧籍を離れて行動したとも思われない。この「盤子」の号が示しているように、播磨の高徳盤珪禅師の会下に入り参禅に励む機会を持ったことは疑いないが、それが、十九歳下山前のことなのか、下山後のことなのか、そのあたりも憶測するしかないのである。

ここで堀切が俳諧について全く触れていないことからも分かるように、大智寺下山後も、支考と俳諧の関係を示す資料はほとんどない。わずかに芭蕉入門前の句として次の二句が伝わっているのみである。

一つは、十九歳の頃下山した時の還俗吟として伝わる、

蓮の葉に小便すればお舎利かな

である。この句は支考の発句集『蓮二吟集』（一浮編　宝暦五（一七五五）年刊　蓮二は支考の別号）に採られ、『柿表紙』（元禄十五（一七〇二）年刊）には上五「芋の葉に」の句形で収録されている。この句は現在支考の句と考えられているが、還俗吟ということに関しては否定的で、製作年代も未詳である。

もう一つは、『俳家奇人談』（竹内玄玄一著　文化十三（一八一六）年刊）に、この句の後に、「中頃肉食などの放縦

も有けるを、或法師いましめて、儻《もし》堕落せば来世かならず牛となるべしといへるに答て」として紹介されている、

牛になる合点じや朝寝夕すゞみ

である。この句は李由・許六編『篇突』（元禄十一（一六九八）年刊）、『連二吟集』には中七「合点ぞ」として載る。「蓮の葉に」句同様、現在支考の句と考えられているが、芭蕉入門前の作かどうかは不明である。つまり二句とも支考の句と考えられてはいるが、それが芭蕉入門前の句だという確証は全くなく、二句とも入門前の句だったとしても、わずか二句しかないのである。

四

では支考自身が、自分の経歴についてどのように語っているかを確認してみよう。大智寺下山後の経歴について、支考の述べるところは一貫している。まず下山後の居所については、「獅子庵ノ記」（『本朝文鑑』所収）で次のように述べている。(5)

むかしはいせの国にありて、かの草庵の夜の雨に山田がはらの時鳥を聞き捨てしが、吾妻にさまよひては、葛の松原の跡をたづね（略）

「むかし」がいつのことなのか正確には分からないが、ともかく支考は「伊勢山田」にいたと述べているのである。次に下山後何を学んだかについて、「通夜物語ノ表」（『和漢文操』所収）で次のように述べている。

そもそも我師東花坊は、此御神（美濃山県の三輪神社――引用者注）の氏子として、始は仏門の無為に入て一発百中の禅に参じ、中比は儒家の文章をまなびて、一以万貫の道に通じ、終は俳諧の談笑にあそびて、一刻千金の老をたのしむ。

「我師」となっているのは、弟子の名で書いているからで、これは支考自身の文章である。これとほぼ同じことを支考は「陳情ノ表」（『本朝文選』所収）でも述べている。(6)

むかしは桑門に袂を染て、ほのかに祖仏の影をしたひ、中比は翰窓に灯をとって、ふかく孔・老の腸を見むとせしも、をのれが智をたのみ、物の理にたどりて、ただ春の蜂の、窓にまどへるたとへにぞ侍りける、一とせ湖南の幻住庵に、白頭の翁を見て、才能は文字をはなれ、風雅は心をあそばしむる物なりと聞て、此翁とあそぶ時は、酒にえへる人の、何ゆへならでも、ただおもしろきここちにぞ侍りける。

「通夜物語ノ表」と「陳情ノ表」によって支考が語っていることを総合すると次のようになる。

始（むかし）――＝大智寺の雛僧時代――仏門
中比――――＝大智寺下山後――儒家の文章を学ぶ、孔子、老子を学ぶ
終――――――＝芭蕉入門後――俳諧の談笑に遊ぶ

つまり支考は、大智寺下山後について、ある時期伊勢山田にいたこと、そして儒教や老子を学び、俳諧の世界へは「終」、つまり芭蕉入門後に足を踏み入れたと語っているのである。

五

次に芭蕉入門の様子については、越人との論争書『削かけの返事』（享保十三（一七二八）年奥）(7)で、自ら詳しく語っている。

一　我師と祖翁との対面は元禄三年三月桃の日也。木曾塚の無名庵にて丈草・乙州と同道也。我師は其頃在京にて、杜律の講訳を聞居られしが、其日は節供の休日にて、一夜泊りにて帰京のよし。

先の引用と同様、「我師」は支考のことである。ここで支考は、芭蕉との初対面について、その頃京で「杜律の講訳（釈）」を聞いていたが、その日は休日だったので芭蕉に会いに行ったけれども一泊しただけでまた京に帰ったと述べている。今注目したいのは、このことの真偽ではなく、ここでもやはり俳諧については全く触れていないということである。

このように見てくると、文考は芭蕉入門前の自分の関心、あるいは行動について、一貫して次のようなストーリーを語っていることが分かるのである。

仏門（禅）→漢学（儒仏老（荘）、杜律）→俳諧（芭蕉入門）

まず禅門に入り、その後伊勢や京にあって漢学や神道を学び、芭蕉入門まで俳諧とは無関係だったという「支考」像である。これはつまり、「宗教」「中国文学」「中国思想」「神道」等を探究するという文脈の上に、自分と芭蕉との出会いを意味付けているということである。これは何を意味しているのだろうか。
しかしその前に、もう少しこのストーリーについて確認しておきたい。

六

支考が芭蕉入門時、俳諧に関して全くの素人だったとする他人の証言がある。支考の論争相手、越人のそれである。「蕉門の古老」を自認していた越人は、新参者露川と支考が我が物顔で勢力を拡大していることに業を煮やし、二人を激しく非難した。それが『不猫蛇』である。その中で越人はまず、次のように前置きする。(9)

二條大相国良基公の御記に、遁世を表はし、心を漫《みだりに》、名聞名利に紛るゝ者は、頼政が射たりけん猫にもあらず、蛇にもあらず、狂乱、もの狂ひの至極なりと書せ給へり。当時是よりなを甚敷者あり。俳諧の大凶鵩《ふく》鳥二羽いでゝ法を破り、妄言を以テ偽書を出し、芭蕉老人死去の後、生前に秘事伝授を得たりと愚昧の者を誣《しひ》、銅臭を恥ず、酒食・美服・遊宴の利とす。

頼政が射たという猫でもなく蛇でもない化け物「鵺」より酷い者がいる。その者は、芭蕉死後、生前に秘事伝授を受けたと偽り、偽書を作り、何も知らない者を騙し私腹を肥やしているというのである。さらに次のように述べる。「其二人」というのが支考である。

其一人は予が詞を添、芭蕉へ遣せし者なり。翁に付ある事三年ばかりの内、十日・廿日、凡二百日近ふあるべし。其比はいかい漸く仕習ひ、上ミ下モの句も指を折数へし者なり。勿論俳諧の席などへ出たる事なし。芭蕉死なるゝ年までに、名古屋へは七八度往来せられ、所々にての会、岐阜・大垣等に数日逗留、多くの会あるにも、彼両人（支考と露川——引用者注）一度も出る事なし。京・大津・膳所等の会にも、芭蕉・我等など出る席へは句を得せず、翁へ近付て右の日数なれば、覌たる事《（書カ）》もなき事予が知る所なり。

ここで越人は、

（一）支考を芭蕉に紹介したのは自分であること。

（二）支考が芭蕉に師事したのは三年程であること、またその内、支考が芭蕉と共にあったのは二百日程であること。

（三）支考は芭蕉入門時、指を折って数えないと句が作れないほどの初心者であり、俳席に出たこともなかったこと。

（四）芭蕉が没するまでに、支考は芭蕉や越人と同席、出句できるレベルには至らなかったこと。

等を暴露しているのである。そしてこれに対する支考の反論が、先に冒頭だけ引用した『削かけの返事』の次の一節である。

一　我師と祖翁との対面は元禄三年三月桃の日也。木曾塚の無名庵にて丈草・乙州と同道也。我師は其頃在京にて、杜律の講訳を聞居られしが、其日は節供の休日にて、一夜泊りにて帰京のよし。夜話に鬼あざみの評ありて、其時のもやうは遺稿にくはしけれど、越人とりつぎにて翁へ逢れし事は、何の書物にも見え侍らず。かくて四月の中頃より祖翁へ随侍せられ。幻住庵の山居の間も薪水の労は我師一人なり。(略) しかればば不猫蛇の要文とて、支考は予をたのみ翁へも逢せたりとは、持上られぬ大うそにて、此ほうの小うそよりは作りやうがお下手也。

ここで支考は、自分の芭蕉入門は「元禄三年三月桃の日」であり、紹介者は丈草と乙州であった、と述べている。入門時期については、越人のいうところを素直に計算すれば元禄四年となるが、現在は支考の主張する元禄三年というのが定説となっている。(10) また紹介者については、越人が『削かけの返事』に再批判を加えた『猪の早太』(享保一四(一七二九)年成) でも、自分が紹介したと再度主張している。(11)

芭蕉翁晩年の門人に野盤子支考といふ者あり。もと濃州の産にして、其兄はさぎ屋の何がしとて尾陽住居の商人なるゆへ、支考禅小僧たりし時より、なごやへしば〳〵往来す。翁、近江におはせしころ、支考尾州にて越人にたより、翁の許へ尋参たし。何どぞ貴公の言葉を添へ給はれと、ひたすら頼申せし故、越人諾して状を送られ、翁の庵へまかりし事、春の日・あらのゝ連中知らぬ者は一人もなし。

これが全くの作り話ということもないと思われるが、兄については、現在、支考には吉三郎という兄が一人いたと推定されている。(12) しかし北野村西山住、月峰宗圓庵主であり、越人のいう「さぎ屋の何がしとて尾陽住居の商人」ではない。もちろん現在知られていない兄がいた可能性がない訳ではないが、やはり越人の主張は信憑性が薄いと思われるが、如何だろうか。いずれにせよこの文章からは、自分を優位に置きたいという越人の気持ちが強く感じられることは確かである。

紹介者について堀切は、次のような折衷案を提案している。[13]

越人・支考の説は、ともに享保十年以降の執筆であり、およそ三十年以前のことへの回想であるので、細部にはくい違いはあるものの、対面の場は近江、紹介者については越人がなんらかのアシストを果たしたものと考えれば、大きなくい違いはない。紹介者となったのは、直接には支考のいうように同道した丈草・乙州であろうが、支考が長く伊勢にあったことから推測すると、麦水の『麦こがし』（原本未見）の所伝という伊勢の涼菟が手引きしたとする説（各務虎雄説）が穏当なところであろう。

ただし、岡本勝は、涼菟と支考の親交が始まったのは、支考が「元禄七年（一六九四）五、六月ごろ、芭蕉の意を受け伊勢に庵を結んだ」（『俳文学大辞典』）時としており、検討を要する。芭蕉入門前に越人と支考に何らかの関係があったのかも知れないが、入門時期同様、やはり紹介者についても、支考の言う「丈草・乙州」というのが事実だと見るのが自然ではないだろうか。[14]

さて、支考の返答に話を戻そう。引用からも分かるように、支考は、先に挙げた（一）（二）についてはきちんと反論しているのに対し、俳諧の実力に関わる（三）（四）に関しては、全く反論していない。「指折り数えないと句が作れない」とか、「入門後も自分たちと同座する実力はなかった」とまで言われても、完全に無視しているのである。これはどういうことか。

一つには、おそらくこれが事実だったからだろう。そしてもう一つ重要なのは、この事実の暴露は、支考にとって痛くも痒くもなかったからである。なぜなら、芭蕉の俳諧を「俳諧」、それ以前の俳諧を「誹諧」と書き分け区別することを提唱しているように、支考にとって、芭蕉の俳諧とそれ以前の誹諧とは、全くの別者だったからである。誹諧の経歴がないことは、支考にとって何らマイナス材料にはならなかったのである。

さて、支考が自ら語る自己の遍歴をまとめると次のようになる。

自分は芭蕉入門まで、俳諧とは無関係だった。そして、禅、儒学、老荘、漢詩といった文学・思想を遍歴した。そしてその先に、芭蕉との出会いがあった。自分にとってそのような文脈を持つ俳諧こそが、芭蕉の俳諧（蕉風）だった。

ではなぜ支考はこのようなことをわざわざ強調したのか。それは、支考が芭蕉に求めたのが、「文芸としての俳諧」ではなく、「思想としての俳諧」だったからである。今「文芸としての俳諧」というのは、発句を詠んだり、連句を巻いたりといういわゆる文学作品を作る行為をいう。それに対して「思想としての俳諧」というのは、価値観や世界観を含んだ生き方に関わる問題である。(15)

七

では、一方の芭蕉は、支考をどう見ていたのだろうか。芭蕉の「幻住庵記」異本草稿断簡で芭蕉は次のように述べている。(16)

おもはざるこの山に心とゞまりて、しばしのたび寝をなぐさむことになんなりぬ。ともにこもれる人ひとり、心ざしひとしくして、水雲の狂僧なり。薪をひろひ、水をくみて、

この断簡を紹介した尾形仂が、この「ともにこもれる人」「水雲の狂僧」が支考であると指摘して以来、それが定説となっている。作品「幻住庵記」の草稿なので、その分割り引いて考える必要があるが、少なくともここ

で芭蕉は、支考を俳諧師ではなく、「水雲の狂僧」として描いているのである。だとすれば、その前の「心ざしひとしくして」という「心ざし」とは、当然「俳風」のことではなく、文字通り、心の目指す方、求める理想、生き方を指すと考えなければならない。芭蕉の場合、それは具体的に、「造化随順」「無分別」の思想といった、天地自然と一体化した生き方であった。奥の細道の旅から帰って以降、芭蕉は「俳風」ではなく、このような境地をますます求めるようになった。

そのような芭蕉のもとには、支考に限らず、その思想（心ざし）に共鳴した人達が引き寄せられた。例えば支考と同じく禅を修めた丈草、風羅念仏を唱えて行脚した惟然、無分別に心を遊ばせた「軽み」の体現者野坡などである。彼らはみな、芭蕉の思想（心ざし）に惹かれたのであった。

支考もその中のひとりであった。その支考と芭蕉は幻住庵で寝食を共にした。そして芭蕉はその支考を、「水雲の狂僧」と描写したのである。支考は支考で、幻住庵における芭蕉との時間をこう語っている。[17]

一とせ、湖南の幻住庵に白頭の翁を見て、才能は文字をはなれ、風雅は心をあそばしむる物なりと聞きて、此翁とあそぶ時は、酒にえへる人の、何ゆへならでも、ただおもしろきこゝちにぞ侍りける。（「陳情ノ表」）

支考も芭蕉との時間を、心ざしを同じうする者同士の心の共有として描写しているのである。もちろん「幻住庵記」も「陳情ノ表」も、文学作品の描写である。事実はどうか分からない。しかし例えば支考が「文芸としての俳諧」にしか興味を示さなかったとしたら、つまり狭い意味での俳諧師だったとしたら、おそらく芭蕉は幻住庵に一緒に入庵させることはなかったのではないだろうか。

私たちは支考のことを、芭蕉に入門するくらいだから、それなりに俳諧をやっていたと漠然と考えがちである。

しかし実は、そのことを示す確かな証拠はどこにもなく、またそのことを物語る言説もほとんどない。元禄三年以前の俳書に支考の名が見えることもないし、支考の前号と考えられる俳号も見出せない[18]。さらに言えば、あの『猿蓑』（元禄四（一六九一）年刊）に支考の句は入集していない。さまざまな状況証拠は、支考が芭蕉入門前には俳諧をやっていなかったことを静かに物語っているように思う。

そしてそれがあくまで状況証拠による推定の域を出ないとしても、支考自身は、徹頭徹尾、芭蕉入門以前の自分を俳諧とは無縁のもの、儒仏老などの道を求めていた求道者として語っているのである。そして芭蕉の描く入門時の支考もまた、それに通じる姿として描かれていたのである。

これらは一体何を意味しているのだろうか。

八

これまでの俳諧研究は、儒仏老荘を引き合いに出す支考俳論を、衒学的だと批判してきた。確かに俳諧を文芸作品の創作としてだけ考えるなら、儒仏老荘はいかにも大げさである。しかし、幼少の頃から十年ほど禅寺で修行をし、その後七年ほど儒・仏・老、漢詩（あるいは神道）を学んだ者が、それを超えるものとして芭蕉俳諧に出会ったとすれば、そのすばらしさを語るのに、儒仏老荘を引き合いに出したとしても何ら不思議はないのではないだろうか。

支考は、儒教を、老子を、神道を、漢詩を求めたが、結局どれも支考を満足させるものではなかった。その支考の心を、芭蕉の心が、そして芭蕉の俳諧が、一気に鷲摑みにしてしまったのである。仏の道に挫折し、儒・老・漢詩の学問にも満足できなかった釈支考にとって、芭蕉の俳諧こそが、最後に出会った「道」であり、自分の全てを賭けることの出来る道だった。支考にとって芭蕉の俳諧は、五七五の句作ではない。儒仏老荘では救われなかった自己を唯一救ってくれた思想であり、哲学であり、生きる道なのであった。だからこそ、支考は、自己の経歴を語るとき、儒仏老荘、漢詩の延長上に俳諧を位置づけ、はじめから俳諧をそのようなものとして語っているのである。

このように考える時、支考と芭蕉の出会いを、単なる俳諧師と俳諧師の出会いと見ることは出来ない。支考は芭蕉が俳諧師だから入門したのではない。自分が求めていた道を指し示してくれる師、魂を救ってくれる師、一緒にいて楽しくて楽しくて仕方ない師、それがたまたま俳諧師だっただけなのであった。

注

（1）山田三秋「各務支考」（『獅子吼』大正十二年七月〜大正十三年六月）、各務虎雄『俳文学研究』（前掲）、同『各務虎雄遺稿集』（昭和六十一年二月　各務ヒロ発行　非売品）、堀切実『支考年譜考証』（昭和四十四年十一月　笠間書院）など。

（2）「獅子庵　附記各務支考並に北野社中略歴」（『獅子吼』昭和八年十一月）。当該論文では「中興第三世」となっているが「中興第四世」の誤り。平成二十九年十一月二十四日、大智寺に直接問い合わせたところ、やはり「龍潭恵鏡＝リョウタンエキョウ（元禄一四年四月二二日没）」との回答を得た。なお、大智寺では第二世〜六世までは輪番制であり、第七世了堂宗歇禅師（寛文元年三月十七日没）を中興第一世とするという。

（3）引用は架蔵の版本（享保十二年刊）による。なお、原文は支考が創始した大和詞で書かれているが、私に訓読の上引用した。

（4）『俳聖芭蕉と俳魔支考』（前掲）。

（5）引用は架蔵の版本による。

（6）引用は東京大学附属図書館蔵本（竹冷560）による。

（7）引用は『蕉門俳話文集　下巻』（日本俳書大系第四巻（普及版）　昭和四年四月　春秋社）による。

（8）『誹諧世説』に「夫よりして神学を好み、伊勢なるしるべをもとめて、山田のあたりに身をよせぬ」と述べるように、支考と伊勢神道の関係は浅からぬものがあったと考えられるが、支考自身は伊勢神道との具体的な関係をほとんど語っておらず、詳細は未詳と言わざるを得ない。

(9) 注7に同じ。
(10) ただし「桃の日」については、堀切実が「『桃の日』を三日と限定するとなると、芭蕉はまだ郷里伊賀に滞在中なので明らかに矛盾する。しかし、芭蕉は三月下旬までには膳所へ到着している（四月十日付此筋・千川宛芭蕉書簡）ので、「桃の日」を三日と限定せず、桃のころ三月対面説とみれば妥当性を欠かない」（『俳聖芭蕉と俳魔支考』）と述べている。堀切は「支考の修辞的技巧としての弁舌が、芭蕉の初号『桃青』ゆかりの桃の日対面を演出させたのかもしれない」と続けているが、事実（内容）よりも修辞（文体）を優先させる文体意識を支考が持っていたことを考えるとあり得ない話ではない。またそれに加えて、越人が『猪の早太』で「三の字よく揃ひ申候」と皮肉っているように、調子よく「三」を続けたレトリックを優先させたと見ることも出来るかも知れない。
(11) 注7に同じ。
(12) 各務虎雄「支考系譜」（「国語と国文学」昭和七年十月　『俳文学研究』（昭和十二年六月　文学社）所収）。
(13) 注4に同じ。
(14) 支考の初号が「隠桂」であるという今栄蔵の推定（注18参照）が正しければ、芭蕉入門直前の元禄三年正月二十日に支考は乙州と一座していることになり、矛盾しない。
(15) 「思想としての俳諧」というのは堀信夫の造語である。堀は支考が描く芭蕉像の特徴について、「一言もってこれを覆うとすれば「儒・仏・老荘の虚実をあつかひ、詩歌・連歌の理をほどく」（『俳諧十論』「俳諧ノ道」）「思想としての俳諧の大成者」と芭蕉を仰ぐ点にある」と述べている。（「支考『芭蕉翁追善之日記』――附たり『笈日記』――」（「国文学　解釈と鑑賞」平成五年五月　至文堂））。
(16) 引用は尾形仂「芭蕉関係の新資料二点」（「言語と文芸」六十二　昭和四十四年一月）による。
(17) 注6に同じ。
(18) 元禄三年四月中筆曲水（推定）宛芭蕉書簡に「先書にもほのかに申上候隠桂、同庵可仕よし申候而こまり果申候。（略）御無用被成給り候へと断り申、（略）」とあり、隠桂なる人物に幻住庵の同居を求められ、困り果て、断ったことが述べられている。今栄蔵はこの隠桂を支考の初号と推定している（『芭蕉書簡大成』（平成十七年十月　角川学芸出版）。もしそうだとすると、支考は断られても諦めず、最終的に入庵を許されたことになる。ただし隠桂が支考の初号である蓋然性が高いと思われるものの、今が当該書簡を紹介した際、「隠桂の伝は依然として明らかでなく、諸集に名を見ないが、岡田柿衛文庫蔵の「元禄三年正月廿日昌房席」と端書する歌仙懐紙によって路通とともに昌房・正秀・珍夕・二嘯・探志・及肩・成昌・正淳・

乙州ら膳所連衆と一座していることが知られる」（杉岡留男・今栄蔵「ある発掘――曲水宛（推定）芭蕉書簡――」（「連歌俳諧研究」五十六号　昭和五十四年一月）と述べる以外その伝を知らせる資料がなく、断定するには今しばらく時間が必要であると思われる。また現在、支考の芭蕉への入門は本人の言うとおり元禄三年三月頃だと考えられているが、もし隠桂が支考だとすると、「元禄三年正月廿日昌房席」は、芭蕉入門以前に支考が俳席に加わったことを示す資料ともなる（もちろんその場合も本節の趣旨は変わらない）。なお、『芭蕉書簡大成』と時を同じくして刊行された田中善信『全釈芭蕉書簡集』は、隠桂を「伝未詳」としている。

第二節　支考は芭蕉との関係をどう考えていたか

一

支考の俳論を何度も読んでいると、支考は自分と芭蕉の才能の違いをはっきりと自覚していたと感じられる。優劣ではない。質が違うのである。だから自分は芭蕉にはなれない。では一体、何者になれるのか。

二

一般に一人の人間が時代を超えて享受されるためには、それに一役買う人物を必要とする。釈迦にも孔子にも、その魅力を説く優秀な弟子がいた。芭蕉とて例外でない。いくら芭蕉が優れていても、それだけでは後の時代にまで享受されるのは難しい。芭蕉を最もよく理解し、世に広めることが出来る優れた弟子が必要なのである。それは自分をおいて他にない。それこそが自分の才能を生かす道だ。支考はそう考えていたようなのである。

この自覚は俳論という形で具現する。支考以前に支考俳論のような原理的な俳論は存在しない。俳論史において、支考が初めて原理的で体系的な俳論を生み出したのである。なぜか。

一つには、前節で見たように、支考が「道」、生きることの本質を求めていたからである。そのような支考にとって、式目・作法や断片的な俳話が中心だったそれまでの俳論は、到底満足できるものではなかった。「俳諧とは何か」という俳諧の本質を究明すること、それが儒仏老荘思想や神道を遍歴して俳諧に辿り着いた支考の求めるものだったのである。それゆえ支考の俳論は、それまでの俳論とは全く違ったものとなったのである。

さらにもう一つの理由として考えられるのは、支考は俳諧をよく知らない人に俳諧を理解してもらい、できるだけ多くの人に俳諧の世界に足を踏み入れてもらおうとしていたことである。式目・作法や俳話は基本的には俳諧を既に嗜んでいる人に向けられたものである。もちろん支考はそれを軽視した訳ではないが、それとは別に、俳諧を知らない人に俳諧の魅力を説きたかったのである。だからこそ支考の俳論は、「俳諧とは何か」「俳諧は何の為にするのか」「俳諧は何の役に立つのか」等々を原理的に説き明かそうとしているのである。『俳諧十論』の序に、「我家の風雅をひろめむと（略）此十論を草稿せし」[1]と述べられていることからもそれが分かる。

芭蕉の俳諧の本質の解明とその普及、そのための俳論執筆、これこそが芭蕉の弟子である自分の役割であると支考は考えたのであった。

三

以上のような師芭蕉と弟子支考の関係を、支考は特別な用語で言い表した。それが「上手」と「名人」という用語である。もちろん「上手」も「名人」も、言葉自体は特別でも何でもないが、支考はそこに独自の意味を込めたのである。そしてその意味は明瞭である。

名人と上手とのさかひは、上手は十知の才にはたらき、名人は一字の信にあそぶ。（『俳諧十論』）。

一を聞いて十を知るような才気溢れる人物、これを「上手」という。自分はこれだ、と支考は考えた。しかし「名人」は違う。例えば中島敦が『弟子』で描いた孔子のように、名人には才気走ったところがない。他者との勝ち負けも競わない。存在そのものが常人を超えたカリスマ性を持っているのである。彼はただ自分の信じる道を楽しむのみ。これが芭蕉である。
そしてこの才能の質の違いは、自ずとそれぞれの役割を生む。

名人は其信に道をおこなひ、上手は其才に法をひろむ。是よし道〳〵の建立にして、師となり弟子となるの冥符ならん。（『俳諧十論』）

名人はその存在をかけて道を実践する。これが師（＝「道の元祖」）の役割である。それに対して、上手は名人の弟子として、自らの才気でもって、師の教えを説き広める。そしてこの両者の役割がうまく機能したとき、一つの道が起こり、広まるというのである。そう支考は説明しているのである。そしてこの役割は、努力で獲得するというよりは、生まれ持っての性質、宿命という他ない。

ところで美濃派は、芭蕉を一世、支考を二世とする。これは一般に、芭蕉の威を借るための支考の策略だと考えられている。もちろんそれも少しはあったのかも知れない。しかしもっと純粋に、これは名人芭蕉と上手支考という関係の、支考なりの表現であったのである。

四

芭蕉のような「師＝名人」になれなかった支考は、しかし「弟子＝上手」となった。この「弟子＝上手」に徹した支考の自覚と営みが、結果的に俳論の、いや俳諧の新しい領域を切り開くこととなった。新しい領域とは何か。先にも触れたが、本質論としての俳論書の執筆であり、俳諧的注釈書の執筆であり、俳文集の編纂であり、仮名詩の創案等々であった。これらのことを芭蕉はやらなかった。しかしそれは、芭蕉の俳諧がそれらと無関係だったからではない。例えば俳文集の編纂は、芭蕉がやろうとしてできなかったことである。そして少なくとも支考にとっては、その他のことも全て芭蕉の俳諧観が潜在的にもっていた可能性の具現に他ならなかった。それらは、蕉風俳諧の本質とは何かを追求し、自らもそれを実践しながら、できるだけ広く普及させたいと願った支考が必然的に辿り着いたものなのであった。

芭蕉没後の支考の活動は、芭蕉の名を利用して、自己の利益拡大を図ったとしてすこぶる評判が悪い。だけど少し落ち着いて考えてもらいたい。自分が心底敬愛し、魂をかけて交わった師の俳諧を自分でも追究し、そのすばらしさを一人でも多くの人に伝えたいと願うことがそれほど悪いことなのか。芭蕉がやらなかったことを勝手にやったというが、真の弟子は師の複製《コピー》ではない。芸事や宮大工の師弟を見ればよく分かるが、弟子が虚心に師の技術の本質を継承すればするほど、最終的にそれは弟子の個性として再生されるのである。表象の技術だけを複製《コピー》するなどということはありえない。芭蕉もそのことをよく分かっていたからこそ、「「古人の跡をもとめず、古人の求めたる所をもとめよ」と、南山大師の筆の道も見えたり」（「許六離別詞」）と教えたのではなかったか。支考もまた、そのことがよく分かっていたからこそ、芭蕉の跡ではなく、芭蕉が求めた俳諧の新しい可能性を追求したのではなかったか。

ではその俳諧の新しい可能性とは何か。支考が芭蕉から受け取った俳諧の本質とは何か。第Ⅱ部ではそれを考えたい。

注

（1）引用は架蔵の版本による。

第Ⅱ部　支考俳論の研究

第Ⅰ部第一章では、支考の人間性批判は、同門からの感情的な批判に端を発し、それが近代以降の俳諧研究にまで及び、客観的学問的に検証されないまま通説となってしまったこと、つまり現代まで続いている支考の人間性批判には、正当な根拠などなく、思い込み、先入観の類であることを明らかにした。

第二章では、支考は芭蕉に「道」を求めて入門したのであり、その意味で芭蕉と支考の出会いは、狭い意味での俳諧師と俳諧師の出会いではなく、広く道を求める者同士の、敢えて言えば魂と魂の出会いであったこと、そしてその芭蕉と過ごす日々の中で支考が得た、世界観や人生観や価値観などは、全て広い意味での俳諧観、「思想としての俳諧」として支考の中で形成され、俳論執筆やその他の俳諧活動によって具現されたこと、さらには、それが、「名人」芭蕉に対する「上手」支考の役割意識に基づいた自覚的なものであったことを明らかにした。

第Ⅱ部では、支考俳論の本質と意義を解明したい。そのため、第一章は「総論」とし、総体としての支考俳論を検討する。続く第二章は「各論」とし、支考俳論の本質を解明するためのキーワードを取りだし、その分析を通して支考俳論とその意義を明らかにしたい。さらに第三章は「支考俳論のゆくえ」とし、支考俳論の本質が俳僧蝶夢に受け継がれたことを明らかにしたい。

念の為、ここで扱う主な支考俳論について簡単に紹介しておく。

『葛の松原』　元禄五（一六九二）年刊。支考述、不玉撰。芭蕉生前に刊行された唯一の俳論書。支考の根本問題である「そも〳〵風雅はなにの為にするという事ぞや」という問いが既に見られる。また、それに応えた芭蕉の言葉中に「俳諧は世の変相にして風雅は志の行ところなり」とあり、後に展開される「心の俳諧」論の萌芽も見られる。孔子、荘子、老杜（杜甫）等の名が見えるほか、仏語がちりばめられている。しかし衒学的といったものではなく、「その説は穏健で、よく芭蕉の俳諧観を伝え、師生前に公刊された俳論書として高く評価されてきた」(『俳文学大辞典』)と評されている。さらに「古池や蛙飛こむ水の音」句が誕生したときのエピソードを伝えるが、その際にも『荘子』「斉物論篇」中の言葉が用いられるなど、芭蕉の教えを色濃く反映している。

『続五論』　元禄十二(一六九九)年刊。支考稿。奥羽行脚記念だった『葛の松原』に対し、本書は西国行脚の記念集で、『梟日記』の付録。「滑稽論」「華実論」「新古論」「旅論」「恋論」からなる。冒頭の「滑稽論」など、本質論への志向がうかがわれるが、何と言っても注目すべきは長文の跋である。「俳諧はそも何のためにする事ぞや」という問いが何度も繰り返され、その中で、「心」「人情」が取り上げられ、支考俳論の根幹ともいうべき、「俳諧はなくてもありぬべし。たゞ世情に和せず、人情に達せざる人は、是を無風雅第一の人といふべし」という芭蕉の言葉が紹介されている。

『二十五箇条』　享保二十一(一七三六)年刊。伝書(写本)として伝えられていたものが、最初『ひるのにしき』の名で公刊された。のち『二十五箇条』に改題、さらに本文を改め再校本『二十五箇条』が公刊された。京の落柿舎で去来に書き与えたという芭蕉の奥書があるが、実際は支考著と考えられている。「虚実の事」など虚実論への萌芽が見られる。本書は地方の宗匠に伝授されたが、それ以外にも膨大な数の写本が残されており、江戸時代を通じてかなり読まれたことが分かる。(1)

『俳諧十論』　享保四(一七一九)年跋・奥(六月獅子房蓮二「十論ノ讃」、七月渡部ノ狂「十論ノ校」)。東華坊述。支考の主著で、抽象論から具体論まで、十段に分けて俳諧の本質を解き明かしたもの。具体的には、「第一　俳諧ノ伝」「第二　俳諧ノ道」「第三　俳諧ノ徳」「第四　虚実ノ論」「第五　姿情ノ論」「第六　俳諧地」「第七　修行地」「第八　言行論」「第九　変化ノ論」「第十　法式ノ論」からなる。なお、「蓮二」「渡部ノ狂」「東華坊」は全て支考のことで、「渡部ノ狂」は弟子という設定。

『十論為弁抄』　享保十（一七二五）年刊。蓮二房「十論ノ大綱」、本文渡部狂編。『俳諧十論』に支考自身が注した注釈書。支考は各地で十論講と称して『俳諧十論』の講義を行っていたが、それをもとにしたもの。弟子の渡部狂が編者であるという体裁をとっている。本書を書物として読むと難解な箇所も多いが、『論語』の話や日常生活の例を縦横無尽に持ち出して論じる語りは、支考の生の声で語られれば、実に分かりやすく楽しかったであろうことを想像させる。なお本書では『為弁抄』と表記する。

ここにあげたもの以外にも支考は多くの俳論を著しており、それぞれ見るべきものがあるが、それらについては、論述の中で必要に応じて触れることとしたい。

注

（1）拙稿「支考伝授の『二十五箇條』——諸本の整理と考察——」（「国語年誌」第十四号　平成七年十一月）参照。

第一章　総論　文考俳論とは何か

第一節　俳論史における文考俳論

一

そもそも俳論とは一般的にどのようなものだったのか。尾形仂は次のように解説している[1]。

古典文芸の世界における文芸評論が、厳密な意味で評論文芸と呼ばれるべき独立の一ジャンルを形成するまでには至らなかったと同様に、俳論もまたかならずしも今日のいわゆる俳句評論と同じではない。つまり、近代以前の文芸においては、一般に作者と読者とが明瞭に分離しておらず、したがって、批評家というもう一人の別の人物が登場して、たとえばかのブリュヌティエールのごとく厳然たる標準を設けて作品の価値判断を下そうと試みたり、あるいはアナトール・フランスのごとく自己の魂がさまざまな傑作の間でどのような冒険をしたかを物語ろうと企てたりする余地は、ほとんど存在しなかったのである。そして、あるのはただ、もっぱら実作者としての立場から実践の場において発せられたおりおりの断片的な発言、――主として実作の体験に付随する感想・主張もしくは教理を非論理的・感覚的なことばをもって語ったものばかりだった。ばかりだった、とはあるいはいえないかもしれない。（略）しかし、いずれにしても、それらが非体系的・非論理的であり、かつ普遍性を欠いている点では、あまり変わりがない。そうした点に、俳論の評論文芸としての、いわば前近代性があったといってもいいだろう。

少なくとも近世の俳論は、今日にいう評論とは別で、そのほとんどは、実作の体験から出た感想・主張・教理を断片的に語ったものであった、というのである。実作と一旦切り離し、例えば「そもそも俳諧とは何か」を論理的・体系的に論じた俳論は存在しなかったのである。

また、尾形によると、俳論は、内容によって四種に分類できるという。

俳論は、その内容からいって、ふつう本質論・式目作法・俳諧史伝・論戦的批評の四種に大別される。本質論というのは、本書に収めたごときもので、何らかの意味で俳諧の文芸的本質に触れたものをいう。

「本書」(2)に収められているのは、『笈の小文』「柴門の辞」『去来抄』『三冊子』『不玉宛去来論書』『春泥句集序』である。これらは尾形のいうとおり、決して体系的・本質的・普遍的に俳諧を論じたものではない。これらを本質論として収録しなければならないほど、俳論史は本質論を欠いていたのである。また、俳諧史伝や論戦的批評はそれほど多いわけではないので、結局の所、俳論といえば式目作法書がほとんどだったのだ。

さて、そのような中に文考の『俳諧十論』を置いてみると、その特異性が際立っていることがよく分かる。「第一俳諧ノ伝」「第二俳諧ノ道」に始まり、「第十法式ノ論」に至るまで、十段に分けて体系的に俳諧を論じる『俳諧十論』は、尾形の四種の分類でいえば、明らかに本質論である。そして本書で明らかにするように、『俳諧十論』は、「俳諧とは何か」という問題を、普遍性をめがけて、体系的・論理的に論じた俳諧の本質論なのである。

尾形には、ぜひ『俳諧十論』を収録してほしかったが、それはともかく、近世までの俳論は、『俳諧十論』を除けば尾形のいう通りであり、逆にいうと、俳論史において、『俳諧十論』だけが特異な存在なのである。『俳諧十論』以前に、このような俳論は存在しなかった。そしてそれ以降も存在しない。つまり支考俳論は、その意味で、いわゆる「俳論」を越えたスケールを持っているのである。だとすれば、一般的な俳論を見る尺度《スケール》で支考の俳論を見てはいけないのではないだろうか。それはちょうど第Ⅰ部で、支考という人を見る時、狭い意味での俳諧師としてではなく、道を求める求道者として見ることの必要性を述べたのと同様である。支考の俳論を読み解くとき、私たちの尺度《スケール》を無理矢理当て嵌めて理解しようとしてはいけないのである。逆に支考俳論の解読が可能な尺度《スケール》を、私たちの方が新しく持たなければならないのだ。

次節では、その尺度《スケール》の違いによって、支考俳論がどれほど違って見えたのかということを、具体的に検証してみたい。

注

（1）『俳句・俳論』（鑑賞日本古典文学第三十三巻　昭和五十二年十月　角川書店）。引用は第四版による。ただし引用箇所に関しては『俳句・俳論』（日本古典鑑賞講座第十九巻　昭和三十四年二月　角川書店）とほぼ同じ。

（2）注1に同じ。

第二節　支考俳論はこれまでどのように語られてきたか

一

支考という人間が狭い意味での「俳諧師」という枠を越えており、その説くところがいわゆる「俳論」を越えていたのだとすれば、それをいわゆる「俳諧研究」が正確に捉えるのはかなり難しいと言わざるを得ない。支考は狭い意味での俳諧研究の枠の中では語り得ぬ存在なのであった。

しかしその一方で、支考や支考俳論に強い関心を示し、極めて高く評価した人たちがいた。彼らは俳諧研究者ではなかった。だから俳諧研究者が持つ常識は持ち合わせていなかった。そして支考俳論の解読に際し、俳諧研究者とは異なった尺度《スケール》を持っており、その語り口も全く違っていたのである。

彼らとは、田岡嶺雲と大西克礼、そして三枝博音である。

彼らは一体支考俳論の何を、なぜ評価できたのか。そしてそれをどのように語ったのか。逆に俳諧研究においては、なぜ現在でも支考俳論は評判が悪いのか。

今、彼らにおける支考俳論の語り方を明確にしたとき、これまでの俳諧研究が何を語り得て、何を語り得なかったのかがよく見えてくる。そしてそこにこそ支考俳論をめぐる本質的な問題が潜んでいるように思う。本節ではそれを明らかにしたい。

二

ここで俳諧研究において支考俳論がどのように語られてきたかを、今一度確認しておきたい。本書の冒頭で述べたように、現在に至るまで一般的には支考は評価が低いが、それでも支考俳論を評価しようとする姿勢は、個別にではあるが何度も示されてきた。例えば沼波瓊音は、すでに明治四十（一九〇七）年の時点で、「支考といふ人はどうも耐《たま》らぬ臭みのある人であるが、その俳論には面白い且つ有益な言葉も見える」(1)と述べている。また、第四高等学校（金沢）時代に支考研究を始めたという各務虎雄は、東大の卒論でも支考を研究し、卒業後も生涯支考研究を続けた(2)。頴原退蔵も昭和十（一九三五）年の講義原稿「俳論史」で、次のように述べている(3)。

彼が俳人としての態度が純正でなかつた事には、勿論何人も異存はないが、しかし単に一介の山師的人物として葬り去るのは、些か早計といわねばならぬ。彼の多くの著述がよし放漫で徒らに高遠を装うて居るにせよ、少くとも彼ほど組織的に俳諧の諸問題を取扱つて居る人はこれまで全くなかつたのである。否この後とてもあまり見ることが出来なかつた。且つその論は芭蕉を祖述するという意味に於ては決して忠実ではなかつたが、彼一流の芸術論として見る時は、頗る面白い見解も少くないのである。

ここには、現在の俳諧研究における支考評価が端的に示されている。人間性は悪いが、それを一旦保留にして、俳論それ自体を見ると「頗る面白い見解も少くない」という評価である。しかし残念ながら、頴原自身によって「彼一流の芸術論」として支考俳論が読み解かれることはなかった。

また、尾形仂も次のように述べている(4)。

俳論の歴史的展開の上で特に注目されるのは、支考の俳論である。かれの大部に及ぶ俳論書は、芭蕉の俳諧精神をかならずしも正当に伝えるものではなかったが、それを五論・十論・二十五箇条のごとく、体系づけるべく試みたところに、大きな特色があった。かれが一面できわめて衒学的な理論をふりかざし、他面に平俗の風を説いたことには、地方俳壇開発のための時代的な必然的理由があったはずである。その通俗性の主張には、世態人情をつくすものとして詩の価値を認めた市井の儒学としての古学の思想の投影も感ぜられる。かれの遊説して回った地方文化圏の思想的傾向と、かれの俳論との関係の究明は、なお今後に残された課題というべきであろう。

支考俳論は芭蕉の精神を正当に伝えるものではないが、体系的なところに特徴があり、同時代の思想状況との関係を解明することには意義がある、というのである。しかし尾形もまた潁原同様、自身でその課題を解決することはなかった。

また、独自の俳諧観を持ち、支考や美濃派にも深い理解を示した鈴木勝忠(5)は、『各務虎雄遺稿集』の「序」で次のように述べている。

蕉風俳諧史は、支考を抜いては考えられません。支考俳論が、蕉風中興期以後、明治俳壇にいたるまで、その指導的役割りを果したことは、明治三十八年の『文芸倶楽部』増刊「風流人」の上欄に、支考の『古今抄』を抄出している一事からも明らかですし、美濃派の全国的俳壇経営方針、つまり文台授与、地方宗匠認可の形などは、各会派に模倣された結社様式ですし、さらに、連句を中軸とした庶民的風俗描写表現は、俳諧の本質に関わる選択だったといえましょう。これらを、自信をもって開拓推進した支考によって、はじめて現在のような、蕉風中心の俳諧観は達成されたといっても過言ではありません。俳諧の通俗性にも目を配り、蕉風俳諧を祖述敷衍し、俗耳にも入りやすく大成した功績は不滅ですから、従来のように、マイナス面を取上げるのではなく、プラスの面を積極的に評価する作業が急務だと思います。『光丘文庫俳書解題』（国文学研究資料館）で庄内俳壇史の基礎調査が行われたように、地方単位の美濃派の動向を明らかにすることにより、見逃されて来た、全国経営法なども確かめられるでしょう。

さらに第Ⅰ部第一章第一節で名前を挙げた中村幸彦、宮本三郎、堀信夫や、堀切実の一連の支考研究によって、支考俳論は部分的にではあるものの、研究が進められたのであった。その成果は、例えば『俳文学大辞典』「支考」（堀切実執筆）に、次のように集約されている。

蕉門随一の理論家であった支考の俳論は、『俳諧十論』や『二十五条』など多くの論書に体系化されているが、その基本的な俳諧観は、俳諧者の生活のあり方としての「風流」と俳諧表現の本質としての「滑稽」、それに俳諧の根本的精神としての「寂び」（寂寞）の三点に要約される。また姿情論・虚実論を中心とした表現論、あるいは七名八体説に代表される付合論など、いずれも俗耳に入りやすい具体性と、反対に儒仏老の用語を駆使した形而上的認識による思弁的傾向とを併せもっており、地方連衆を大いに魅了した。

この解説が象徴しているように、これまでの俳諧研究においては、俳論を人間性と一旦切り離し、俳論それ自体を考察の対象とする観点の導入により、支考俳論は部分的にではあるが、ある一定の評価を得た。しかしこれは、俳論全体を総体として論じるのではなく、俳論の中から一部分を取り出し、それを支考の「説」あるいは「論」として切り出して評価しようとするものであった。「七名八体説」「虚実論」「姿情論」といった具合である。これは単なる印象批評を排し、学問的な手続きに従って、評価すべきは評価しようとするものであり、この「研究」（学問）という領域とその方法論への真摯な態度は、決して間違ったものではない。

しかし、と私は思う。こと支考に限っていえば、この真摯さのために、かえって見えなくなったことがあるのではないか。それゆえ問われなかったことがあるのではないか。それは、その「論」や「説」を成立させている、支考俳論の根本思想への問いである。

そもそも支考俳論とは何なのか。

支考俳論の本質とは何なのか。

支考にとって俳諧の本質とは何なのか。

このことをはっきりさせるために、私たちはもう一つの系譜において支考俳論がどのように語られたのかを見ることにしよう。

三

田岡嶺雲は、明治三（一八七〇）年土佐に生まれた。没年は大正元（一九一二）年。一般には一葉や鏡花をいち早く評価した文芸評論家、『和訳漢文叢書』全十二巻を独力で訳注した中国文学者、あるいはその評論がことごとく発禁となった過激な思想家として知られている。その感性は実に鋭敏で、今読んでも、というより今読むとかなり面白い。

さて、俳諧研究においては馴染みの薄い嶺雲だが、俳句との関わりは深い。最初は俳句を趣味とした叔父から手ほどきを受けたらしい。明治二十四（一八九一）年、帝国大学文科大学漢文学科専科に入学。同期生には藤井紫影（乙男）や藤岡作太郎がいた。(6)ここで一級上の漱石や子規と知り合った嶺雲は、俳句に熱を上げてゆく。俳号は爛腸。大学生の嶺雲が「時々我等の俳句会に顔をみせた」という碧梧桐の証言もある（『数奇伝』序文）。また藤井紫影も、学生時代子規の句会に「田岡嶺雲（その頃腸胃がわるくて爛腸といった）と大抵一所に出かけた」と述べている。(7)さらに卒業後は、大野洒竹、佐々醒雪、沼波瓊音らと筑波会を結成した。明治三十一（一八九八）年、「万朝報」社をやめるにあたり、虚子を後任として推薦している。文考を酷評していた、あの虚子である。

ところでその虚子も述べているが、(8)嶺雲は東洋的な美学を構築する必要を説いていた。(9)これは嶺雲の支考評を考える上で、非常に重要である。さらにもう一つ忘れてはならないのは、嶺雲が老荘思想に傾倒していたことである。自伝『数奇伝』において「予は此頃『非文明』の思想を抱いてゐた。（略）予が此の思想の根底をなす者は、老荘の哲学であった」(10)と述べている。もちろん単なる趣味程度のものではない。嶺雲は中国文学者として、明治三十（一八九七）年刊行を開始した『支那文学大綱』の『荘子』『蘇東坡』『屈原』らの巻を担当し、さらに明治四十三（一九一〇）年から明治四十五（一九一二）年には、『史記列伝』『荘子』『老子』『淮南子』などを独力で訳注した和訳漢文叢書全十二巻（玄黄社）を刊行している。これは、「中国古典哲学のわが国最初の日本語訳」であるという。(11)

以上のように、嶺雲は恵まれた俳句的環境を持ち、かつ東洋的美学の構築を唱え、『史記列伝』『荘子』などを和訳し、老荘思想を自らの思想の根底にもっていた。その嶺雲が、文考俳論を極めて高く評価したのである。おそらく文考評価の中でも、最高の激賞と言ってよいだろう。では嶺雲は一体、文考の何を評価し、それをどのように語ったのか。嶺雲の文章を詳しく見ることにしよう。

四

まず嶺雲は、明治二十八（一八九五）年「支考の審美眼」と題した評論を発表している。(12) この題目が示すように、嶺雲が注目したのは、支考俳論を根底で支えている「審美眼」であった。

嶺雲は「彼が炯眼《けいがん》、他の儕輩《せいはい》に比して一段高き所以なりとす」とした上で、次のように述べている。

芭蕉は禅より入て美を譚ひ、支考は禅より入て美を論ず、支考は蕉門第一の談理家にして、其着眼の奇警なる、卓然として儕輩を抜く、人は支考が自尊を嫌へども、天才の者は自ら其天品を知る、蠢々《しゅんしゅん》たる愚衆の為す所をみては、寧ろ愍笑《びんせう》にたへざるものあらむ、彼は自ら高しとせざるも、儕輩既に低し、自ら高からざるを得ざるなり、之これを以て支考に尤《とが》むるは、天才者の何たるを知らざるものなり。支考其者の人物に至ては予、別に論あり、他日再び筆をとるの期あらむ。

嶺雲は支考を「天才」と呼んで憚らない。しかし私たちはこの嶺雲の物言いに幻惑されて、これをただの挑発的な文章と見るべきではない。なぜなら嶺雲はここで、実作者芭蕉と、「談理家」支考は、別の視点から論じなければならないこと、さらに「着眼」と「人物」も、これまた分けて考えるべきであるという観点をきちんと提示しているからである。しかしこの観点は、先に見た潁原のものとは、似て非なるものだ。それは「支考其者の人物」について述べた「俳論家としての渡辺支考」(13) を見ればよく分かる。

俊鶻《しゅんこつ》天を劈《つんざ》いてのぼる、羈《き》の以て繋《つな》ぐべきに非らざるなり、神駒《しんく》血を汗して騁《は》す、豈に櫪《れき》に伏すること

をせんや、古より天才の士の往々にして卓落不羈、尋常規矩の外に馳《は》する洵《まこと》に所以あり矣、

と始まる文章は、李白、芭蕉の名を挙げた後、「彼等は実に拘《こ》たる覊束《きそく》を欲せざればなり、不羈の精神、吾人は之を以て天才者に於ける一の通有性とすることを難からず」と、独自の天才論を展開する。「天才」とは、「尋常規矩の外に馳する」「不羈の精神」を有した者のことであると。もちろんこれは支考を念頭に置いたものである。続けて嶺雲は言う。

人或は支考が自尊傲岸《ごうがん》を嫌ふ、吾人は寧ろこれによりて支考が天才たるを知る、彼が学は儒仏老をかね、彼が識は千古を空ふす、彼が眼よりして当時蕉門三千の弟子をみる、実に蠢々《しゅんしゅん》たる愚衆のみ、句に巧みなること彼に超ゆるもの或はこれあらむ、徳に高きこと彼に勝るもの或はこれあらむ、然れども気魄豪宕《ごうとう》、識見卓邁《たくまい》彼に似たるもの何ぞ一人あらむや、

嶺雲が言っているのは、要するに支考は「天才」だということである。皆が嫌う「自尊傲岸」にこそ自分は彼の「天才」を知るのだ、実作や人徳において支考より優れた人はいくらでもいるだろうが、「気魄豪宕、識見卓邁」という点において、支考に勝る人がどこにいるのか、というのである。

もちろんこれでは支考を批判する人を納得させるのは無理である。だが嶺雲はそんなことは本当はどうでもよかったのだ。支考の人物については、ただ一言「天才だ」といってしまえばそれですむ話であり、それについて長々弁明するなど煩わしいだけである。だから嶺雲が「支考其者の人物」について言及するのはここまで。この後すぐ嶺雲は、前稿同様、支考の俳論を絶賛しはじめる。

試みに支考が『十論』、『続五論』、『葛の松原』等を披き来れよ、字々句々所謂風霜を挟《さしはさ》めるの文、一個の俳諧をかり来て自己が胸中の欝勃を傾倒し来る、之は儒、仏、老三教に得て、而して三教の外に出で、三教をとり来てこれを自己の独創に渾融して化鉄点金、堂々たる大見識大文章を為し来る、一部の論語、八千の経巻、老や荘や、悉《ことごと》く来《きた》つて彼れが立論の注脚となる、而してその孔子を論じ、釈迦を論じ、老荘を論ずる、別に一副の心眼を具えて俗を駭《おどろ》かすに足るものあり。

『俳諧十論』をはじめとした支考俳論は、儒仏老の三教を自家薬籠中のものとし、「自己が胸中の欝勃」を「俳諧」を借りて表出した独創的なものである。そしてそれを根底で支えているのが、彼の「大見識」と「心眼」（＝「審美眼」）だというのである。

これ胸中先づ独創の見地ありて、所謂六経を以て注脚とする底の一大識見あるに非らざるよりは安《いづく》むぞ之を得むや、

「まず独創の見地」（心眼、審美眼）があり、さらにそれを表出するに足るだけの「一大識見」があるのでなければ、一体どうやって支考俳論が成り立つというのだろうか、そう嶺雲は語っているのである。

ここに嶺雲のロマン的感性を読み取るのも、テクスト分析の不徹底を読み取るのも自由だが、私はむしろ、このような構えこそが、支考俳論を読み解く鍵になると考えている。というのも、既に明らかにしたように、支考は、多くの思想的遍歴を経て、自己の魂を救済してくれるものとして芭蕉と出会ったからである。そのことを嶺

雲が、「一個の俳諧をかり来て自己が胸中の鬱勃を傾倒し来る」と語ったと考えても何ら差し支えない。

さて、以上のように見てくると、嶺雲の観点と語り方が、俳諧研究のそれとは全く異質なものであることは明らかだろう。

傍題姑措《それはともあれ》、吾人は今支考が俳をかりて説き来れる議論を一々に解剖し来らんとするに非ず、唯その審美的観察の如何に精緻に、如何に奇警なるかを視て、俳論家としての彼が手腕を窺《うかゞ》はむとするのみ。

俳諧研究は、支考俳論を評価するために、あくまで論自体の分析に徹する。その結果、切り刻んでその中から評価できるピース（断片、例えば「虚実論」、「姿先情後」など）を取り出してくるしかなかった。しかし嶺雲の関心は、支考俳論の「解剖」にはない。嶺雲が見ていたのはただ一つ、支考俳論が根本のところで如何なる「審美眼」をもっており、それが何を語ろうとしていたか、ということだけだったのである。

五

では、嶺雲が支考の「独創の見地」「審美眼」と呼んでいるのもは一体何なのか。私の理解では、それは、詩を生み出す精神に対する本質的な直観である。虚実論はそれを支考流に展開したものであると嶺雲は考えた。

故に詩人の神来に接せんとする、必ず無心無念の無我となることを要す、無我の境界に遊ぶことを得て、初めて、たゞ今の眼界に、たゞ今の姿そのまゝに、感ずるを得べし、（略）於是乎《ここにおいてか》、其物に対するや自然なり、其物を観るや自然なり、其物に応ずるや自然なり、既に自然なり、故に萬境に応じて凝滞せず、玲瓏自

在、変通無方、荘子は之を逍遥といひ、支考は之を「虚実の変に游ぶ」とも、「虚に居て実をおこなふ」ともいふ、

嶺雲の考えはこうである。詩人が詩を詠むとき、必ず「無心無念の無我」の精神を必要とする。その時初めて、眼前を「今の姿そのまゝに」感じることが出来るからである。「自然」と同調したこのような精神を『荘子』は「逍遥」と言い、支考は「虚実の変に游ぶ」とか「虚に居て実をおこなふ」と言っているのである。また支考はそれを「虚実の虚実」とも言う。

所謂虚実の虚実とは、虚実の虚にも執せず、実にも執せず、更に虚実を虚実として、其虚実の変に游べとなり、芭蕉が「我家の俳諧は無分別の所にあり」といへるもこれの謂にして、胸に一点の我理、一毫の私意なく、縁を忘れ、境を忘れ、無念無想にして、応ずるものを躰となしたる優游自在の逍遥地、風雅茲《ここ》にあり、俳諧こゝにあり、

「虚実の虚実」とは、芭蕉の「無分別」と同じで、何事にもとらわれない「優游自在」の精神のことであり、ここにこそ俳諧の本質がある、というのである。

要するにこういうことだ。支考の「虚実の変に游ぶ」「虚に居て実をおこなふ」「虚実の虚実」は、「逍遥」「無分別」などの支考なりの言い換えであり、自然、無念、無想、無我、無心などの概念に通じる、「優游自在」の精神的在り方を言ったものだ。それは芭蕉の俳諧の本質を語ったものであるが、同時に詩の精神や思想としての普遍性を持つものと考えてよい、これが嶺雲の虚実論解釈なのである。(14)

支考俳論は、俳諧（詩）の精神が世界（天地自然）をどのように認識し、感じ、そこからどのように詩の表現を生み出してくるのかを論じたものである。嶺雲が置いたこのような観点を、これまでの俳諧研究は置くことができなかった。その結果、支考の「虚実」を「虚構と真実」などと解する誤解[15]が蔓延することになってしまったのである。

六

残念ながら後の俳諧研究において、嶺雲の支考評価が顧みられることはなかった。唯一、嶺雲の支考激賞に対して、まともに反応したのは同時代の森鷗外だった。東京大学総合図書館鷗外文庫所蔵の『俳諧十論』には鷗外の描き込みがあるが、それを見ると、鷗外がかなり熱心に『俳諧十論』を読んでいたことが分かる。

さて、鷗外は、支考のいう「無用の用」も姿情についての論も、既に芭蕉が「夏炉冬扇」や「無分別」という語で述べているではないか、とした上で、次のように述べている。[16]

われは支考の冗漫を嫌ひ、われは支考の誇張を嫌ふ。嶺雲のこれを激賞するは（太陽）贔屓に過ぐるものにはあらずや。

鷗外も嶺雲の支考解釈そのものには異を唱えていない。また支考が芭蕉の教えを捏造したとも考えていない。むしろ、既に芭蕉が言っている同じことをことさら誇張し、冗漫である点を問題にしているのである。これに対して嶺雲は、それがどうした、と言わんばかりに次のように応えている。[17]

芭蕉が夏炉冬扇といひたるに、支考が俳諧を無用の用といひたればとて為之《これがために》支考が俳論家たるに何の害かある。芭蕉が無分別に取ることありたるに、支考が俳諧は耳の情を卑み目の姿を尊むといひたればとて、その談理家たるに何の妨《さまたげ》かある。吾人は未だ支考が語の悉く前人未道なることをいひたることなし、否寧ろ支考が蕉翁の俳に於ける見地を祖述したるものとせり。即ち蕉翁が語にすがり、燃犀の眼光を以て審美根底の典則を観破したるものなりとせり。支考は芭蕉が俳諧の理の側を得て更に之を敷衍祖述したるものなり。

芭蕉の「夏炉冬扇」や「無分別」という言葉で言い当てたことを、支考が「無用の用」や「姿情」という言葉でパラフレーズしたからと言って、俳論家（談理家）として何の瑕疵があろうか。自分は、支考の言葉が全くの発明だなどと言ったことはない、むしろ芭蕉の俳諧の本質を看破し、それを支考流に説明したものだと言っているのだ、そう嶺雲はいうのである。さらに続けて言う。

蓋し芭蕉は純然たる詩人にして談理家にあらず、故に常に具象的なり綜合的なり、支考は寧ろ談理家なり、故に分析的なり抽象的なり、それ詩人哲人は直覚的に或見地を観取す、故にその之をいふや具象的なり、綜合的なり故に理窟ならず、理窟ならず故にその之をいふや簡なり、而して意を盡くす。談理家は之に異なり、直観する能はずして思索す、故に理路をたどり言筌《げんせん》に落つ、故に仔細なり、故に委曲なり。詩人哲人は直に天に戻る、談理家は階を躡《ふ》み磴《とう》を拾ふて昇る。

芭蕉と支考は違う、芭蕉は詩人であり、支考は談理家である。芭蕉に対して支考が冗漫に見えるのは、支考が「談理家」だからである。「談理家」というのは、分析的で抽象的なものであり、思索し、論理の筋道をたどるゆえ、詳しく細かく説明するのだ。談理家というものは一歩一歩進むのである。そして次のように繰り返して言う。

支考は談理の法を以て芭蕉が直観せる見地の迷を開き微を発せんとせしものゝみ、支考の論中の語が芭蕉の既説と合せしとて何をかいたまん。これによりて以て支考が談理家たる所以の価値を品隲《ひんしつ》するに足らざるなり。

支考は芭蕉が直観した俳諧の本質を、談理という仕方で解き明かしたのだ。だから支考の言葉が芭蕉の言葉と合うのはむしろ当然のことで、それによって談理家としての価値を判断することはできない、そう嶺雲は言っているのである。「名人」芭蕉に対する支考の「上手」としての役割意識と性質を、嶺雲は見事に見抜いていたのだ。さらに嶺雲は、支考の文章を冗漫、誇張と見る見方そのものを否定する。

仮令《たとひ》支考の文をして冗漫たらしむるも、以て支考の談理家たるに害なきなり、況んや支考の文もとより詩的の簡浄なしと雖ども、雄渾勁抜奇矯峭抜《きけうせうばつ》の気溢るゝが如き、果してこれを冗漫なりといふべき歟。又之を誇張なりといふと雖も、これ寧ろ以て彼が見識卓邁《たくまい》をみるべきものにして、抱負は天下に伴ひ、而して抱負なるもの逸気横溢《わういつ》す。逸気は誇張に非ず、抱負は驕慢《けうまん》に非ず、吾人は寧ろ支考の文を以て逸気なりとす、誇張なりとせず、抱負ありとす。驕慢なりと信ぜず。

「雄渾勁抜奇矯峭抜《きけうせうばつ》の気溢るゝが如き」「見識卓邁《たくまい》」「逸気横溢《わういつ》す」と、非常に強い言葉で支考を評価していることが分かる。支考の文章には、優れた気質が備わり、志があるのだ、そう断言した後、終にこう宣言する。

予が支考の一篇或は過賞ならむ、然れども寧ろこれ他の酒盃を奪つて自己の磊塊《らいくわい》にそゝぐ底の為めにせしもの。支考の俳論として非難ならば、寧ろこれを嶺雲の俳に対する一私見とみるも則ち可。

格好よすぎる。

これをただの放言と見るのは簡単だが、それよりは、嶺雲が何を求め、何を大切にしていたかを読み取るべきだろう。嶺雲にとっては、それが支考の解釈として正確かどうかなどどうでもよかったのである。嶺雲にとって大切だったのは、誰の理論かではなく、俳諧の本質的理論そのものであり、東洋の美学の構築だったからである。

さて、嶺雲の支考評価はこの後も変わることはなかった。「支考の審美観」から十年後、明治三十八（一九〇五）年の出来事を瓊音は次のように述べている。[18]

翌八月一日から筑波会で文芸講習会を開いた。（略）嶺雲子も「支考の俳論」と云題で三時間の講演をした。子は支考の俳論を尊重してる人だつた。ずツと前に子は東洋特有の美学を建設すべしと論じたことがあつたが、この支考尊重もこゝから来てるのであらう。

明治三十八年において「支考の俳論」を三時間にわたって語った嶺雲。彼は一体誰に向かって何を語ったのだろうか。

残念ながら嶺雲自身は、この後病魔に襲われ、数年のちに没する。だが「東洋的の新美学を造れよ」という嶺雲の志は、美学者大西克礼に受け継がれることになるのである。

七

日本的美意識を美学的に基礎付けることを目指した美学者大西克礼は、『幽玄とあはれ』（昭和十四年六月　岩波書店）の翌年、『風雅論――「さび」の研究――』（昭和十五年五月　岩波書店）を世に問うた。本書で試みられたのは、「さび」の美学的基礎付けである。

克礼はまず序文において、自分の立場と方法論を明確に示している。すなわち、自分が「俳諧について考へ又論ずる立場」は、「国文学者」や「精神史或は精神哲学の立場」ではなく、あくまで「美学の立場」であること、さらに『「さび」』の概念を美学的に研究する方法」は、「さび」という語の「一般的語義」と（俳諧などの）「特殊芸術」における用例の考究を行うものであり、その準備作業として「俳諧又は俳句の特殊の芸術性を美学的観点から考察すること」と「古来の俳論に現れたる、主要の美学的問題の検討」が必要であることを述べている。

「さび」の美学的基礎付けとは、簡単にいうと、本来美しいものではない「さび」が、如何なる契機で「美」になりうるのかを明らかにする、ということである。そのために克礼は、「さび」という語がもつ三つの契機である「寂」「古」「然帯」を取り出し、それが「美的意味」へと転化し、さらに「さび」という「一個の美的範疇」に統一される過程を丁寧にたどっている。そして「さび」が美に転化することを次のように説明する。

「さび」概念の内容に於ける前記の諸性質の美的転化は、恰も「フモール」の場合のそれに相当すると考へることができるやうに思ふ。即ちそれは寂しさとか、貧弱とか、頼りなさといふ如き、対象の諸性格そのものとしては、何処までも美的に消極的のものとして留まるにも拘らずたゞ吾々の主観の方の関係によってのみ、美的に有意義のものとなるのである。

「フモール」とは、「対象はその滑稽性にも拘らず美的に有意義となる」という美的範疇である。「さび」の美的転化はその「フモール」にあたると考えてよいが、その美的転化は、ひとえに私たちの主観の在り方にかかっているというのだ。ではそれはどのような主観の在り方なのか。それを最も本質的に論じているのが、支考の虚実論だと克礼は考えた。

順を追って見てみよう。まず克礼は、支考俳論を次のように見ている。

今此の虚実論を中心に置くところの、支考の種々の俳論を見るに、そこには常に或る程度まで俳諧と滑稽との本質的関係が注目されてゐて、そしてこの一般的俳諧本質論を背景として、蕉風俳諧の特殊的本質が考察されてゐるやうに、私には思はれるのである。

支考俳論は、まず「俳諧と滑稽との本質的関係」から語り出されている、そしてそれをもとにした「一般的俳諧本質論」を下敷きにして、蕉風俳諧の本質を語ったものだ、そう克礼はいう。この克礼の認識の正しさは、支考の『俳諧十論』「第一俳諧ノ伝」冒頭を見ればよく分かるが、それについては本節の最後に見る。さらに克礼は次のように述べる。

俳諧の芸術的理念といふやうな意味で、「さび」の複雑な内容を広く考察するには、「虚実論」の問題が当然此処に考へ合はされる必要があると、私は思ふのである。

「さび」の美学的基礎付けには虚実論の考察が不可欠である。それはなぜか。支考の虚実論こそ、俳諧と滑稽の根本的関係、すなわち俳諧の本質からその「心の特殊な態度」を論じたものであり、それこそ「さび」を美に転化させる「主観の在り方」を説いたものだからである。

私は此処で「虚」と「実」との対立を、吾々の心の特殊な態度としての観念論的傾向及び実在論的傾向の意味に解すると共に、此の見地からして俳諧の立場を、一種のイロニー的観念論（Ironischer Idealismus）のそれとして考へることができると思ふ。観念論的傾向といふのは、無論此処では外物を単に吾々の心の主観的観念、又は心像に過ぎないと見るところの主観的観念論の意味であるし、実在論的傾向とはそれに対して、外物をそのまゝ実在するものと見るところの素朴的実在論の意味である。そしてイロニー的観念論といふのは、理論上からは究極に於いて観念論に落ちつくものであるけれども、実際の心の態度或は構へ方としては、言はゞ上述の意味の「虚」と「実」との間に、飄々としてたゞよつてゐるやうな形なのである。

支考が「虚実自在」などと言うときの「虚」や「実」は、いずれも私たちの心の在り方を言ったものだ。そして俳諧の本質とは、そのような虚（観念論）と実（実在論）の間に飄々とただようような心の在り方である。そしてこの「イロニー的観念論」こそが、「さび」を美に転化させる契機に他ならないのである。

私は曾て「さび」の第一の語義即ち「寂寥」の意味と多少共に類縁性を有する、あらゆる美的消極的の内容契機、例えば孤寂、貧寒、欠乏、粗野、狭小等々は、結局一種のイロニー的観念論の美意識の構え方の中に組み込まれて、初めて積極的な美的意義を有するものに変化することを説き、同時に此の意識の客体が、現実と非現実の客観的矛盾を、「美的実在性」の中に止揚することを以て、所謂虚実論の眼目と考へたのであるが、此の点が既に西洋の美学に於いて従来謂ふ所の「フモール」の本質と、一種の親近性を有することは、其の際にも指摘しておいたところである。

本来美しいものではない「さび」は、「イロニー的観念論の美意識」によって捉えられて初めて「美」となる。繰り返すが、この「イロニー的観念論」こそ俳諧の本質であり、その心の在り方を論じたのが支考の虚実論なのである。さらにこの「イロニー的観念論」による「さび」の美的転化は、西洋美学でいうところの「フモール」と通じるものであると結論付けている。

虚実論を、対象を把握し美を生み出す意識の在り方を論じたものと見る克礼の解釈は、先に見た嶺雲と基本的に同じであると考えてよいだろう（克礼が嶺雲を読んだかどうかは不明）。

八

ところで、以上のような克礼の試みを、当時既に確立されていた俳諧研究はどのように受け止めたのだろうか。第一章第一節でも触れた井本農一による書評がそれを象徴的にものがたっている。井本は、美学者の仕事としては一応の賛辞を送った上で、次のように述べている。(19)

然し国文学徒の立場から本書に対して率直に疑問を述べるならば、全体から云つて本書は美学の体系的要請に急なる余り、行論の中に牽強附会、乃至は論理の為の論理と思はれる点が尠からずある様に感ぜられ、一見如何にも論理整然としてゐる様であるが、反つてそこに文学の史的現実から離れた一種の空虚さを感ぜざるを得ないのである。

美学者の仕事としてはいいかも知れないが、「国文学徒の立場」から見る限り、文学史の「現実」をかけ離れており、あまりにも「空虚」だというのである。井本はさらに克礼の「方法的問題」について、疑問を呈する。

(一) 虚実論、不易流行論の立論に当つて、明に偽書とされてゐる俳書に頼られたことは、如何であらうか。
(二) 支考の俳論を蕉風の中心的俳論であるかの如く取扱はれたのは如何であらうか。(略) 之を支考の俳論として論ずるならば兎も角、芭蕉の考を正しく述べた蕉風の中核的俳論と考へることは、支考が作風に於ても人物、系統に於ても蕉風の正統を伝へるものでないと事実的に定位されてゐる今日、十分慎重を期せらるべきであつたと思われる。
(三) 虚実論を不易流行論と対等に置いて之に重要な論拠を置いたことは如何であらうか。虚実論は支考の考へ出した支考の虚実論であって、蕉風の虚実論ではないから、単に一つの俳論として論ずるならば差支ないとしても、蕉風俳論に於ける二大体系の一つであるかの如く取扱ひ、芭蕉の真意を伝へる不易流行論と対等に置いたり、更に又本情風雅論に重要な位置を与へたりするなどの点に対しては疑問なきを得ない。

それ以外にも、「俳諧を芭蕉若しくはその周囲だけに限って考へたこと」や、芭蕉が「寛潤なる態度を持してゐたといふことは事実的に相違する様に思はれるのであって、むしろ毎日〳〵を死と向ひ合つたつきつめた気持でゐたのではないか」といった、当時の俳諧研究における常識を根拠に、『風雅論』を批判する。「国文学徒の立場」から見たとき、そこには多くの事実誤認と方法論的誤りがあるというのである。

この井本の書評と対照的なのが、山崎喜好の書評である。[20]山崎は克礼が扱ったものの中に、疑わしいものや完全な偽書も含まれていることを指摘しながら、「其の責任は必ずしも博士にあるのではない」と述べ、「俳諧の殆どあらゆる面は豊富に、縦横に論じられてあり、のみならず適宜な解明が施してある本書はどれほど私達の思考に多くの糧を供給してくれることであらうかと思う」と高く評価している。[21]しかし俳諧研究の領域においては、おそらく井本の見方が一般的だったのだろう。嶺雲同様、克礼の試みも、その後の俳諧研究において評価されることはなかったのである。[22]

もちろん俳諧研究の観点とその方法論から見る限り、井本の批判は実に正確であった。しかし克礼にしてみれば、そんなことは百も承知だったのではないだろうか。「国文学徒の立場」からは捉えられない問題を、美学者の観点から考えようとしたからこそ、序文において自分の立場と方法論を詳細に説明したのではなかったか。そしてそこから克礼によって語られた支考俳論は、「さび」を美学的に基礎付けるために欠くことの出来ない俳諧の本質論だったのである。

九

以上、俳諧研究と田岡嶺雲～大西克礼という、支考評価における二つの系譜を明らかにした。後者にもう一人加えることができる。克礼『風雅論』の少し前、昭和十一（一九三六）年から昭和十二（一九三七）年にかけて日本哲学全書（第一書房）を編集した哲学者、三枝博音である。

『俳諧十論』を日本哲学全書第十一巻『芸術論』（昭和十一年四月）に収めた三枝は、その解説で次のように述べている。

この「十論」を読む人は、次のことを問題にして置かれたらよいだらうと思ふ。誰が考へても俳諧そのものは理屈としての理論はこれを嫌避するものである。しかし俳諧が本当の詩の様式であるべきと考へ且世上にそれが盛に行はれてゐるのを見る限り、俳諧道を知識的に取扱ひ、その考へ想ふたところを言語でもつて言ひ表したいといふ欲求は当然出てくる筈である。支考はこの欲求に駆られた一人である。それにしても、俳諧が一応人の知識的取扱ひを斥けようとすることには変りはない。そこで、著者の支考はそこをどう振舞つたかといふことである。「俳諧の道といふは、第一に虚実の自在より世間の理屈をよくはなれて、風雅の道理にあそぶをいふ也」と彼は言ってゐるが、**人のあそぶべき境地、風雅の道理をどう言語でもつて言ひ表さうとするのであらうか。これが「俳諧十論」の一書にもちかけられる重大な興味であらうと思ふ。従つて、「虚実の論」や「変化の論」は注意されねばならない。**引いては、「論ふ」といふことを避けたいと考へたほど知識や学問に警戒を加へた、日本の従来の著述家《シユリフトシユテラー》の著述態度を考へてみる有益な資料にならうと思ふ。その見地から見るとき、「虚実の論」や「変化の論」のみでなく、**「俳諧の道」や「俳諧の徳」の論も秀れた思想をもつている。**

右の外に、俳諧の歴史を述べてゐることや、志那の詩や和歌をも考察してゐることや、儒教及び仏教に就いての理解の相当深いことや、その他色々の点に関心がもたれることと思ふ。**私は、歌論の「石上私淑言」とならべて、この「十論」はとにかく注目すべき詩の理論であると考へる。**（太字引用者　以下同じ。）

三枝もまた、支考俳論における根本問題を捉え、そこから各章段の重要性を説いているのである。特にそれまで言語化されたことのない俳諧の本質を言語化しようとする支考の困難を指摘し、「虚実の論」「変化の論」だけでなく、「俳諧の道」や「俳諧の徳」の論が、「秀れた思想」を持つことを指摘していることに注意したい。そして三枝は、『俳諧十論』は全体として「注目すべき詩の理論」となっているのと断定しているのである。

日本哲学全書は注釈書ではないので、残念ながら三枝によって『俳諧十論』が詳細に読み解かれることはなかったが[23]、この時代に、やはり俳諧研究者以外の研究者、哲学者から支考の俳論が注目され、高く評価されたことに注目しておきたい。

さて、田岡嶺雲と三枝博音と大西克礼。三人ともそれぞれの文脈で支考俳論に出会い、それぞれの仕方で支考俳論を高く評価した。支考俳論の研究という点で、お互いの研究を引き継いだ訳でもない。しかしこの三人を支考研究の一つの系譜とみることには意味がある。それはこういうことだ。

現在まで支考研究を進めてきたのは、いうまでもなく俳諧研究の系譜である。それは一つの学問領域を形成し、常に批判的に検証され、確実に研究が進められてきた。しかし今、もう一つの系譜、田岡嶺雲と三枝博音と大西克礼の系譜を置いたとき、これまでの私たちが何を語り得て、何を語り得なかったのかが浮き彫りにされてくる。

私たちが語り得たもの。それは、支考俳論の個別的な読みと、支考俳論の俳論史における位置付けとその意味である。具体的にいうと、前者は、虚実論や姿情論、七名八体説、姿先情後など、支考俳論に出てくるトピックを個別に読み解くということである。後者は、支考俳論が他の俳論にない体系性をもっていること、美濃派を通じての支考俳論の影響力の大きさなどである。

ではこれまでの私たちが語り得なかったものとは一体何なのか。

俳諧研究がフィールドとした「文芸としての俳諧」からはみ出した問題、東洋の美学の構築や思想哲学を志向した田岡嶺雲や三枝博音や大西克礼が捉えることができた問題、それはすなわち支考俳論を支える根本思想、支考俳論の本質である。

ここでは一例だけ挙げておこう。『俳諧十論』の第一段は「俳諧ノ伝」である。これは支考流の俳諧史を述べた段であるが、こう書き出されている。

　そも俳諧の伝といふは、もろこしの史記に滑稽の名ありて、斉・楚の比より秦・漢の間までに、七八人の言行をしるし、太史公が天道の賛詞より、或は笑言をもて大道にかなふとも、或は談笑をもて諷諫すとも、滑稽は酒桶《コガ》の喩なるよし。姚氏は**俳諧のごとし**といへる、畢竟は虚実の自在より、言語にあそぶのいひならん。しかれば**俳諧の道たるや、**本より虚実の訒《サバキ》ならんには、**其道は三皇五帝より禹・湯・文武に伝はりて、其名は司馬遷が史記にさだまりぬとしるべし。誠に太極の道をわかちて、儒・仏・老荘のむかしより、**虚は実をもてつくろふべく、実は虚をもてほどくべければ、孔子に荘周ありて仁義をもどき、釈氏に達磨ありて経論をやぶる。いづれか**俳諧の機変ならざらん。**俳諧はよし儒仏をやはらげて、今は詩哥の媒といふべし。**ちはやぶる我朝には、天の浮橋に此心を伝へて、**（略）

太文字部分を手がかりに、細かいところは無視して支考の論述の構えだけを見てもらいたい。そうするとおおよそ次のような文脈が読み取れるはずである。

　俳諧史は中国の『史記』「滑稽列伝」から始まる。俳諧と滑稽は同義である。ただしその精神自体は大昔から存在し、『史記』に至ってその精神が「滑稽」と名付けられたのだと考えればよい。俳諧は普遍的な精神であり、中国でも日本でも、また時代を問わずあらゆる場面に現前する。例えば孔子に対する荘周、釈氏に対する達磨の精神も俳諧の精神である。日本においては、天の浮橋の神話にその精神が現れて、（略）

ここで語られているのは、通常私たちが知っている国文学史としての俳諧史ではない。私たちの俳諧史は普通、連歌から説き起こされるが、ここで語られている俳諧史は、そうではない。連歌から始まる俳諧史は、この引用の後ようやく語り始められるのである。そこでは、俳諧精神の日本文学における現前、つまり、万葉集、古今集誹諧歌、俳諧の連歌と話は続き、芭蕉の登場という物語が語られてゆく。

支考が『俳諧十論』「第一俳諧ノ伝」で構想している俳諧史は、〈俳の精神〉が中国や日本における様々な場面で具現化されてゆく歴史物語なのである。「文芸」としての俳諧史は、支考の俳諧史においては、あくまで〈俳の精神〉が具現化された一例に過ぎない。支考が描く俳諧史、それは〈俳の精神史〉だったのである。

このような支考俳論の壮大な構えに気づいたとき、従来の俳諧研究が、引用部分に象徴される〈俳の精神〉に関わる領域を研究対象から落とし、逆に田岡嶺雲・三枝博音・大西克礼たちがそれに強く惹かれたということが、よく見えてくるのではないだろうか。

従来の俳諧研究がこれまで語り得なかったもの。それは支考が考える俳諧の本質、つまり「思想としての俳諧」あるいは〈俳の精神史〉としての俳諧なのであった。そして逆にいうと、これまでの俳諧研究が捨ててきたその問題を、俳諧研究の対象として認識できれば、それはすなわち支考俳論を余計なバイアスをかけずに総体として受け止めるということであるが、それができれば、今私たちがもっている俳諧史とは違った、もう一つの俳諧史が浮かび上がってくるのではないだろうか。

注

（1）『俳論史』（明治四十年四月　文禄堂）

（2）『俳文学研究』（前掲）に「支考の俳論」として、「誹・俳観」（『国語教育』昭和七年一・二月）とともに、「平話論」（『国語と国文学」昭和二年八月）、「変化論」（同　昭和二年十二月）、「姿情論」（同　昭和三年六月）、「虚実論」（同　昭和三年十月）が収められている。その他『各務虎雄遺稿集』（前掲）、『各務虎雄続遺稿集』（昭和六十二年十二月　各務ヒロ発行非売品）参照。

（3）「俳論史」（前掲）。

（4）『俳句・俳論』（前掲）。

（5）『美濃派俳書序跋集』（前掲）、『翻刻　俳諧伝書集』（平成六年三月　私家版）や『近世俳諧史の基層――蕉風周辺と雑俳――』（平成四年十二月　名古屋大学出版会）、『俳諧史要』（昭和四十六年十一月　明治書院）など。

（6）家永三郎『数寄なる思想家の生涯――田岡嶺雲の人と思想――』（岩波新書　昭和三十年一月）参照。

（7）「日本俳句発祥三十周年を記念すべく子規居士を中心としたる諸家の感想」（『懸葵』大正十一年十月）。引用は竹野静雄編『藤井乙男著作集』第五巻（平成十九年二月　クレス出版）による。

（8）『俳談』（昭和十八年九月　中央出版協会　引用は岩波文庫）で、「田岡嶺雲が東洋的審美学を起せと言ったことがあるが僕らもそう思ってましたよ」と述べている。

（9）「東洋的の新美学を造れよ」（『日本人』明治二十八年九月『田岡嶺雲全集』第一巻（昭和四十八年二月　法政大学出版局オンデマンド版　平成十六年）所収）など。

（10）引用は『田岡嶺雲全集』第五巻（昭和四十四年十一月　法政大学出版局）による。

（11）西田勝「詩を生きた男」（図録『土佐の反骨・田岡嶺雲』（平成十二年十月　高知県立文学館）所収）。

（12）『東亞説林』第三号（明治二十八年一月）。引用は『田岡嶺雲全集』第一巻による。

（13）『太陽』第二巻第六号（明治二十九年三月）。引用は『田岡嶺雲全集』第二巻（昭和六十二年一月　法政大学出版局）による。

（14）この嶺雲の理解を介して、支考俳論が、中国清代末の思想家王国維の文学論書『人間詞話』に影響を与えたことが、岸陽子「王国維と田岡嶺雲――『人間詞話』をめぐって――」（『近代日本と中国――日中関係史論集』安藤彦太郎編　汲古書院平成元年三月）に詳しく論じられている。

（15）「虚に居て実を」の虚実論は、『夏衣』以下の論書に頻出し、支考虚実論の命題となってゆくのであり、俳諧表現における「虚構」意識を端的に示すものである」（堀切実『蕉風俳論の研究――支考を中心に――』（前掲））や、「虚構を用いていかにも現実であるかのように表現せよ」（南信一『總釈支考の俳論』（昭和五十八年七月　風間書房））など。

（16）『めさまし草』（明治二十九年四月）。引用は複製版（昭和四十三年　臨川書店）による。なお引用中の「（太陽）」は、嶺雲の文章の出典を示したものである。
（17）「帰休庵に答ふ」（『青年文』第三巻第四号　明治二十九年五月）。引用は『田岡嶺雲全集』第二巻による。
（18）『此一筋』（大正二年四月、丙午出版社）。
（19）「大西克礼氏著『風雅論』」（『国語と国文学』昭和十五年九月）。
（20）「国語国文」（昭和十五年八月）。
（21）山崎のこのような柔軟な思考は、現在大阪府立大学所蔵の山崎文庫を見ればよく分かるように思う。山崎は、おそらく当時は評価されていなかったであろう俳書を含め、実に幅広く収集しているからである。
（22）例外的に堀信夫は「滑稽」（栗山理一編『日本文学における美の構造』昭和五十一年五月　雄山閣）において、克礼の『美学』『風雅論』を評価している。また『大百科事典』（昭和六十年六月　平凡社）「俳諧」の項において、堀が俳諧の本質を「俳諧の基本的性格である機知、滑稽が、高雅、幽遠な伝統的情趣〈わび〉〈さび〉の導入によって深く内面化され、高度のフモールに昇華されたところの文芸」と述べているのは、克礼を受けたものであると考えられる。
（23）約二十年後の清水幾太郎との共編、日本哲学思想全書（昭和三十年〜三十二年）第十二巻『俳論・詩論・謡曲論・画論篇』（昭和三十二年一月　平凡社）の解説では、三枝は、ほんの僅かではあるが、『俳諧十論』の一節を読み解いている。傾聴すべき解説である。

第三節　支考俳論の読み方

一

ここまで、総論として支考俳論全体にまつわる問題を論じてきた。次章では、いよいよ各論として支考俳論を具体的に読み解きたい。しかしその前に、その理解の助けとなるよう、詳細な論証は後に譲ることとして、支考俳論を読むときに注意すべき点を四点あげ、私なりの支考俳論の読み方を示しておきたい。

二

まず第一は、第Ⅱ部第一章第一節で確認したように、支考の俳論は、それまでのどの俳論とも全く違っていたということである。つまり、支考はそれまで誰もやったことがないことをやろうとしていたのだ。だから支考俳論は独創的なのだとここで言いたい訳ではない。そうではなくて、支考俳論を読むとき、支考が直面した困難に思いを致す必要があると言いたいのである。支考の困難とは何か。

支考俳論以前に、「俳諧とは何か」という根本的な問題を原理的に論じた俳論は存在しなかった。それはつまり、「問いそのもの」が存在しなかったということである。そしてこれが一番重要なのであるが、それはつまり、それを語る言葉が存在しなかったということなのである。

誰の意識にも上がっていない新しい事柄を、誰もが知っている言葉で語ること。支考が『俳諧十論』を著すにあたって直面した大きな困難は、自分が摑んだ俳諧の本質を、どのような言葉でどのように語るか、という問題であった。前節で見た三枝博音は、さすがにその困難をはっきりと理解していた。

人のあそぶべき境地、風雅の道理をどう言語でもつて言ひ表さうとするのであらうか。これが「俳諧十論」の一書にもちかけられる重大な興味であらうと思ふ。（『芸術論』）

三枝が指摘しているのは、直接には本来言語であらわせない境地を言語化することの困難である。しかしここには当然、それまで俳論においてそのような「境地」や「道理」を誰も語ろうとしたことがなかったこと、したがってそれを語る言葉も存在しなかったということが含まれていると見てよいだろう。

ところで、それまで誰も問題にしたことのない領域を問題化し、それを言葉で表現しようとするとき、一般的には二つの方法がある。ひとつは新しい語を造語するという方法で、西洋哲学ではよく見られる方法である。そしてもうひとつは、既存の語に新しい意味を込めて使用するという方法である。支考が選択したのは後者であった。

しかしそのために、支考俳論はある不幸を必然的に抱えることになってしまった。それは、支考が俳論で独特な意味を込めて使った「虚実」なら「虚実」という語を、同時代から現代に至るまで多くの読者が、当時の一般的な意味を当て嵌めて理解しようとしてしまったことである。当然そのような読者の目には、支考の俳論は衒学的で意味不明なものにしか見えなかった。

なぜそのようなことになってしまったのかというと、そのような読み方が、学問的に正しい読み方であると信じられてきたからである。例えばこう前置きをする論文を目にしたらどうだろう。

〈支考の虚実論を理解するために、「虚」「実」「虚実」という語が当時どのような意味で使われていたかを明らかにし、当時の用例に則して支考俳論を読み解くことが重要である。〉あるいは、〈支考以前にも中国や日本の文学論において「虚」「実」「虚実」が使われていたので、それらがどのような意味で使われていたかを精査し、それをもとに支考の虚実論を読み解くことにしたい。〉

いずれも、現代的な意味を当てはめるのではなく、当時の意味や文学論の歴史に則して支考俳論を理解しようとしており、なんとなく学問的にきちんとした手続きを踏んでいるように思えるのではないだろうか。もちろん一般論として言えば、このような方法論が間違っている訳ではない。むしろ正当な方法である。しかしこのような態度で支考俳論を読んだほとんどの人が、支考俳論は非論理的で意味不明なものであると結論づけてしまったのである。なぜか。先に述べたように、支考は既存の言葉に全く新しい意味を込めて使用したからである。ではどうすればいいのか。簡単である。「虚実」なら「虚実」という語を、支考が俳論の中でどのような文脈においてどのような意味で使用しているかを、俳論それ自体の中から取り出せばいい。このような、抽象的な文章を読むときの基本中の基本が、こと支考を読むときには忘れられてしまったのはなぜか。おそらくは人間性が信用できないという思い込みがあったからである。人間性が信用できない人の文章が一見非論理的で衒学的に見えたら、ほとんどの人はもうそれ以上踏み込んで文章を解釈しようとはしないものなのだろう。うっかり信じて足をすくわれることを警戒した人も多かったのかも知れない。人間性が信用できないという先入観が俳論に不信感を抱かせ、俳論への不信感が支考の人間性批判に説得力を与えるという悪循環が成立してしまったのである。

人間性批判には正当性がなかったことが明らかになった今、俳論についても、先入観を捨てて誠実に向き合うべきではないか。そのとき、支考が直面していた困難をきちんと受け止め、支考が俳論において何を論じ、何を明らかにしようとしたのかを、支考俳論に即して読み取ることが重要なのである。

三

支考俳論を読むときに注意すべき二つめは、支考俳論が何を論じているか、という問題である。前節で見た大西克礼などが、支考の虚実論を「心の特殊な態度」（『風雅論』）を論じたものであると見抜いていたように、支考俳論が論じているのは、徹頭徹尾「心の俳諧」なのである。前節の最後に『俳諧十論』「第一俳諧ノ伝」の冒頭を引用し、支考の描く俳諧史が〈俳の精神史〉であることを述べたが、その「第一俳諧ノ伝」は次のように締め括られている。「吾翁」とは芭蕉のことである。

滑稽の心は吾翁に伝はりて、（略）世にいふ誹諧はいさしらず、俳諧はよし芭蕉庵を元祖といふべし。

〈俳の精神史〉を支考は、「心」の問題として落ち着かせたのである。

支考は芭蕉以前の俳諧を「誹諧」と書き、芭蕉の俳諧だけを「俳諧」と書く。これはもちろん芭蕉の素晴らしさを称揚し、芭蕉を特別な存在として規定したいという思いがあってのことであるが、ここで重要なのは、芭蕉とそれ以前を隔てるものとして支考が持ち出しているのが、「滑稽の心」の有無だということである。それまでの誹諧には「滑稽の心」がなく、芭蕉の俳諧にはそれがある。つまり、そこにこそ芭蕉の俳諧の本質があると支考は考えたのである。したがって支考の俳論は、当然その「（滑稽の）心」を論じたものなのである。

しかしこれまでの俳諧研究は、このことをうまく取り出すことができなかったので、様々な誤解を生んだのだ。[1]例えばひとつだけ例を上げると、芭蕉の有名な言葉に、「俗談平話を正す」（「俗語を正す」）という言葉がある。これを支考は次のような文脈で使っている。

ある人問曰「はいかいは何のためにする事ぞや」
答曰「俗談平話をたゞさむがためなり」（『二十五箇条』）

これなどは、支考が論じている俳諧が「心の俳諧」であるということを考慮しなければ、単なる表現の問題としか見えない。そしてまさしくそのように理解されてきたのである。つまり、〈俳諧は俗語を使った文学である。しかし俗語をそのまま使うだけでは文学にはならない。「俗談平話を正す」というのは、その俗語を詩語にまで高めることをいう。つまり「俗談平話を正す」ことによって、俳諧は和歌連歌に匹敵する文学となるのだ〉という解釈である。しかし上野洋三が指摘したように[2]、誤解である。

もちろん、俳諧が俗語を使った文学であるということ自体は正しいし、俗語の新しい使い方によって今日いうところの詩的言語に昇華されることがあるのも事実である。しかし少なくとも支考のいう「俗談平話を正す」の意味はそれではない。全く含まない訳でないが、それだけではない。「俗談平話を正す」という言葉は、表現された言葉についてだけ言われたものではないのである。ここで言われているのは、言語表現をする主体、広い意味での心の問題である。

もちろんこれは私の恣意的な解釈ではない。「俗談平話を正す」という言葉を心の問題として捉えた解釈は既に近世に存在する。人でいえば傍流美濃派周辺、土地でいえば北陸あたりに流布していた『二十五箇条』の注釈書である。一般によく知られているのは、享和二（一八〇二）年に出版された『俳諧二十五箇条注解』である。月居の序によると、これはもともと闌更が所持していたもので、内容的に芭蕉の俳諧をよく伝えていると評価し板行に及んだという。『白馬奥義解』や『芭蕉翁廿五ケ条解』の名でも流布している。版本、写本合わせて多く現存しており、よく読まれたと推察できる。

本書は『続俳諧論集』（俳諧文庫第十五編　巖谷小波校訂　明治三十二年六月　博文館）に支考著として翻刻されている。全て支考の文章とは考えにくいものの、基本的には支考の考え（教え）を基にしたものと見て間違いない。この点については前に論じたことがある[3]のでそちらを参照願いたいが、今簡単に述べると、まず、『俳諧二十五箇条注解』と類似した本文をもつ『白馬経秘鍵』なるものを、幾暁（安楽坊春波）が富山の菊池左圃に伝えた本が菊池家に現存している。後で詳しく述べるように、幾暁は、支考に入門し、後に自ら蕉門三世を名乗り、各地で俳諧の講義や伝書を伝えた、いわゆる傍流美濃派の俳人である。幾暁は、支考自身による『俳諧十論』の講義「十論講」にも出席しており[4]、直接支考の教えを受けた、支考に非常に近い人物なのである。その幾暁が、『俳諧二十五箇条注解』と類似の本文をもつ『白馬経秘鍵』を伝えていたのである。また、麦水の『蕉門廿五ケ条貞享意秘註』は、『俳諧二十五箇条注解』と類似の本文に、麦水が「評」を加えたものである。麦水もやはりこの本文を不審には思っていない。以上のことから、『俳諧二十五箇条注解』（や類似の本文をもつ注釈書）は、伝来から見ても内容から見ても、当時から支考著と信じられていたのであり、そう考えても矛盾しない内容を持っていた。現在から見ても、支考の考えが色濃く反映されていると見てよいと思う。

おそらく『俳諧二十五箇条注解』は、『俳諧十論』の注釈書である『為弁抄』や『俳諧十論弁秘抄』[5]同様、支考による『二十五箇条』の講義録を基にしたものであろう。支考が地方の宗匠などに『二十五箇条』を伝授した証拠は残っているが、「十論講」のようなかたちで『二十五箇条』を講義したという記録はない。しかし、金沢市立玉川図書館蔵『俳諧二十五箇条講義』[6]は、見龍（支考）から伝えられたという奥書を持っており、これを信ずるならば、支考は『二十五箇条』だけでなく、その注釈も講義・伝授することがあったということになる。また『白馬経秘鍵』を所蔵している菊池家には、玉川図書館蔵本と類似の本文に幾暁の書き込みが付された『二十

五箇条講義』も伝わっている。(7)

さて前置きが長くなったが、その『俳諧二十五箇条注解』で、「俗談平話を正す」がどのように注釈されているかを見てみよう。

「俗談平話を正す」には、「表裏」二つの意味があるという。

表の意味は「言語のあやまりを正すの意」(8)。例えば、「晦日《つごもり》」を「つもごり」というのは誤りで、それを訂正するということである。これだけだとごく当たり前のことのように思うが、誤りを訂正するのはあくまで結果であって、ここで説かれているのは、言葉(の意味)というものをもう一度よく見直してみることの大切さである。「つごもり」については、「卅日の月入はてゝ月くもるの言を略したり」と説明されている。上野洋三は、「正す」は「糺す」、つまり問い質して本質に遡ってゆく意だと述べているが(9)、そのように、普段何気なく使っている一つ一つの言葉について、その意味本質を追究してゆく、それが俳諧の目的のひとつである、と「表の義」は語っているのである。

それに対し、「裏の義」は次のように説明されている。

　裏の義は、俗談平話のことばを正せば情を正するなり。

「言葉を正す」ことが「情を正す」ことになるというのである。では「情を正す」とはどういうことか。まず「言語に行ふ世間の理くつをすてゝ、風雅の道理を取る所が正すといふ也」と説明される。「世間の理屈」とは、常識や固定観念、先入観にとらわれた硬直したあり方(ものの見方)をいう。そこから自由になり、ちょっとした変化も敏感に感じられるようなしなやかな感性をもつことを、支考は「風雅の道理に遊ぶ」という。俳諧は

「機変の法」ともいうように、文考は、変化を敏感に察知する感性を身につけることを非常に重視していた。そのような感性が自分自身に向けられれば「おのれが本情」を知ることができるし、物に向けられれば、ものの「本情」を知ることができる。『三冊子』に次のようにあるのも同様の意味である。

師のいはく「俳諧の益は俗語を正す也。つねに物をおろそかにすべからず。此事は人のしらぬ所也。大切の所也」と伝へられ侍る也。(10)

上野が指摘したように、従来この文章は、「俗語を正す」と「物をおろそかにすべからず」は、並列に並べられた別の事柄として読まれてきた。しかし「言葉を正す」ことが「情を正す」ことになるということを踏まえると、ここは、「俗語を正す」ことによって「ものをおろそかに」しない「情」を得ることができる、それが俳諧のメリットであるという意味に理解できるのである。(11)

俗語を正すことは、ものをおろそかにしないことであると、芭蕉は説いていたのである。少なくとも芭蕉や支考、あるいは土芳は、俗語というものを単なる表現された結果としてだけ見るのではなく、それを表出する心（情）との関係において考えていたのだ。そうでなければ、「俗語を正す」ことがなぜ「物をおろそかに」しないことに繋がるのかが理解できないだろう。

さて、そういう感性が他人に向けられれば、当然人情の機微に通じることになる。そこで「裏の義」は続けて次のように説明される。

言語は無為湛然たる本心が七情にうごきて、気形相きしりて発る所これ性情の柯葉なり。依て言葉とも訓ぜり。されば其言語に行ふ世間の理くつをすてヽ、風雅の道理を取る所が正すといふ也。こヽに談言の微中に紛を解いて、談言を以て人和を調ふを正とも又遊ともいふべきなり。

言葉でもって人間関係をうまく運ぶことを、「正」とか「遊」とかというのだと述べているのである。文考のいう「遊」は、何にもとらわれない柔軟で自在な心の状態を意味するのであるが、そのような心が言葉の意味本質を追究することを可能にするのであり、人間関係の和を調えるというのである。ここで念頭にあるのは、『史記』「滑稽列伝」に登場する滑稽人である。後で詳しく見るように、滑稽人とは、杓子定規な正論では解決できない人間関係の難問を談笑のうちに解決することができる弁舌のスペシャリストのことである。彼らがそのようなことができるのは、まさしく言葉の意味本質を十分に理解し、人情の機微に精通した自在な心をもっていたからなのであった。

以上のように、「俗談平話を正す」とは、言葉というものをもう一度よく見直すことをいう。しかしそれは、日常言語を詩的言語に昇華させることを意味するのではない。それは、一つ一つの言葉の意味本質を追究すること、そのことを通して得られる繊細な感性、柔軟な思考、ものの本質を見る目、そして俳諧において最も重要である、人情の機微に精通する心を養うこと、これら全てを含んでいるのである。

このような理解がすっかり忘れ去られ、日常言語を詩的言語に昇華させるなどという表層な解釈が通用してしまったのは、文考俳論が「心の俳諧」を説いたものであるということが忘れ去られてしまったからに他ならないのである。

四

さて、俳諧が心の状態、ある意識的な精神状態のことであるとすれば、それは「文芸としての俳諧」に限定されず、その心をもってする行為はすべて俳諧の行為ということになる。それはつまり、俳諧の可能性を大きく広げることを意味する。この「思想としての俳諧」という点が、支考を理解するときの留意すべきことの三つめであり、本書の冒頭で述べたように、後世の人が最も理解できなかった点である。

例外的にこのことを見抜いていた堀信夫は、支考が芭蕉を「思想としての俳諧の大成者」として仰ぐに至った「記念すべき教え」として、「老荘哲学の万物斉同・虚実自在の教え」、「「旅」「漂泊」についての厳しい教え」、「臨終の床に於ける「旅に病て夢は枯野をかけ廻る」という句の推敲の件」の三つをあげている。[12]

もちろん「思想としての俳諧」の教えを受けたのは支考だけではない。例えば去来も魯町に次のように語ったという。

> 俳諧を以て文をかくは俳諧文也。歌を詠ば俳諧哥也。身を行はゞ俳諧の人也。（『去来抄』[13]）

俳諧の心でもって文をかけば俳諧文となり、俳諧の心でもって歌を詠めば俳諧歌となり、俳諧の心でもって立ち居振る舞いをすれば俳諧の人となる、というのである。当然そこから類推すれば、俳諧の心を以て連歌を詠めば俳諧の連歌となり、俳諧の心で画を描けば俳画となる。このような俳諧観から見れば、「文芸としての俳諧」（＝俳諧の連歌）は、「思想としての俳諧」（俳諧の心）の一具現に過ぎないのであった。

支考はこのことを、『俳諧十論』より前にすでに『続五論』においてはっきりと示していた。その跋で、支考は「俳諧は何のためにする事ぞや」と繰り返し問い、自ら次のように答えているのである。[14]

此ほど俳諧はし給はずやととへば、武士は近侍・夜詰にいとまなしといひ、町（人）は米買・質置に取まぎれたりといふ。かくいふ人〳〵は、かの五七五七〻の俳諧のみしれる人といふべし。

忙しくて俳諧をする暇がないという人は、「五七五七〻の俳諧」つまり「文芸としての俳諧」だけ知っている人、逆にいうと「思想としての俳諧」（心の俳諧）を知らない人だというのである。そして次のように述べる。

先師曰、「俳諧はなくてもありぬべし。たゞ世情に和せず、人情に達せざる人は、是を無風雅第一の人といふべし」と。

「文芸としての俳諧」はなくてもいい、ただ世俗の人たちの心と調和せず、人情が分からない人こそ無風雅の人というのだと、芭蕉が語ったというのである。支考にとって俳諧とは人情が分かる心であり、「世情の人和」（現実の人間関係における和）を可能にする心なのであった。

五

最後、四つめは、支考が論じている「心」は、基本的には日常生活の人間関係におけるそれであるということである。芭蕉は隠遁生活を送るなど、俗世間との関わりを半ば断ったが、支考は、日常生活を離れて俳諧はないと考えていた。もちろん支考は、それが芭蕉の教えであると考えていた。先の引用も、「先師曰」とはっきり書いている。また、元禄四年正月二十五日に芭蕉の教えを洒堂が書き留めたものに、「俳諧世道二ッなし」という文言がみえ、[15]その約一月後の元禄四年二月二十二日支幽・虚水宛芭蕉書簡にも、「世道・俳道、これまた斉物にして二つなき処にて御座候」[16]と芭蕉が書いている。両者とも特定の個人に宛てたものであるが、この頃の芭蕉が、『荘子』の思想とともに、「俳諧世道二ッなし」ということに強い関心を持っており、それを支考にも語っていたと考える方が自然である。そしてそれを支考は、「世法」という語で展開したのである。

詳しくは第二章第五節で論じるが、ここでは、支考にとって俳諧の場はあくまで日常生活、とくに人間関係だったということを強調しておきたい。人間存在はその根底に情動をもつという意味で、情的存在であり、その人間同士の関係も、情動に支えられている。俳諧は、その人間関係の根底にある情の機微に触れ、和ませることによって、「人和」を調える。支考はそれを「世情の人和」という。俳諧はこの「世情の人和」を調える力を持っているというのである。その意味で、支考にとって俳諧とは、日常生活をよりよく生きる思想だったのである。

以上、①それまで誰も論じたことがなかった新しい領域を、既存の言葉で語ろうとしたこと、②「俳諧の心」を論じていること、③「思想としての俳諧」として俳諧の可能性を大きく切り開いたこと、④日常生活における人間関係（人和）を生きる思想として俳諧を論じていること、の四点が、支考俳論の基盤となっていることを述べた。

ところで少し視野を広げてみれば、ここにあげた四点は、まさしく支考が生きた時代の思潮だったことに気付くのではないだろうか。庶民の知的好奇心が高まって抽象的思考が好まれるようになり、「心」や「情」への関心が高まり、日常倫理の思想が盛んになったのが、まさしく享保の頃である。また第Ⅲ部で取り上げる支考による美濃派組織化の手法も、この頃確立された家元制度によく似ているのである。

本書では支考俳論を支考の言説それ自体から正しく読み解くことを主眼としているので、同時代の他の思想との関係についてはほとんど触れないが、例えば既に中村幸彦が、先に引用した『続五論』の「俳諧はなくてもありぬべし」の一節を引いて、芭蕉の論と仁斎の所説が似ていることを指摘している。[17] この言葉は芭蕉の思想であると同時に、それに着目しそれを基盤とした俳諧観を形成した支考の思想でもあるのである。[18]

また、「「情」乃至「人情」の追求が、蕉風復興運動の中心的課題であった」[19]と指摘した田中道雄は、「我」「思いやる心」などもキーワードとして支考の後の時代、すなわち十八世紀後半を論じている。蕉風復興運動を牽引した蝶夢と支考の俳諧観の類似性については、第三章で詳しく見る予定である。

その他、熊沢蕃山の思想や「心学」との関係も興味深い問題であるが、[20]ここでは次のことだけ述べておきたい。すなわち、支考に決定的な影響を与えたのはいうまでもなく芭蕉であるが、支考はその芭蕉の教えを、時代の思潮の中で咀嚼し、自分の思想として展開したということである。ただし、芭蕉を除いて、特定の個人や特定の思想からの影響というよりは、大きな時代の流れの中に、敢えて言えばかなり前の方に支考はいた、と見た方がよいように思う。

さて、以上のことを踏まえた上で、次章では支考俳論を具体的に読み解くことにしたい。

注

（1）　長年支考研究を続けてきた堀切実は、おそらくこのことを分かった上で、敢えて心の問題を捨て、表現の問題に焦点を絞ったのではないかと思われるが、それについては第二章第一節で詳しく見る。

（2）　「春雨・蜂の巣・蜘蛛の囲」（「女子大文学」平成元年三月）、岩波セミナーブックス・古典講読シリーズ『芭蕉七部集』（平成四年七月　岩波書店）。

（3）『廿五箇條講義』について――本文と研究――（一）（「国語年誌」第十七号　平成十一年年二月）、『廿五箇條講義』について――本文と研究――（二）」（「論叢」第六十三号　平成十一年三月）、『廿五箇條講義』について――本文と研究――補遺」（「会報　大阪俳文学研究会」第三十五号　平成十三年十月）。

（4）そのときの講義録を、弟の春渚が蝶夢に伝え、蝶夢がそれをもとに『俳諧十論発蒙』を執筆している。

（5）中森康之・永田英理「美濃派道統系の『俳諧十論』注釈書・『俳諧十論弁秘抄』〈翻刻と解題〉（一）」（「雲雀野」三十二号　平成二十二年三月）、同「美濃派道統系の『俳諧十論』講義録――『俳諧十論弁秘抄』（下）」（「雲雀野」三十三号　平成二十三年三月）参照。

（6）富田文庫。（23.9/36）

（7）注3参照。

（8）引用は『続俳諧論集』（俳諧文庫第十五編）による。ただし、句読点、濁点を私に付した。

（9）注2『芭蕉七部集』参照。

（10）引用は『蕉門俳論俳文集』（古典俳文学大系第十巻）による。

（11）この二文を、別の事柄ではなく関係付けて読まなければならないという点、「正す」が「ものを問い質す。糾明する、たずね究める、その意味の糺す」（『芭蕉七部集』）の意である点については上野説に同意するが、文章自体の解釈は全く異なる。上野は「「俗語」という語は「物」のかわりに、いったん出した」（同）だけで、「「物」というのは目に見える物質には限りません、言語――雅語・俗語を問わず――を含めてあらゆる出来事、この世の出来事すべて」であるとし、ここを「「俳諧の益」として目的とすることは、雅語も俗語も追究していく、この世のあらゆる現象のすべてを、その根本に遡って追究していく点にあるのだ」（同）と解釈しているからである。

（12）「支考『芭蕉翁之日記』――附たり『笈日記』――」（前掲）。なお誤字は改めた。

（13）引用は『蕉門俳論俳文集』（古典俳文学大系第十巻）による。

（14）引用は架蔵の版本による。

（15）大礒義雄『芭蕉と蕉門俳人』（前掲）。初出は「新出の芭蕉書簡・俳文・伝書等――「巾秘抄」所載の芭蕉資料――」（「近世文芸資料と考証」昭和四十年二月　七人社）。

（16）引用は田中善信『全釈芭蕉書簡集』（前掲）による。

（17）「文学は「人情を道ふ」の説」（「国語国文」昭和二十六年二月）。

(18) 仁斎について支考は「論語ノ古儀といふ物は我朝の儒家の抄なるが、論語は学文を先にして孟子は学道を先にすとや。(略)此儒者はよし孔孟の書に這箇《しやこ》の眼力ありといふべし」(『為弁抄』)と述べている。「這箇」は仏語で「仏性」の意。支考は『論語古義』「総論(綱領)」の「論語専言教而道在其中牟。孟子専言道而教有其中牟。」を念頭に置いていると思われる。

(19)「拾子と蕉門俳諧――国老・藩儒・町人を結んだ〝人情〟――」(『福岡県史』近世研究編福岡藩(三)(昭和六十二年十二月)。本論稿をはじめ関連する論稿が『蕉風復興運動と蕪村』(平成十二年七月　岩波書店)に収められている。

(20) 安丸良夫『日本の近代化と民衆思想』(昭和四十九年九月　青木書店　平凡社ライブラリー(平成十一年十月))、佐久間正『徳川日本の思想形成と儒教』(平成十九年八月　ぺりかん社)、吉田公平『日本近世の心学思想』(平成二十五年三月　研文出版)など参照。また美濃派と石門心学の関係については、堀切実「美濃派俳論史と心学の流行」(「江戸文学」二十六(平成十四年九月)『芭蕉と俳諧史の展開』(平成十六年二月　ぺりかん社)所収)、田中道雄「立川曾秋と『曾秋随筆』――蕉門俳諧と石門心学の接点として――」(「鹿児島大学教育学部研究紀要」昭和五十一年三月)参照。

第二章　各論　支考俳論のキーワード

本章では、いよいよ支考俳論を私なりに読み解いていきたい。そのための方法として、支考俳論から重要なキーワードをいくつか取り出し、それを読み解くという方法を用いる。これには少し説明がいると思う。

私は第Ⅱ部第一章第二節において、これまでの俳諧研究が、支考俳論の根本思想を捉えようとせず、支考俳論の中から評価できるピース（断片）、例えば「虚実」や「姿先情後」などを切り出すことしか出来なかったと批判的に述べた。本章も「各論」としてキーワードを個別に取り出して論じているが、私が目指しているのは、あくまで支考俳論の本質的理解である。したがって本章で取り上げた「虚実」「先後」「滑稽・諷諫」「時宜」「世法」という五つのキーワードも、それぞれが完全に分離し孤立したものではなく、全て支考俳論の根本思想から出て来たものとして論じている。本章のねらいは、それを逆に辿り、五つのキーワードを掘り進めることによって、支考俳論の根本思想を描き出すことである。そのため、同じ議論を繰り返したり、同じ引用を何度も繰り返すことを厭わなかった。あるいは煩雑に感じられるかも知れないが、どうかご海容願いたい。

第一節　虚実

第一項　文考虚実論の本質

一

文考といえば虚実論と言われることからも分かるように、「虚実」は文考俳論の根幹をなす概念である。しかしそれは、文考の生前から現代に至るまで、ひどい誤解にさらされたままである。そこで本節では、文考俳論を読み解く鍵となる「虚実」について検討し、その意味を明らかにしたい。

二

文考の虚実論を解読しようとすることは、これまでも何度も試みられてきた。しかしそのいずれもが失敗した。まずはこれまでの研究を振り返り、その失敗の原因を考えてみよう。

文考虚実論の解明という点でこれまでの研究史を振り返ると、モチーフ・方法論において三つのグループに分けることが出来る。一つ目は、文学や医学、兵学等に見られる「虚実」の用例をできるだけ多く集めて、それを定義しようとするものであり、文考虚実論もその中の一つとして扱われている。例えば井上豊は最終的に「虚実」を次のように定義付けている。

かように虚実は時代により人によつてさま〴〵な意味に用いられているが、これを整理してみると、第一は空虚と充実といった意味であって、心を中心とする場合と物を中心とする場合とがある。力を中心とする場合も考えられる。第二は虚偽と真実（あるいは事実）、嘘とまこと、を主眼とする場合で、言葉が関係する。第三は表現と実体、虚構と写実、といった意味を中心とし、内容と表現の関係が問題であり、第二の場合を一般化したものともいえる。空想と現実といった意味にも用いられるが、これは第一の心を中心とする場合に入れてもよい。場合によつて多少のずれはあるが、どの用例もこのうちどれかにあてはまるのである。[1]

しかし残念ながら、支考の「虚実」は、このいずれにも当てはまらない。私だけでなく、井上もそう感じていたはずだ。だからこそ井上は、支考の虚実論を、談林や芭蕉の虚実観に基くとしながらも「観念的に体系化しようとして空論詭弁に陥つている」と批判せざるを得なかったのである。このような辞書的方法は、比較的意味の規定しやすい語に輪郭を与え、大きく整理するには適しているが、支考虚実論のように、一つの論を形成する抽象語の理解にはそれほど有効ではない。なぜならそのような語は、一般意味に還元されない固有意味を必ず持つからである。しかし辞書的方法によって導かれる意味は、あくまで一般意味なのであって、固有意味ではない。もちろんこの方法自体が無意味だったのではない。数多くの虚実の用意から導かれた一般意味が支考の虚実には当てはまらないとなったとき、「では支考の虚実とは何か」とさらに問を進めるべきだったのである。そうすれば虚実の一般意味と、それには収まらない支考の「虚実」の固有意味が両方浮き彫りにできたはずだ。それなのに井上は、自分が多くの用例から帰納した「虚実」の一般意味が支考の俳論に当てはまらないことの責任を支考に転嫁し「空論詭弁」と批判したのである。これはやはり不当な批判と言わざるを得ない。少なくとも他の用例から導かれた一般意味を支考虚実論に無理に当て嵌めようとする方法では、支考の虚実の意味を明らかにすることは決してできない。なぜなら第一章第三節で述べたように、支考はそれまで誰も語ったことのないことを「虚実」という言葉で言い当てようとしていたからである。

二つめのグループは、支考自身の文章をできるだけ抽象性を損なわないままで組み合わせて、虚実の意味を明らかにしようとするものである。例えばこの代表として、各務虎雄の説明を見てみたい。

以上によって、支考のいふ虚実の義は、虚と実とが相対立して呼ばれる限りに於ては、明らかにし得たと思ふのである。即ち天と地、体と用、和と礼、皆空と実相、文と質、花と実及び変と化との関係が、虚と実との関係にあたるとしたのであつた。これを帰納すれば、その虚とは、色なく形なく、総べて五官によつて感覚することのできないものである。原理とも本源とも、名づくれば名づくべきものである。その実とは、本源より発し、虚の相を体して五官に訴へられる一切の事象の相である。これを実体とも現象とも、名は別に定めることもできよう。虚は寂然不動の体、実は千変万化の用である。(2)

各務の論は、支考虚実論の解明に真正面から取り組んでおり、評価されるべきものである。この説明も、『俳諧二十五箇条注解』等の資料を踏まえてなされたものである。例えば『俳諧二十五箇条注解』では、「万物は虚に居て実に働く」は次のように注釈されている。

凡きよじつを三才にあてゝいふときは、虚は天なり。上天のことは、おともなく、香もなく、虚霊不昧にして、道の本源のこゝに出でゝ、おほうて化するところなり。実は地にして万物千山百化海をのせてへんずるところ也。

各務はこのような注釈をそのまま引用するのではなく、他の資料も用いて説明をうまく構成している。しかしできるだけ抽象性を損なわないように説明しようとしているため、支考虚実論を正確に理解している者が読めば理解できるかも知れないが、これによって支考の虚実論を理解しようとする者にとっては、ほとんどトートロジーにしか聞こえない。残念ながらトートロジーは解釈にはなり得ず、「わかった！」という実感を生まない。なぜなら、トートロジーは似た意味の言葉に置き換えるだけであって、意味の内実を明らかにしないからである。

結局、支考虚実論の解明に真摯に取り組んだ各務の研究も、支考虚実論の意味の解明には届かず、後の支考虚実論研究にもうまく引き継がれることはなかったのである。

さて、このような二つのグループの成果と反省を踏まえ、少し視点を変えた研究がなされた。それが三つめのグループ、すなわち、花実論や芭蕉の俳論との関係から、支考虚実論の特徴を解明しようとするものである。このグループに属する研究では多様な結論が出されているが、特徴として、支考虚実論に「二つの柱」を見ている点をあげることができる。その代表は堀切実の研究である。

支考の虚実論が「虚実」を中核に据えつつ初めて本格的に体系化されたとみられる享保期の『俳諧十論』には、いわば形而上的とでも称すべき風雅の心構えを説く虚実観と、俳諧における表現の特質の問題、すなわち文芸論的な虚実表現の意義に関する虚実論と、この二つの柱を把握できることである。そして、この風雅の態度論的虚実観については、その根源を、容易に芭蕉晩年の風雅観に求め得るもので、支考が初期俳論でしばしば強調する「本情論」的立場（支考は「風雅の実」ということばをあげる）であり、その支考流の発展的解釈として成立したものであるが、一方の表現論的虚実論については、事実上、元禄末から宝永・正徳期にかけて支考のいう「虚実」は、専らこの意義なのであって、これこそ、支考的発想に基づく、支考虚実論の中心をなすものとみられるべきものである。[3]

これを先の各務の文章と比べると、トートロジーを避け、虚実の意味内実を、虚実の外部の視点から照射しようとしていることが窺える。その視点から堀切は、支考の虚実論には「風雅の態度論的虚実観」と「表現論的虚実論」という「二つの柱」があると指摘しているのである。これより先に、宮本三郎が支考虚実論には「俳諧本質論乃至は芸術態度の問題」と「表現論としての虚実論」という二つの問題があることを指摘しているので[4]、両氏の論文の結論は異なっているものの、堀切の指摘する「二つの柱」は、宮本のそれを踏まえたものと思われる。そしてこの「二つの柱」は、それぞれのモチーフによく答えるものとなっている。堀切の研究をもう少し詳しく見てみよう。

堀切は、支考虚実論における支考の独創性を明らかにするというモチーフを持っていた。これは第I部で見た当時の俳諧研究における支考の評価を考えると、当然のことであった。支考は人間性に問題があり信用できず、その俳論も研究するに値しないと信じられていたのである。堀切は、支考を研究するだけでなく、支考を研究することに意味があることをも同時に証明しなければならなかった。芭蕉を研究することには誰も疑問を抱かないが、支考研究はそうではなかったのである。そこで堀切は、支考俳論には芭蕉にもない独創的なところがあり、それは十分評価に値することを示そうとした。そのために堀切が考えたのが、まず支考俳論の中から芭蕉にも見られる点を除き、残ったものを支考の独創性として示す方法だった。そのモチーフと方法から要請されたのが、「二つの柱」だったのだ。つまり支考の虚実論には二つの柱があることを指摘した上で、芭蕉にも見られる「風雅の態度論的虚実観」を取り除き、残った「表現論的虚実論」を支考の独創性と認定したのである。
繰り返すが、堀切が採用したこの方法は、当時の俳諧研究の状況を考えると、ある意味必然的な方法であり、これを現在から安易に批判すべきではない。また堀切は近年、この「表現論的虚実論」を軸に、支考の「姿先情後」なども取り入れて、近世から近代に至る表現史を構想していることも忘れてはならない。[5]
しかしながら、そのことを十分踏まえた上で言うなら、堀切の「二つの柱」による解読も、支考虚実論それ自体の本質を解明できなかった。堀切の方法では、なぜ支考虚実論が「二つの柱」を持たなければならなかったのか、この二つはどのような関係にあるのかという問題を解くことができなかったからである。だから堀切は、「二つの柱」の関係について、次のように述べるに留まらざるを得なかったのである。

しかも支考は、この虚実風雅観（風雅の態度論的虚実観――引用者注）と先の虚実表現論（表現論的虚実論――引用者注）との両面を結びつけるのに、やや強引であり、ために論理体系の観念化と論旨の不明瞭を招いているのである。

しかし実は、「二つの柱」を立てたのは堀切（やその他の研究者）であって、支考ではない。もともと支考は、虚実論において「二つの柱」など立ててはいないのである。研究者の方が勝手に「二つの柱」を立てて読もうとし、その関係が「やや強引」だと批判しているのである。私に言わせれば、これもやはり不当な批判だと言わざるを得ない。強引なのは支考ではなく、「二つの柱」を立てた方なのだから。
ではなぜそのようなことになったのか。「二つの柱」が、芭蕉にはない支考の独創性を明らかにするというモチーフによって要請されたものだったからである。それは決して、支考虚実論の内側から必然的に出てきたものではなかったのだ。

以上のように、結局これまでの研究は、モチーフ・方法論自体が持つ限界によって、支考虚実論の本質解明には至らなかったのである。そこで本書では、支考虚実論の本質を解明するために、これまでとは違った形で、初めから一歩ずつ問いを立てながら進んで行きたいと思う。できるだけ支考の真意を汲むかたちで。

三

ではまず次のように問うことから始めたい。そもそも支考は何のために俳論を著したのか。芭蕉の俳諧の本質と魅力を明確にした上で、自らもその可能性を追求し、かつ広く普及させたかったからである。例えば支考は、俳諧が儒仏老荘よりも優れた日常を生きる思想であることを『為弁抄』などで繰り返しているし、「名人」である芭蕉に対して、「上手」である自分の役割として、芭蕉の俳諧を広めることを考えていたことは既に述べた通りである。その一つが、芭蕉が残さなかった俳論を自分が著すということだった。

ただし支考が目指したのは、単に普及することではない。支考にとっては、その行為自体が俳諧の実践であった。『俳諧十論』も、ただの蕉風俳諧の解説書ではない。『俳諧十論』は「論」の文体で書かれているのである。この文体を意識した文章執筆は、支考にとっては俳文の実践に他ならない。参考までにいうと、『本朝文鑑』「題註」には「論」について「文式ニ論ハ曲折深遠ナル宜ク也。或ハ曰反覆シテ事ノ情尽ス也。」と解説されている。支考俳論が一見難解に見えるのは、支考のこの文体意識によるところが大きい。

例えば『俳諧十論』「第一俳諧ノ伝」に次のような文章がある。


実《ゲニ》ぞよ、その比の誹諧といふは、今様の人の軽口とおぼえて、哥よみ連哥する人も一座の酒興にいひ捨て、誹諧の口をまねる人あれども、誹諧の心を伝ふる師なし。おろかや今いふ俳諧は、其道は唐・虞の先にわかれて、其名は斉・楚の後にあらはれ、其風は和漢の一躰となりぬ。

この「唐・虞の先」という言葉について、文考は『為弁抄』で次のように解説している。[6]

此三字には文の字対を弁ずべし。爰に其道のはじめをいはゞ、羲・農の先にというべきを、先といふ字には太極無極をふくめて、唐・虞の国をもて斉・楚に対したる、例の意を破るとも、姿をやぶらずといへる、文章の法を信ずべし。十論の文の奇絶なる、すべては此例に知べき也。

ここで支考は何を言っているかというと、俳諧の道が起こったのは、本来は「羲・農の先」、つまり中国の伝説上の帝王とされる伏羲と神農の時代以前と言うべきなのであるが、ここでは文体を優先させて、敢えて「唐・虞の先」とした。それは、次の「其名は斉・楚の後に」という文章と対にするためである。つまり「斉・楚」が国の名なので、それと対句にするために国名である「唐・虞」と書いたというのである。そしてそれについて支考は、文章の意味内容を犠牲にしてでも文体（文章の姿）を守るというのが「文章の法」であり、『俳諧十論』はこの法にのっとって書かれている、と言っているのである。[7]このことの是非は今おくとして、支考はこのような意識で『俳諧十論』を書いており、読む側はそれを理解しておかないと読み損なうことになるのだ。したがってここの意味を理解する場合には、細かいことは無視して、「俳諧の道は、中国の神話時代以前の大昔から存在し、「俳諧」という名前（概念）は、斉・楚の国が誕生した後に出来上がった」と読めばいいのである。

このような読みは、いい加減な感じがするかも知れないが、支考自身が「意を破るとも」と言っているのである。「唐・虞の先」であろうが、「羲・農の先」であろうが、大昔ということが分かればそれでよいのだ。どのくらい大昔かというと、宇宙が誕生したときと言ってはいるが、現実的には人間が他者と関係する社会的存在となったとき、つまりは人間が言葉を持ったときからというのであろう。概念自体の確立は後になるが、俳諧の実践そのものは人間が言葉をもち、他者とコミュニケーションをする社会的存在となったときからあったというのである。支考は、俳諧はそれほど古く、人間存在にとって不可欠なものだということを言いたかったのである。なお、「斉・楚」というのは、『史記』「滑稽列伝」に登場する斉の淳于髡と楚の優孟を念頭に置いていることはいうまでもない。俳諧（滑稽）が、明確に概念化されたのはこのときだったと支考は述べているのである。

そのように理解できれば、「第一俳諧ノ伝」の冒頭に次の文章があったことを思い出す。

其道は三皇五帝より禹・湯・文武に伝はりて、其名は司馬遷が史記にさだまりぬとしるべし。

これが先の「其道は唐・虞の先にわかれて、其名は斉・楚の後にあらはれ」と同じことを述べていることは、もはや明らかだろう。このように、支考が『俳諧十論』をどのような文体意識で書いているかを少し摑めれば、細かいことにとらわれることなく、支考の真意を理解できるのである。

以上のように支考は、『俳諧十論』において、俳諧の本質論、実践、普及の三つを同時に試みようとしていたのである。

では次の段階の問いに移ろう。支考が意味規定（概念化）し、普及させたいと思い、自らも実践した芭蕉の俳諧の本質とは何か。「俳諧の心」である。先ほど引用した『俳諧十論』「第一俳諧ノ伝」をもう一度見てみよう。

> 実《ゲニ》ぞよ、その比の誹諧といふは、今様の人の軽口とおぼえて、哥よみ連哥する人も一座の酒興にいひ捨て、誹諧の口をまねる人あれども、誹諧の心を伝ふる師なし。おろかや今いふ俳諧は、其道は唐・虞の先にわかれて、其名は斉・楚の後にあらはれ、其風は和漢の一躰となりぬ。況や其道に其法をさだめて、世情をあつかふ教とならば、滑稽の心は吾翁に伝はりて、菅丞相の梅をさゝげて、仏鑑の禅をつたへ給ひしよりも、法然上人の夢にあひて、善導の法をさづかり給ひしよりも、古池の蛙に自己の眼をひらきて、風雅の正道を見つけたらん。爰を天よりうけつぎて、自悟とも自證ともいふべき也。世にいふ誹諧はいさしらず、俳諧はよし芭蕉庵を元祖といふべし。

芭蕉より前の俳諧は、表面的な表現を真似る（誹諧の口をまねる）ものはあったが、誹諧の心を伝える師はいなかった。ただし、俳諧（の心）自体は、中国の神話時代（以前の）大昔からあり、その概念は、『史記』「滑稽列伝」の登場人物である淳于髡や優孟などが生きた、斉や楚の時代に成立した。その「滑稽の心」は、我が国においては、芭蕉に伝わった。といっても、芭蕉は自ら悟ったのであり、言うならば天から受け継いだのである。それゆえ俳諧は、芭蕉を元祖としなければならない。というのである。

『俳諧十論』「第十法式ノ論」でも次のように述べている。

> 今や我門の俳諧には、俳諧の心といふ物はあれど、俳諧の詞といふ物はなし。

文考の描く俳諧史は、俳諧の心の歴史なのである。

四

支考が論じている俳諧が心の俳諧であるという段階までくれば、おのずから次の問いが生まれるだろう。「俳諧の心」とは具体的にどういう心をいうのか、つまり「俳諧の心とは何か」という問題である。実はこのことを説明するために支考が持ち出したのが、本節のメインテーマである「虚実」なのである。そのことを踏まえて、『俳諧十論』「第一俳諧ノ伝」の冒頭を見てみよう。

そも俳諧の伝といふは、もろこしの史記に滑稽の名ありて、斉・楚の比より秦・漢の間までに、七八人の言行をしるし、太史公が天道の賛詞より、或は笑言をもて大道にかなふとも、或は談笑をもて諷諫すとも、滑稽は酒桶《コガ》の喩なるよし。姚氏は俳諧のごとしといへる、畢竟は虚実の自在より、言語にあそぶのいひならん。しかれば俳諧の道たるや、本より虚実の詖《サバキ》ならんには、其道は三皇五帝より禹・湯・文武に伝はりて、其名は司馬遷が史記にさだまりぬとしるべし。誠に太極の道をわかちて、儒・仏・老荘のむかしより、虚は実をもてつくろふべく実は虚をもてほどくべければ、孔子に荘周ありて仁義をもどき、釈氏に達磨ありて経論をやぶる。いづれか俳諧の機変ならざらん。俳諧はよし儒仏をやはらげて、今は詩哥の媒といふべし。

『史記』やら斉・楚・秦・漢やら虚実やら、三皇五帝、孔子、荘周やら、釈氏、達磨、様々な固有名詞がちりばめられている。話の筋が見えなければ、衒学的と言いたくなるのも無理はない。しかし話の筋をつかみ、なぜそれらの名前が挙げられているかを理解すれば、この文章は全く違って見えるはずである。

順に読み解いてみよう。引用は「俳諧ノ伝」、つまり支考なりの俳諧史を描いた箇所である。既に見たように、俳諧（＝滑稽）の心の実践は神話の時代から行われていたが、それを明確に概念化し、肯定的な意味を与えたのは、済・楚から秦・漢の時代に活躍した滑稽人を記述した司馬遷の『史記』「滑稽列伝」であったと支考は述べているのである。『史記』「太史公自序」で司馬遷は次のように述べている。

不レ流世俗一、不争二執利一、上下無レ所二凝滞一、人莫二之害一、以二道之用一。作二滑稽列傳第六十六一。

（世の中の平凡さに流されず、権勢や利益を求めて争うこともなく、上の者に対しても下の者に対してもかたくなにこだわることなく、自分はだれからも害をうけない。それは道の働きに似かよっている。ゆえに滑稽列伝第六十六を作る。(8)）

社会的に有為の存在ではないように見える滑稽人であるが、よく考えてみると実はその存在は「道」の働きに通じている、だから「滑稽列伝」を書いた、というのである。司馬遷はここで滑稽が「道」でありうるという宣言をしているのであり、ここには単に滑稽人のエピソードを紹介したということ以上の意味がある。星野春夫は次のように述べている。(9)

そもそも『史記』は、ただ単に暦朝の政治的変動を列挙したような従来の史書とは大きく異なる。つまり、**司馬遷は種々の人物を通して歴史の中に真の人間の姿を発見しようとしたのである**。それゆえ、『史記』には、五帝本紀ならびに孔子世家といった、いわば「大いなる歴史事実」にまじって、別段世界の中心とは関連のない事項まで収められているのである。その最たるものが七十篇にもわたる列伝であることは言を待たない。しかも、そこに描かれる人間たちは、だれひとりとして象徴的な顔をもたないものはいないのである。ここで取り上げようとしている滑稽列伝についても、その一連のものとして捉える必要がある、すなわち、

同列伝の冒頭において、

「孔子は、六経はその文が異なっていても、民を善導し、政治に貢献するという点においては一つである云々と言ったが、**天道は広々として大きいのだから、六経ばかりでなく、談笑の言辞の端々にあらわれる少しばかり道理にかなったことが、大きな揉めごとをも容易に解決してしまうことがありうるのである**」〔天道恢恢、豈不大哉。談言微中亦可以解紛〕としるし、論賛の中でも、

「**こういった連中のなんと偉大であったことか**」〔豈不亦偉哉〕

と結ぶあたり、高雅で簡潔な筆致の行間に、司馬遷の大胆なまでに落ち着きはらった批判の精神の発露を見てとる思いがするのである。

「真の人間の姿を発見しようとした」司馬遷が、道化《トリックスター》としての滑稽人の存在価値を、「天道」に叶った「偉大」な存在として描き出したのが「滑稽列伝」だというのである。支考は、この司馬遷が示した人間存在における滑稽の意味を、蕉風俳諧の本質として受け取ったのである。

支考の「俳諧ノ伝」に話を戻そう。「七八人の言行をしるし」というのは、「滑稽列伝」に登場する滑稽人、すなわち司馬遷が記した、斉の時代の淳于髡《じゅんうこん》、楚の時代の優孟《ゆうもう》、秦の時代の優旃《ゆうせん》の三人と、後に褚小孫が補記した、漢の時代の郭舎人《かくしゃじん》、東方朔《とうほうさく》、東郭先生、斉の時代の淳于髡、漢の時代の王先生、魏の時代の西門豹《せいもんひょう》のエピソードが語られていることを言っている。

その後の「太史公が天道の賛詞より」というのは、星野も引用している「滑稽列伝」冒頭部分の「天道恢恢豈不レ大《ナラ》哉」を踏まえ、「笑言をもて大道にかなふ」は「滑稽列伝」中の優旃について述べられた「善為《ク》二笑言《ヲ》一。然《レドモ》合《フ》レ於二大道《ニ》一」を、「談笑をもて諷諫す」は、同じく優孟についての「多弁。常以《ニ》二談笑《ヲ》一諷諫《ス》」を、「滑稽は

酒桶の喩なる」は崔浩による「滑稽列伝」の注「崔浩云。滑音骨。稽。流レ酒器也。転注吐レ酒。終日不レ已。言出レ口成レ章。詞不二窮竭一。若二滑稽之吐レ酒。」を、「姚氏は俳諧のごとしといへる」は、姚察の注「姚察云。滑稽。猶二俳諧一也。」を踏まえている。これらはすべて支考が読んだであろう『史記評林』に見えるものであるが、支考にとって重要な単語、「大道」「談笑」「諷諌」「俳諧」がちりばめられているあたりはさすがに抜かりがない。

　このように、支考は俳諧＝滑稽の意味や存在価値に対する解説を列挙した上で、自身による滑稽の定義づけを行っているのである。「畢竟は虚実の自在より、言語にあそぶのいひならん」というのがそれだ。「虚実の自在より」の「より」は、「〜の働きで」とか「〜によって」という意味の格助詞である。また第一章第三節の「俗談平話を正す」の解釈で述べたように、支考は心と言葉は相関関係にあると考えていたことを合わせると、ここは「滑稽＝俳諧とは、結局は、虚実自在の心の働きによって、言語に遊ぶということである」という意味に解釈できる。

　以上のように読み解いてゆくと、「俳諧ノ伝」の「太史公が天道の賛詞より〜言語にあそぶのいひならん」の文章は、「これまで色々な人が滑稽を様々に解説し、高く評価してきたが、私に言わせれば、結局のところ俳諧（滑稽）とは虚実自在の心によって言語に遊ぶことをいうのである」という意味だと受け取る事が出来るのである。

　さて、その後の「虚実の設」であるが、「設」を支考は「サバキ」と読ませており、「虚実の設」とか「言語の設」などという言い方をする。漢字は特殊だが、意味は「捌き」をイメージすると理解しやすい。つまり宗匠が連句の場で付け句の運びがうまく行くよう臨機応変に手際よく事を運ぶという意味である。つまり「虚実の設」や「言語の設」とは、その場に応じて自在に虚実や言語を取り扱うことを意味する。そして、「俳諧の道」は「虚実の設」だという言い方から、「虚実の設」と「虚実の自在」あるいは「虚実の自在より、言語にあそぶ」が、ほぼ同じことを言っていることは想像に難くないだろう。その後の「その道は三皇五帝より」は既に見たように、「俳諧の道は、中国の神話時代以前の大昔から存在し、「俳諧」という名前（概念）は、斉・楚の国が誕生した後に登場した」という意味である。

その後の文章には、儒仏老荘が出てくるが、それらは、どれかが絶対的に正しいというものではない。孔子の教えだけでうまくいかないときには荘周（荘子）の教えが有効となり、釈迦の教えだけでうまくいかないときは達磨の考えが有効に機能するといったように、その時々での臨機応変な対応が必要である。荘周や達磨は、硬直した孔子や釈迦の教えを臨機応変の心で相対化し、柔軟にする存在だと支考は考えていたのである。それを支考は、「俳諧の機変」という言い方で示している。「機変」とは「時機の応じて変化すること。また策略を用いること。臨機応変。機略」（『日本国語大辞典』）という意味である。そしてそのような臨機応変の心が文芸の世界に登場したのが、いわゆる俳諧の連歌に代表される「俳諧」という文芸であった。『三冊子』に「詩哥連俳はともに風雅也。上三のものは余す所も、その余す所迄俳はいたらずと云所なし」とあるように、俳諧は、漢詩や和歌（あるいは連歌）では捉えられない美を詠むことができる。それはちょうど、荘周や達磨が孔子や釈迦を相対化し柔軟にしたように、漢詩や和歌や連歌がもっている硬直した美意識を和らげ、柔軟にするものなのである。それは支考が注釈した『徒然草』の、「花はさかりに、月はくまなきをのみ見るものかは」にも通じる美意識である。

以上のように支考は、儒仏老荘も詩歌連歌も同じ構造で捉え、それら全てを包括できる原理として俳諧（の心）を位置づけようとしていた。そのために持ち出されたのが、「虚実」という概念だったのである。

なお最後の一文は、俳諧の心は、儒教や仏教や漢詩や和歌を柔軟にする働きがあるという意味である。(10)

五

では支考は、「虚実」という言葉（原理）を用いて「俳諧の心」を一体どのように説明しようとしたのだろうか。「虚実の自在」とか「虚実の設」というのは、具体的には一体どのような意味なのか。

まず手がかりになるのが、『俳諧十論』「第二俳諧ノ道」の冒頭部分である。

> そも俳諧の道といふは、第一に虚実の自在より、世間の理屈をよくはなれて、風雅の道理にあそぶをいふ也。誠よ、俳諧の寛活なる、其人にして此道なからんには、狂言綺語の仮事《アダ》ならんに、虚実の間に心をあそばしむる、言語の設《サバキ》を宗《ムネ》とするべし。本より虚実は、心より出ておこなふ所は言語ならんをや。

既に指摘したように、宮本や堀切といった従来の研究は、ここに「二つの柱」を読み取ってきた。すなわち、第一文を「風雅の態度論的虚実観」の説明と受け取り、第二文、第三文を「表現論的虚実論」の説明と理解するのである。しかし私は、この解釈は最後の一文を読み誤ったものだと思う。最後の一文は、表層的な意味での表現論、狭い意味での言語表現を述べたものではない。この一文こそ、表現における心と言葉の関係を示した表現理論なのである。つまり支考がここで述べているのは、心と言葉は切り離す事ができない相関関係にあり、柔軟な心から柔軟な言語表現が行われるということなのだ。「虚実」は心の領域の問題であるが、実際にそれが現象するのは言語表現においてである、と支考は言っているのだ。その直前の「虚実の間に心をあそばしむる、言語の設を宗とするべし」というのも同様に、「虚実の間に心を遊ば」せる働きをもつ「言語の設」を第一と知りなさい、という意味である。すなわちこれらは、虚実自在の心（虚実の間に心をあそばしむる）から出た言語表現は自在で柔軟なものであり、逆に自在で柔軟な言語表現（＝言語に遊ぶ）は心を自在に解き放つ働きをもっているということを言っているのである。

　これまでの研究は、支考が論じる俳諧は心の俳諧であり、言語表現はその心の状態の表出であると支考が考えていたという、この一番大事な点を見落としていた。心の問題と言語表現を「二つの柱」に分け、一方を除外してしまえば、そこではもう「心の俳諧」という問題は取り扱うことができない。支考が考えていた心の俳諧は、まさしくその「二つの柱」の関係そのものにあるからである。

　以上のように見てくれば、私たちは、たった一つのシンプルな基本形を取り出すことが出来るのである。すなわち、「俳諧の心」とは「虚実自在の心」のことであり、それが具現化されるのは言語においてである、というものである。その意味は、柔軟で自在な心は言語表現を自由なものとし、柔軟で自在な言語表現は、心を柔軟に解きほぐす働きをもつということである。支考の虚実論は、このような心と言語の相関関係として論じられているのであった。

　このことが理解できれば、先に解釈を試みた『俳諧十論』冒頭の俳諧の定義、「畢竟は虚実の自在より、言語にあそぶのいひならん」の意味もよく分かるのではないだろうか。支考は突き詰めれば、〈俳諧とは、自由で柔軟な心によって、自在な言語表現を楽しむことである。〉と『俳諧十論』の冒頭で断言していたのである。一見複雑に見える虚実論は、たったこれだけのことを基礎において展開されているのである。

　もちろん支考はここから様々なかたちで虚実論を展開する。一見この基本形から外れたように見える論も展開するかも知れない。だからこそ私たちはまずここで、基本形を押さえておく必要があるのである。一見複雑で幅広く展開される支考の虚実論は、すべてこの基本形をもとに展開されている。だからこの後も、この基本形から外れないかたちで丁寧に支考の虚実論を読み解いて行くよう心がけることにしたい。

六

さて、では次の問いに移ろう。〈俳諧とは、虚実自在の心によって言語に遊ぶことである〉という虚実論の基本形は、具体的にはどのようなことを意味するのだろうか。次にそれを見てみることにしよう。

まず「虚実自在」についてである。これは「俳諧の心」そのものを言った語である。しかしこの語の意味を理解するためには、「虚実の変」、「虚に居て実を行ふ」の意味も合わせて理解しておく必要がある。まずは「虚実の変」から見てみよう。

周知のように、東洋思想においては、存在と言語と認識の関係が重視された。井筒俊彦によれば、(11)大きく二つの立場に分けることができるという。一つは、氏が〈名→存在＝実在〉と呼ぶ立場で、これは物があらかじめ実在し、言葉はそれに一対一に対応するという立場である。つまり私たちが日常普通に出会う事物事象は、はじめからそこに客観的に実在する存在者であり、言葉はそれを指示する（写しとる）と考えるのである。孔子をはじめとする初期儒教や朱子学がこの立場だという。

もう一つの立場は、井筒が〈存在＝空名〉と呼ぶもので、この立場こそ東洋思想に特徴的なのだという。これは、第一の立場である〈名→存在＝実在〉とは対極をなすもので、私たちが存在していると思っているものは、実は言語的意味が実体化されたものに過ぎないと考える。もともと無分節の世界を人間が言葉によって分節し認識していると考えるこの立場は、言語は仮のものであり、その意味が実体化された存在認識も仮のものと考える。ナーガールージュナ以後の大乗仏教や、支考が若い頃修行していた禅、芭蕉が傾倒した荘子、あるいは老子の思想などがこの立場をとった思想である。支考が修行していた大智寺は臨済宗妙心寺派であるが、井筒はこの〈存在＝空名〉の説明でも臨済の名をあげている。

〈東洋思想〉の全体的構造を根本的に規制する座標軸として、筆者は、ここで、言語と存在の原初的連関に対する、東洋の思想家たちの根深い、執拗な関心を指摘したい。そしてまた、このような主体的態度から生じてくる東洋思想の、きわめて特徴ある哲学的パラダイムを解読するための鍵言葉が俗にいう〈言語不信〉である、ということを。

ここで言語不信というのは、もちろん、哲学的ないし存在論的意味でのそれであって、ごく簡単にいえば、次のような事態をさす。まず、コトバは、その存在分節的意味機能によって、いたるところに存在者（事物事象）を生み出していく、と考えること。次に、こうして生み出された個々の存在単位は、すべて、個別的な語の意味が実体化されたものにすぎない、とすること。存在者が言語的意味の実体化にすぎないのであれば、すべての事物事象は、臨済の言うように、「みな、これ夢幻」であって真実在ではない、ということにならざるをえない。自分自身をはじめとして、自分を取りまく一切の事物事象を、そのままそこに存在する客観的対象であると思いこんでいる人びとは、だから実は、「いたるところに空名を見」ているのみだ、と臨済は言うのである。〈存在＝空名〉という形でフォーミュラ化することのできるこの見地が、東洋の存在論を根底的に規定する一つの重要な哲学的立場であることを、冒頭に指摘しておきたい。

若い頃臨済禅を修行し、後『荘子』に傾倒していた芭蕉に出会った支考が、このような存在＝言語＝認識論を持っていても不思議ではない。事実支考の俳論を読んでいると、そのことはよくわかる。例えば支考は、言語は仮のものであるということを繰り返し述べている。

言葉やさしけれど心いつはりたる人あり。心にいつはらねど言葉にげなきひとあり。といふもかくいふも俳諧は誹諧の心あり、心のをき処風雅ならんこそ風雅の人とはいふなれ。（『続五論』）
言語はかりのものなれば、連哥は連哥の心あるべし。**言語はかりのものなれば**、言語の強柔にて連俳のわかれはあるまじ。（『東西夜話』）[12]

ただし支考は、言葉が仮のものであるということ自体は、これら、『続五論』や『東西夜話』（元禄十五（一七〇二）年）といった初期の俳論では述べていたのだが、『俳諧十論』の頃にはそれを表だって述べることはなくなった。それよりもこの考えは、例えば次のような文章に反映されている。

そもそも姿情の先後を論ぜば、人は天地の次に生じたれど、仰ぎて天といひ俯して地といふより、三才の姿はさだまりぬ。（『俳諧十論』）
師説に姿の先後といふは、たとへば親と子の遠国に別れて、年をへて後に逢ひたらん。名乗らざれば他人なり。名乗れば漸くに恩愛を生ず。まして男女の憎愛も妍醜の姿にしたがへば、姿の先なるは勿論とぞ。（『為弁抄』）

存在はあらかじめ実体としてあるのではなく、言葉によってはじめて「姿」が与えられ、それによって意味が生じ、その結果「情」も生じる、というのである。実は、支考の「姿情論」はこれまでの研究において、「虚実論」と並ぶものとして取り上げられてきたが、この支考の存在＝言語＝認識論については全く顧みられず、叙景や写生に通じるものとしてしか理解されてこなかったことを、私は非常に残念に思っている。支考のいう「姿」

は、単なる客観描写の話ではないのである。しかしここでは本題に戻ろう。

今見てきた存在＝言語＝認識論は、支考俳論の中心においては、存在の真実性ではなく、天地自然と人間の認識の問題として展開されている。具体的にいうと、天地自然は時々刻々変化しているという世界観と、それを通常の人間は、変化を止め硬直させて認識してしまうという認識論である。これは基本的に芭蕉がもっていた考えと同じである。例えば芭蕉は、『笈の小文』で次のように述べている。[13]

しかも風雅におけるもの、造化にしたがひて四時を友とす。見る処花にあらずといふ事なし。おもふ所月にあらずといふ事なし。像花にあらざる時は夷狄にひとし。心花にあらざる時は鳥獣に類ス。夷狄を出、鳥獣を離れて、造化にしたがひ、造化にかへれとなり。

風雅の心を持つものは、天地自然に従い、その季節の移り変わりに寄り添う。そういう天地自然に帰一しその運行に従う心をもった目で見れば全ては花に見え、心に思えば全ては月に思えるというのである。そしてそういう風雅の心を持てるよう、天地自然に従い、天地自然に帰れ、というのである。また『三冊子』でも次のように述べられている。

また、千変万化するものは、自然の理なり。変化にうつらざれば、風あらたまらず。是に押移らずと云ふは、一端の流行に口質時を得たる斗にて、その誠をせめざる故也。せめず心をこらさゞるもの、誠の変化を知ると斗云事なし。唯人にあやかりて行のみ也。せむるものはその地に足をすへがたく、一歩自然に進む理也。行く末いく千変万化するとも、誠の変化は皆師の俳諧也。かりにも古人の涎《ヨダレ》をなむる事なかれ。四時の押移如く物あらたまる、皆かくのごとしとも云り。

四季が変化するごとく天地自然全ては変化し、俳諧はその天地自然の変化を追究すべきものであり、したがって俳風もそれに同調して変化するものであるというのである。しかしそれは「誠をせめる」もののみが可能になるのであって、天地自然と同調せず、他人の口まねをしている者には「誠の変化」は分からないとも述べている。

このように、芭蕉は、俳諧は千変万化する自然の変化をそれに同調しながら言葉によって表現するものであると考えていた。そして通常はそれが困難であるゆえ、意識的に天地自然の変化と同調できる心を身に付けられるよう修行しなければならないと考えていたのである。

さて、同じことを支考は支考流に次のように述べている。

そも〳〵虚実の変といふは、天地自然の道理にして、儒釈老の三道より、揚墨孫呉はましていはず、風雅に詩哥連俳の道もすべて此変にあづからずといふ物なし。（『為弁抄』）

ここから、天地自然の道理（あり方）を支考が「虚実の変」と言っていることが確認できる。当然その道理とは、千変万化するということである。思想でも文学でも全てこの変化を根本原理としているというのである。そのことは次のような文章でも確認できる。

そも〳〵天道のはじめといふは、太極の一気の動く所より、物に虚実の二用ありて天は虚にひろく、地は実にせまる。其理や人間の道となりて、善道をほめ、悪道をそしれば、それを聖人のはからひより、其時にのぞみ、其人にしたがひて善も善ならず、悪も悪ならず。そこを虚実の変といへり。（『為弁抄』）

ここで注目したいのは、第二文である。「人間の道」においては、「善道」をよしとし、「悪道」をあしとする。しかしその善悪は、絶対的に不動のものではなく、その時その人によって変化する。そしてそれを「虚実の変」と支考は言っているのである。天地自然が千変万化し、全てがそれに従うのであれば、当然「善悪」も千変万化するのが道理である。逆に、善はいつ如何なる場合でも善、悪も同様と考えるのは、天地自然の道理に従わない硬直した精神による判断という訳である。

さてこのことから、千変万化する天地自然の運行と同時に、それに随った人間の判断や物事のあり方を支考は「虚実の変」と呼んでいることが分かる。そしてそれをよく知る心（あるいはその働き）を「虚実の変を知る」という。

むかし今の儒仏論にも、（略）まして我朝にも此論ありて、どちらへか勝負をさだめむとすれど、さるは釈迦孔子の意地をさとらず、聖人の言葉の粕《カス》によひて、虚実の変をしらぬ故也。（『為弁抄』）

善悪同様、その時その場によって儒教の教えが有効なときもあれば、仏教の教えが適しているときもあるのであり、そのことを知らず絶対的一義的にどちらが優れているかを争うのは、釈迦や孔子の心を理解せず、言葉にとらわれて、「虚実の変」を知らないからである、というのである。

畢竟はたゞ虚実の変をしりて、其日の言語にあそぶといへる遊の一字を師とすべし。（『為弁抄』）

先に見た「畢竟は虚実の自在より、言語にあそぶのいひならん」（『俳諧十論』）という文章をここで今一度思い出すと、「虚実の変を知る」心と、「虚実自在」の心は同じものであることが分かる。

また支考は、「虚実の変」と同様の言い方として、「世法の変」とか「言語の変」という言い方もする。これらは「世法における虚実の変」、「言語における虚実の変」という意味である。例えば次のように使っている。

是を一口にいふ時は、儒道の大事は仁義礼楽なれど、おこなふてよき時もあれば、おこなふてあしき時もありと世法の変ををしへ給ひし也。（『為弁抄』）

「世法」については第五節で詳しく見るが、「仏法」に対する語で、世俗の法、日常生活を支配している法という意味である。現実の生きた場では、やはり、正しい儒教の教えといっても、行っていいときと悪いときがある、それを「世法の法」と呼んでいるのである。

さて、もう一つ支考の虚実論で有名なフレーズがある。「虚に居て実を行ふ」というものである。例えば次のような文章で使用されている。

そもや優旃が蔭室の諫も虚実不自在の家老にをしへて、胡亥の無分別をきめむとせば、主人の心に反《ソリ》のつきて、いよ〳〵其箱をさゝせよと国家のなげきをかさぬべし。さるは談笑の和説をしらで、心の理屈をせむる故也。まして方朔が不死の弁才も武帝いよ〳〵いかり給ひて車裂《サキ》にあふも、物の変ならん。されど今いふ滑稽の人は智仁勇の三をそなへて、其死に臨めども、かつておどろかず。其言は王子比干よりやはらかに、其行は伯夷叔斉よりさびしからん。そこを君主もあはれとおぼしめし、鬼神も腰をぬかす場なり。彼は実に居て実をおこなへば、不道の君の耳にさかひ、是は虚に居て実をおこなへば、不道の君の心もやはらぐ。実の面白からずして、虚のおもしろきは人のつね也。（『為弁抄』）

これは『史記』「滑稽列伝」に登場する滑稽人、優旃と東方朔のエピソードを踏まえているが、初めの「優旃の蔭室の諫」とはこういう話である。秦の二世皇帝胡亥が即位したとき、城壁に漆を塗りたいと言い出した。そこで優旃はこういった。「けっこうでございますな。陛下がおおせられなくとも、前からわたくしはそのことをお願いしようと思っておりました。城壁に漆を塗ることは、下民どもにすれば経費の負担を歎くことになりましょうが、それでも、いいものでございますなあ。漆の壁はつるつると、賊めが来てものぼれないというところです。さっそく仕事にかからせるとしまして、漆を塗るだけならいとたやすいのですが、陰干しをするための部屋を作るのがむつかしそうな気がいたすのでございます[14]」。それを聞いた胡亥は笑い出し計画を取りやめた、という話である。

これは「諷諫」、つまり遠回しに諫める例であるが、諫言にはもう一つ、真正面から直接諫める「直諫」というものがある。こちらは君主の反感をかう可能性が高い。この例でいうと、胡亥の思慮のなさを直接諫めれば、逆に反発してますますむきになって事態が悪化することになるだろうというのである。そういう直諫をする者は、談笑によって心を和らげることを知らず理屈で追い詰めようとするからである[15]。「虚実不自在の家老」が例としてあげられている。

さて、支考はその「直諫」と「諷諫」の違いを、「実に居て実を行ふ」と「虚に居て実を行ふ」という言い方で説明している。正論を振りかざし正しいことを真正面から主張するゆえ、返って反感をかう「虚実不自在の家老」の行為が「実に居て実を行ふ」行為であり、相手の心を和ませ笑いのうちに事態をよい方向にもってゆく優旃のような行為を「虚に居て実を行ふ」行為というのである。このことから考えると、「実に居る」とか「虚に居る」という「居る」は、心（意識）のあり方を言っていることが分かる。つまり、「実に居る」が、悪いことは悪いと真正面から諫める硬直した心の状態を言い、逆に「虚に居る」は、相手の機嫌を計らいながらそれとなく諫める柔軟な心の状態を言っているのである。また「実を行う」というのは、現実世界における実際的な行為、ここでは諫めるという現実の行為のことである。

さて以上で、「虚実の変」「虚実自在」「虚に居て実を行ふ」というフレーズで支考が言いたかったことがほぼ明らかになったと思う。まとめると、まず虚実論の前提となっているのは、天地自然は無分節であり、千変万化、時々刻々変化するという世界観である。人間はそれを言語によって分節し認識している。存在は言語的意味が実体化されたものである。そしてその言語的分節は、本来ダイナミックな世界をスタティックな存在として認識させてしまう。禅や老荘思想で言葉を仮のものとして否定するのもそのためであり、支考も基本的にそのように考えている。しかし支考は、もう一つ、通常の人のスタティックな認識を打ち破り、ダイナミックな世界を垣間見させる力も、言葉にはあると考えていた。何ごとにもとらわれない柔軟で自在な心によってそのような言語行為は可能になり、またそのような言語行為が、それに触れた人の心を柔軟にする。俳諧にはそのような力がある。それが支考が考えていた世界観であり言語観であり、俳諧観であった。虚実論はそれら全てを含んだものだったのである。

支考は、天地自然のあり方を、「虚実の変」とか「天地自然の道理」とか、単に「道理」という言い方で表した。そしてそれに同調した自在な心を「虚実自在」「虚実の変を知る」「虚に居て」などという言い方で表した。逆にとらわれのあるスタティックな心――それは普通の人の普通の認識、つまり常識的で論理的なものである

——を、「虚実不自在」とか「実に居て」などの言い方で表したのである。そして俳諧は、誰もを前者から後者へと楽しみながら導いてくれる生きた思想であると考えていたのである。

七

ここまでの考察で、支考の虚実論の核心はほぼ明らかになったと思うが、さらに理解を深めるため、〈俳諧とは、虚実自在の心によって言語に遊ぶことである〉という虚実論の基本形の後半部分、支考の言語観についてもう少し詳しく見ておきたい。

いうまでもなく、「言語に遊ぶ」の「遊ぶ」は、『荘子』の「逍遙遊」を念頭においてのものである。「逍遙遊」について福永光司は次のように説明している。(16)

逍遥遊とは人間の自由な生活という意味であり、それを「遊」とよぶのは、日常的な世界の中に身をおきながら、それに束縛されない自己の主体性をもつという意味である。そして、人間のこのような主体的な自由を「遊」という言葉で表現しているところに荘子の哲学の芸術的な、もしくは、詩的な性格が最も端的に示されている。

「言語に遊ぶ」とは、とらわれのない自由な言語表現を主体的に楽しむ、というほどの意味であると理解できる。もっともこれだけが特別なものではなく、「虚実の変」や「虚実自在」などの言葉で表現されていた世界観や認識論は、それまで支考が学んできた禅や老荘などの変奏であり、井筒俊彦が指摘するように、ある種の東洋思想に共通して見られるものである。先に見た「言語は仮のもの」であるという言語観も同様である。

しかし支考は、そこにとどまらず、一歩独自の考えに踏み出していた。例えば禅や老荘思想が、現実や言葉を仮のものとし、真実在はあくまでそれから離れたところにあると考えるのに対し、支考は、それにもかかわらず、現実を肯定し、普通の人の普通の日常生活を肯定するのである。どういうことか。

確かに普通の人の日常における認識や言語観は、真実ではなく、空なるものを実体化しているのかも知れない。そしてその原因が、言語であることも確かである。しかし、自分の見ているものや使っている言語がそういうものであり、それから解放されたところに、自由や美があることを教えてくれるのも、また言語なのである、そう支考は考えていたのである。そうでなければ、支考は俳諧などやらず、さっさと社会と言語を捨てて、山にでも籠もって禅の修行を続けていればよかったのである。しかし支考は、言語にこだわり、日常生活にこだわった。支考にとってそれは苦しみの原因であったかも知れないが、美や楽しみの源泉でもあったからである。そして言葉にそのような力を与えてくれるのが、芭蕉から教えられた俳諧であった。この点が、儒仏老荘思想と、芭蕉の思想を隔絶する点であり、支考が儒仏老荘を遍歴したあげくに芭蕉に行き着いた理由である。日常生活における人間関係の中で、精神の自由や美を実感させてくれるもの、それによって人生に意義を与え人生を豊かにしてくれるもの、支考にとって俳諧とはそのようなものだったのである。では具体的に支考が言語についてどのように述べているかを確認することにしたい。

初期の俳論では支考は「言語はかりのもの」（『続五論』）と述べ、その後、言語の「姿」について言及するようになったことについては既に見た。それ以外に例えば支考は、「言語の表裏」ということをよく言う。

先後抄に此事（言語の変――引用者注）あり。其抄の大略を弁ぜば、論語一部の結文に、不《レハ》レ知《ラ》レ言《ヲ》無《シ》レ知《ルコト》レ人《ヲ》といへる、其言は風雅の文章にして、文は言外の余情を聞べく、言は言中の表裏を察すべし。孟子もそこを名乗かけて、我知《レリ》レ言《ヲ》とや。さるは四言に四病の表裏にして、畢竟は**言語のひゞきより、七情の変をしる事なりとぞ。**そもく言語の響とは、口に怒れども意に喜ぶは、親と子のしたしみなり。口に哀めども意に楽むは、婦と姑のねたみ也。しかれば言語の表裏といふは、聖人と佞人との両用にして、愚人は耳に聞えたるまゝ也。（『為弁抄』）

「先後抄」は、『論語先後鈔』のことである。『つれぐの讃』でも支考は同様の試みをしているが、支考はそれらで、文章からそれを書いた人の情（気持ち、心）を読み取ろうとしているのである。「言語のひゞきより、七情の変をしる」というのは言葉の表面的な意味にとらわれることなく、なぜ著者はここでこのような表現をしているのかということを敏感に察知することで、支考はこれを「言語の裏」を知るともいい、それこそが俳諧の力であると考えていたのである。支考が『つれぐの讃』や『論語先後鈔』を執筆したのは、奇を衒ったのでもなく、芭蕉の教えを誤解したからでもなく、俳諧的言語理解、俳諧の心、俳諧における言語観でもって『徒然草』や『論語』を読むとどうなるかを実践して見せたかったからなのである。

さて、引用文は「言語の変」という言葉の説明であるが、ここから支考が、「言語の変」とは、「言語のひゞき」から読み取れる「七情の変」のことであると考えていることが分かる。「言語の変」を知っていれば、「七情の変」を読み取れるというのである。その具体例として、口では怒っていても心では喜んでいるのが親子というものであり、逆に口では可哀想だと言いながら心の中では喜んでいるのが嫁姑の嫉みというものであると述べている。そして言語の表面上の字義通りの意味を「言語の表」、その言語（の響き）から読み取れる情を「言語の裏」と呼んでいるのである。そして面白いのは、前者は「愚人」の言語理解であるとし、後者を「聖人と佞人との両用」、つまり佞人（「口先が上手で、心のよこしまな人。邪曲で奸智にたけた人。へつらう人。」（『日本国語大辞典』）と聖人の両方に共通する言語理解であるとしている点である。両者とも、その言語が如何なる思いによってなされたものか、あるいは自分が使う言語が受け手にどのような心理的な変化を与えるかを熟知しているというのであろう。言語表現に置いては、聖人と佞人は紙一重なのであった。

ところで、この「裏」は、「表面的な意味」に対する「真の意味」というのとは少し違う。ここで言われているのは、言語には「意味」とは別の本質があるということである。現代風にいえば、メッセージとメタメッセージ（そのメッセージについてのメッセージ）という事（メッセージ）とは別に、必ずそれに関わる人間の感情や気分（メタメッセージ）を纏っている、支考はそう考えているのである。そして重要なのはこのメタメッセージをきちんと受け取るということなのである。そしてこの能力が俳諧の力であると考えていた。この点は支考の独特の俳諧的言語観として強調しておいてよい。

ところで、支考が「七情の変」と言っているように、天地自然と同様、人間の感情も千変万化、時々刻々と変化すると支考は考えていた。

情とは人間の七情にして、動けば善悪となり喜怒となりて、それにしたがふを道理といひ、それにそむくを理屈といふ。（『為弁抄』）

「七情」は仏教では「喜・怒・哀・楽・愛・悪・欲」の七つの感情をいうが、それらは時々刻々変化する。今怒っていたかと思うと次の瞬間喜んでいるなどということは、日常茶飯事である。天地自然がそのような道理をもっているのであるから当然と言えば当然である。だからその七情の動きに随うことを「道理」といい、それに背くこと、つまりその変化に随わない意識のあり方を「理屈」というと支考は述べているのである。この考え方は、日常生活においては、人の気分や感情を大切にするという行為となる。

按ずるに変をしるといふは、儒仏一様の法ながら、爰には親疎の訟にして、仏家の空相をしるにしかざらん。さるは五倫を実とせざれば、本より他人をも虚とせず。其日其時の親疎をとゝなへむには、人の機嫌をよくはかりておかしからぬ事はいはぬ筈也。（『為弁抄』）

端的に言えば、「変をしる」というのは、その時の人間関係を円満にするため、相手の機嫌をよくはかって、相手が面白くないことは言わないことをいうのである。これは先にみた滑稽人のことを思い出せばうまく理解できるだろう。いくら正しい儒教の教えであっても、それを絶対的に正しいと考えていつでも主張していればいいというものではない。日常生活において、人間関係を重視し、他人の気持ちや機嫌を推し量り、それを大切にした言語行為を行うこと。これが支考にとって、俳諧をやることの大きな意義の一つであったのである。

これはまた、例えば次のような文学的なレトリック論にも展開するものである。

たとへば艶書の千束なるも、思といふ字の外はなしとて、思ふ〳〵と百枚かきやるとも、人の心の露動くまじきを、浅茅が宿に立しのび、雲井のよそに思ひやりてとは、人を動す詞のあやなり。浅茅も雲井も何の用なるや。爰に無用の用といふをしるべし。（『為弁抄』）

「浅茅も雲井も」、常識的な意味伝達という点では「用」をなさないのであるが、相手の感情に触れているという点では「用」に立っているというのである。もちろんそのような表現が出来るのが、「虚実自在」の心を持った人であり、それが俳諧の実践であることはいうまでもない。

以上、「俳諧の心」が言語において具現化される例をいくつか見てきた。ここまでくれば、先に引用した『俳諧十論』「第二俳諧ノ道」の冒頭はよく理解できるのではないだろうか。

そも俳諧の道といふは、第一に虚実の自在より、世間の理屈をよくはなれて、風雅の道理にあそぶをいふ也。誠よ、俳諧の寛活なる、其人にして此道なからんには、狂言綺語の仮事《アダ》ならんに、虚実の間に心をあそばしむる、言語の設《サバキ》を宗《ムネ》とするべし。本より虚実は、心より出ておこなふ所は言語ならんをや。

「俳諧ノ道」とは、虚実自在の心の働きによって、世間の理屈から自由になり、天地自然の道理に随順した風雅の道理に遊ぶことをいうのである。ほんとうに俳諧の心はゆったりと広く活発で生き生きしていることよ。人がいる世界でこの道が行われないならば、言葉巧みに飾ったまごころのない言葉となってしまうだろう。だから、虚実の間に心を遊ばせることができる言語の設（言語を柔軟に自在に扱うこと）が最も重要であることを理解しなければならない。本質的に虚実（＝俳諧）というものは、心の領域の問題であり、それが具現化され実践されるのは言語行為という場所においてであるから。

おおよそこのように訳して間違いはないだろう。

八

以上で、文考の虚実論の基本形の意味、つまり文考虚実論の本質がかなりはっきりしたのではないだろうか。その中味についてはもはや繰り返さないが、本項で見たように、文考の虚実論の本質は実にシンプルで明快なものであった。支考はそれを、日常を生きる人間の思想、心のあり方についての普遍性をもった一般理論として説明しようとしたのである。つまり、俳諧（の心）が、日常生活においてどのような役に立つのか、儒教や仏教、老荘思想といった既存の宗教や思想とどこが違うのかといったことを一元的に語るため、「虚実」という語を用いたのである。そのため、虚実論の論理構成は、世界のあり方（存在論）とその認識の仕方（認識論）、それに気分・感情、そして意識のあり方を関係付け、さらにそれに言語論を関係付ける、という非常に壮大なものになってしまったのである。

ではその結果、支考の虚実論は文学論としてどのような領域を扱う理論足り得たのか。一言で言えば表現理論である。ここで表現論と言わず、表現理論と言ったのは、単に比喩表現であるとか、倒置法であるとか、切れ字であるとかを扱う表層的な表現論と区別するためである。表現論は基本的には表現主体の心の問題は含まない。表現者がどのような心でそれを表現したかということは問題ではなく、結果としてある表現がどのような効力を持つのか、あるいは効果的な表現の方法を対象とするからである。それに対し、ここで私が、支考の虚実論が表現理論であるという意味は、ある表現を、表現主体の心のありよう、つまり、その表現がどのような心（意識）によって、何を目がけてなされたのか、どのような情をその根底にもった表現であるか、ということについての理論という意味である。したがってよく引き合いに出される、近松のいわゆる虚実皮膜論とはその本質を全く異にしているのである。支考の虚実論とは、支考の独特の言語観に支えられた、徹底した「意識の理論」としての表現理論なのである。

九

以上が私の考える支考の虚実論の本質である。このように見てくれれば、「虚実」を「虚構と真実」と解したり、

「虚に居て実を行ふ」を「虚構を用いていかにも現実であるかのように表現せよ」[17]と解したりすることが、どのくらい大きな誤解であったかがよく分かると思う。

もちろん本項で論じた支考の虚実論は、俳諧の本質論としての虚実論である。実は支考は、『俳諧十論』や『為弁抄』以後、虚実という語を発展させて使うようになる。例えば『つれ〴〵の讃』では、分析用語の一つとして「虚実」という語を使っている。しかしこれらは本項でみた本質論としての虚実論を踏まえた上で、その発展形と捉えた方がよいし、『つれ〴〵の讃』ではその語がきちんと定義されているので、本項では敢えて取り上げることをしなかった。それらについては、ぜひ直接支考の著作にあたってもらいたい。

注

（1）「虚実論の考察」（「連歌俳諧研究」第九号　昭和二十九年十一月）。
（2）「俳諧の虚実――俳諧の心法、其の三――」（「国語と国文学」昭和三年十月『俳文学研究』（文学社）所収）。
（3）「支考の虚実論の展開」（「近世文芸」昭和四十三年六月『蕉風俳論の研究――支考を忠心に――』（前掲）所収）。
（4）「虚実――蕉風俳諧美論――」（『芭蕉講座二』創元社　昭和三十年十二月『蕉風俳諧論考』（前掲）所収）。
（5）『最短詩型表現史の構想』（平成二十五年一月　岩波書店）。
（6）引用は架蔵の版本（享保十年刊）による。
（7）支考の「姿」は、言葉によるイメージや客観的描写という意味だけではなく、このような文体をも含んだ概念である。
（8）原文の引用は『史記　十三（列伝六）』（新釈漢文大系第百十五巻　平成二十五年十二月）により、（　）内の訳は、小川環樹ほか訳『史記列伝　五』（昭和五十年十二月　岩波文庫）による。
（9）「『史記』滑稽列伝における人物描写について」（「芸文研究」昭和五十五年十二月）。
（10）『為弁抄』「詩哥媒」に、「誠よ俳諧は虚実の虚に居て、唐天竺の儒者仏者を崩し、我朝の詩哥連哥師をくつろげ、梨壺の五仙の花実をとゝなへ、醋吸の三老の一座をやはらげて、酒盛の拍子に乗せむとす。それを談笑の秘法にして、媒の一字は此一対にしるべし」とある。

(11)「東洋思想」(『コンサイス20世紀思想事典』(三省堂　平成元年四月))。
(12)引用は『加越能古俳書大観　下編』(昭和四十六年六月　石川県図書館協会)による。ただし句読点・濁点を私に付した。
(13)引用は『校本　芭蕉全集　第六巻　紀行・日記篇　俳文篇』(平成元年六月　富士見書房)による。
(14)『史記列伝　五』(前掲)。
(15)「和説」は「和悦」と同義である(『為弁抄』「和説」参照)。
(16)『荘子』(昭和三十九年三月　中公新書)。
(17)南信一『総釈支考の俳論』(前掲)など。

第二項　文考虚実論の具体例

一

前項で、支考の虚実論の本質について、理論的にはほぼ明らかにできたとおもう。次に、支考が虚実論を説明するときに使用している具体例を採り上げ、前項の抽象的な議論に具体性を与えてみたい。

例えば、露川との論争の書『口状』（享保八（一七二三）年付）に次のような一節がある。

貴房は夫婦の実に居て、人が女房を望む時に、我は虚に遊ぶとて人に振舞候はんか。ふるまへば犬猫の所行也。爰に虚実の前後を知て、虚に居る時は女房の不信を恨みず、本より五倫の虚を知るゆえなり。人が女房を振舞へといへば、世法の実をおこなひて人には指もさゝせぬ也。(1)

これは、露川に対して虚実の意味を説明した一節であるが、私はこれまで、この文章を満足に説明できる虚実解釈に出会ったことがない。それは、従来の解釈では、この一節の意味が全く理解できないからである。しかしこれと同内容の文章が『為弁抄』の「虚に居て実を行ふ」の項にあるのだ。つまりこの一節は、支考自らが「虚実」あるいは「虚に居て実を行ふ」を解説した文章なのである。支考自身の解説が理解できないような虚実解釈は、そちらの方が間違っていると考えるのが普通であるはずだが、これまではそうではなかった。この文章だけではない。支考にはこの文章に代表される、ある種の具体的用例群があるのだが、これらは否定、といって悪ければことごとく無視されてきたのである。これは大きな転倒と言わなければならない。なぜなら私の見るところ、支考虚実論の本領はむしろ、それらの具体的用例群の中にこそあるからである。

その具体的用例群とはいかなるものか。

一見俳諧とは無関係に見える、世俗的な具体例たちである。孔子や『論語』、仏教の話などがそれである。順を追って確かめたい。

二

従来の支考の虚実論研究には、本節で見る具体的用例群は全く引っかかってこなかった。衒学的だと非難されればまだよい方で、ほとんどは全く無視されてきたのである。それは、従来の俳諧研究には、言葉というものに対する重大な視点が欠落していたからだと思う。

言葉はそれが言葉である以上、必ず一般性をもつ。しかしその一方で固有性（独自性）も持っている。重要なのは、言葉である以上、完全な固有性などありえないということだ。だから人は、固有性を表現しようとする場合、必ずその一般性の中で、それに抗う形で言葉を使用する他ないのである。そしてその独自性は、言葉の使用によって、「用法」としてその都度提示されるのである。

これはウィトゲンシュタインが示した言語観であるが[2]、これを今ここに置いてみたとき、これまでの支考虚実論研究に何が欠けていたかがよくわかる。これまでは虚実という語の、一般性（当時の一般的用法）に関心が偏重したため、それに抗っていた固有性（支考独自の用法）に目が向かなかったのである。支考研究だけではない。論争で支考批判を繰り広げた越人や露川も、支考の「虚実」を、当時の一般的な意味である「信偽」としか受け取ることができなかったのである。

冒頭に引用した『口状』の文章の直前には次のようにある。

貴房は第一の虚実をしらず。俳諧は実に居て虚に遊ぶ筈也。行先にて愚老をそしられ候よし、貴房がいふ所は信偽の事也。そも〳〵大道の虚実とは、大きなる時は、天地未開を虚といひ、天地の已開を実といふ。小さなる時は、一念の未生と已生となり。是等は心法の沙汰なれば、念仏にては合点まいるまじ。

それよりは手短に、貴房は夫婦の実に居て……

「貴房は」以下は冒頭の引用に続く。ここでまず支考が主張しているのは、露川は「虚に居て実を行ふ」という支考を批判して、「実に居て虚に遊ぶ」べきだと吹聴している。しかし露川の考えている「虚実」は「信偽」のことではないか、自分のいう「虚実」はそれとは全く違うのだということである。その後、お得意の形而上学的説明を展開し、そして「それよりは手短に」として冒頭の引用へと続く。つまり冒頭の引用は、この抽象的な説明を「手短に」した具体例なのである。

支考は、自分の主張している虚実なる概念が、一般性に回収されて「信偽」と誤解されることが許せなかった。そこでその誤解を解くため、抽象的説明に具体例を付したのである。それが冒頭の引用中の夫婦の話である。この用例を、一般性の側（「信偽」という一般的意味）から理解しようとすることが、いかに支考の意図を無視したものであるかはもはや明らかだろう。(3)

これまで私たちは、少し難しく考えすぎてきたのではないか。まずはもっと「手短に」支考の意を汲んでもよかったのだ。その後に抽象的説明を読めば、その理解も自ずと違ったものになってくるはずだからである。

虚実論を成立過程を考慮しながら捉えようとするのも同じである。堀切が明らかにしたように、(4)支考の虚実論はいくつかの時期に分けようと思えば分けることはできる。しかし花実論との関係を考えたり、それぞれの期の特徴を捉えようとするあまり、かえって、支考の虚実論の本質と俳諧史的な意義が曖昧になってしまった。

私の考えでは、支考の虚実概念が俳諧史上で異彩を放つのは、特に『俳諧十論』や『為弁抄』においてである。これは堀切の分類に従うと、「虚実論体系化期（享保期Ⅰ）」であるが、それ以前は支考自身による概念説明が不十分だし、それ以後は、やや実体化・形骸化してそれが一人歩きしてしまった嫌いがある。したがってまず必要なのは、その前後の時期との通時的な連続性や差異性を明らかにすることではなく、この時期における支考の虚実論の本質解明なのである。異なる時期の虚実論を全て支考虚実論として一括して論じることは、支考虚実論の、俳諧史上における意義をかえって曖昧にしてしまいかねない。重要なのは、その都度その都度の虚実の「用法」をそれぞれの文章の中で十分検討し、もっとも高度に達成されたものの本質と俳諧史的意義を明らかにすることであって、全ての用例を網羅し、全体像を描くのはその後でも遅くはないはずだ。

私がこのように考えるのは、哲学史上におけるハイデガーの「存在」概念が念頭にあるからである。『存在と時間』における「存在」概念は、フッサール現象学を認識論から存在論へと一歩進めた魅力的な概念である。もちろん今から振り返れば問題点も指摘できるが、しかし、それはそれまでの哲学の問いそのものを変更するような出来事だったし、それによって実存論的時間論の展開も可能になった[5]。しかし後期ハイデガーの「存在」概念は、『存在と時間』の頃の意味を見失い、実体化・形骸化していった[6]。しかしだからといって、それによって『存在と時間』の「存在」概念の価値が否定されるわけではないのである。

支考の虚実論も、『つれ〴〵の讃』の分析用語などの使い方は、本質論としての虚実論からはやや逸脱し、実体化された概念として使用されているように思われる。しかしそれにも関わらず、俳諧史の中に支考虚実論を置いたとき、やはり『誹諧十論』や『為弁抄』における虚実概念は、特別な意味を持っている。それは一言で言えば、それまでの「俳諧」という概念を書き換えるような試みだったことは間違いないのである。

話を戻そう。支考は自分のいう「虚実」が、一般意味である「信偽」だと誤解されていることについて、もちろんその誤解を解くべく努力をした。一つは「虚実の虚実」という言い方を試みた。これについては次項で詳しく取り上げる。もう一つ支考が繰り返したのが、具体的用例群を用いた説明であった。

三

具体的用例群にはいろいろな例があるが、ここでは孔子の話を中心に見ることにしたい。なぜなら、支考は孔子こそ、俳諧＝虚実自在の心の権化のように考えていたからである。例えば『為弁抄』「十論ノ大綱」でも次のように述べている。

それが中より十論の大意は、論語一部を鑑として、世法は孔子の和節にならひ、文法は孔子の風雅をまなべば、評者もやがて其意を察して、此名を俳諧の論語ともいえり。

『俳諧十論』は『論語』を手本として書かれた、いわば「俳諧の論語」である。さらに支考は別のところで、孔子を「風雅の太祖」（『為弁抄』）と呼び、『論語』を「虚実の鑑」（『為弁抄』）とまで言っている。また既に述べたように絶筆は『論語先後鈔』である。それほど支考にとって、孔子と『論語』は大切だったのである。

では一体孔子のどこが俳諧なのか。もちろん孔子が歌仙を巻いたわけではない。ひとことで言えば孔子は、諷諫の人だったのである。『俳諧十論』「十論ノ解」に次のようにある。

諷諫　家語ニ君ヲ諫ルニ五義有リ。一ニハ譎《ケツ》諫、二ニハ戇《タウ》諫、三ニハ降諫、四ニハ直諫、五ニハ諷諫、唯主ヲ度リテ之ヲ行フ、**吾ハ諷諫ニ従ハンヤ**。「解云、論語ノ註ニハ、詩経ヲ評スルトテ風諭ノ二字ヲモ用ユ。**諷諫ハ俳諧ノ別名ニテ、世情ノ人和ト知ベキナリ**。

支考がそれまでの滑稽釈義の歴史を廃し、俳諧＝諷諫という新しい滑稽釈義を打ち出したことについては、第二章第三節で詳しく論じるが、引用はその諷諫を支考自身が解説したものである。『史記』ではなく、『孔子家語』を引用しているところからも、支考の孔子に対する思いがうかがわれるような気がする。

さて引用によれば、「吾ハ諷諫ニ従ハンヤ」と、孔子は自覚的に「諷諫」を選択した。そして支考にとって諷諫は俳諧の別名であり、その意味は、日常生活における人情をもとにした人間関係の和を大切にすることであった。その意味で孔子は、『去来抄』の「俳諧を以て（略）身を行はゞ俳諧の人也」という意味での、俳諧の人だったのである。

では支考が描く具体的な孔子像を見てみよう。やはり何と言っても『論語』「陽貨第十七」をまず見なければならない。

そも〳〵孔子の虚実といふは、春秋に一字の褒貶より家語の変通はあげてかぞへがたく、論語は虚実の鑑ならん。それが中にも陽貨の一篇は、論語一部の曲節にして、「或は帰豚は其人とあそびて将《ニ》レ仕《ヘン》とは、時宜の孫言なり。「或は牛刀と匏瓜の二章は談笑の諫の証文にして、子游には礼楽の変用をしへ、子路には文質の和節をさとせり。（『為弁抄』）

「陽貨第十七」のこれらの話は、「虚実の鑑」である『論語』の中でも、とりわけ重要な箇所だと支考はいうのである。この中でも特に支考が気に入っていたのは「牛刀」の話だが、その前にまず「帰豚」から見てみよう。(7)

陽貨、孔子を見んと欲す。孔子見ず。孔子に豚《いのこ》を帰《おく》る。孔子其の亡きを時として往きて之れを拝す。諸れに塗に遇う。孔子に謂いて曰わく、来たれ、予れ爾と言わん。曰わく、其の宝を懐きて其の邦を迷わす。仁と謂うべき乎。曰わく、不可。事に従うことを好みて、亟《しば》しば時を失う。知と謂うべき乎。曰わく、不可。日月逝く、歳、我れと与にせず。孔子曰わく、諾、吾れ将に仕えんとす。

陽貨は一名を陽虎といい、（略）この大悪人陽虎が、まだ謀反を起こさぬまえ、孔子に対してもはたらきかけようとした際の挿話（略）。

野心を逞しくする陽貨は、名望ある孔子を、自己の党派に引き入れたく思ったのであろう、会見を希望したが、孔子は会わなかった。

陽貨は一計を案じ、孔子に子ぶたを送りとどけた。（略）

豚を贈与したのは、かく重臣から贈与があると、必ず返礼のため、重臣の家に行き、謝意を表せねばならぬからである。つまり陽貨は、孔子をどうしても、たずねて来なければならぬ羽目におとし入れ、無理やりに会おうとしたのである。（略）

孔子もさるもの、陽貨の裏をかき、その不在を見はからって、挨拶にゆくことにした。（略）

運命の皮肉であろうか、孔子はばったり、向こうからやって来る陽貨に、途中で出あった。（略）

陽貨は孔子に呼びかけていった。「来たれ、予れ爾と言わん」。こちらへいらっしゃい、あなたに話がある。あなたは宝石のような立派な才能を懐きながら、政治の地位につかず、一国に疑惑をあたえている。

そうした態度は仁といえますか。孔子はこたえた。いかにも、仁とはいえますまい。陽貨はさらにいった。といって全く政治に無関心なのではなく、仕事をやりたがりながら、たびたび時機を失していられる。それは知といえますか。孔子、いや、知とはいえますまい。陽貨。月日はどんどんたって行き、歳の流れはわれわれの希望と同調しない。希望の実現のテンポがおそいのに、年の方はどんどんたって行きます。孔子。はい、わたしは役人となりましょう。

支考は孔子の受け答え、特に最後の言葉、「吾れ将に仕えんとす」に注目する。一見、陽貨の勧告を受け入れたかのような言葉だが、実はその後も陽貨に仕えることはなかった。つまり孔子は、始めから受け入れる気などなかったにも関わらず、このように返答したのである。この孔子の返答を、支考は「時宜の孫言なり」と評しているのである。「孫言」とは何か。支考は『俳諧十論』「第十法式ノ論」「伝曰」で、次のように説明している。

儒門には是を孫言といひ、老家には是を寓言といふ。況や仏書の虚実自在なる、五千余巻はすべて方便説也。

儒教で言う「孫言」、老子で言う「寓言」、仏教で言う「方便」、これらは全て虚実自在の表現だと支考は考えていたのである。「十論ノ解」「三言」にそのそれぞれの出典が示されている。

論語ニ、邦道無トキハ行ヲ危《ハゲシフ》シテ、言孫ガフ。註ニ孫ハ順也《ナリ》。▲荘子ニ、寓言ハ十ガ九、重言ハ十が七、巵言ハ日ニ出ヅ。註ニ寓言者《ハ》己之《ガ》言ヲ以テ他人ノ之名ヲ借テ、以之言ヘリ。▲涅槃経ニ、皆是方便ノ説也。

「解云、古ヨリ三道ノ論者ハ、其経ハ虚ナリ、此経は実ナリト、其家ニ虚実ヲ定レドモ、虚実は詞ノ先後ノミニテ、何ノ道カ虚実ヲ兼ザラン。差別ハ文章ニ知レト也。

「邦道無トキハ行ヲ危《ハゲシフ》シテ、言孫ガフ」は、『論語』「巻第七　憲問第十四」の次の一節である。(8)

子の曰わく、邦《くに》に道あれば、言を危《はげ》しくし行を危しくす。邦に道なければ、行を危しくして言は孫《したが》う。

先生がいわれた、「国家に道があればことばをきびしく行ないもきびしくする。国家に道がなければ行ないをきびしくしてことばは〔害にあわないように〕やわらげる。

道が行われていない国家で正論を言っても自分に害が及ぶだけである。したがってそのような場合には言葉は直接的でないやわらかい表現にするというのである。「註ニ孫ハ順也《ナリ》」の「註」は、『論語集注』を指していると思われるが、該当個所は「孫、卑順也」となっている。（ただし「述而第七」の一節では「孫、順也」と注している）。「▲荘子」以下の説明は省略に随うが、「孫言」と「寓言」と「方便」は、本来言いたいことをよりよく伝えるために選択された方法的言説という意味で、同種の表現方法だと支考は考えている。つまりそれは、その場その時の時宜に応じた言語表現ということである。

さて、「陽貨第十七」に話を戻そう。孔子がここで陽貨の誘いをきっぱりと断らなかったのは、その場の陽貨の感情を配慮してのことである。支考は、孔子が陽貨の感情を十分考慮し、その場の状況に相応しい柔軟な言動をした点を、「時宜の孫言」と褒めたのである。

なお吉川幸次郎『論語　下』に「古注の孔安国に、「順辞を以って免る」。「順辞」とは、方便としての嘘である」と解説されている。

さて、これが支考の描く「虚実の鑑」の具体的なイメージである。ここから受け取れるのは、相手の感情をよく斟酌し、その場に相応しい柔軟な対応ができる孔子像である。そしてこれは、支考の描く孔子像に一貫して現れるものなのである。

では次の話。先の引用では、「陽貨第十七」の話があと二つ引かれているが、ここでは支考が『論語』の中で最も気に入っていた「牛刀」の方を見ることにしよう。[9]

> 子、武城に之きて絃歌の声を聞く。夫子莞爾として笑いて曰わく、鶏を割くに焉んぞ牛刀を用いん。子游対えて曰わく、昔者偃や諸れを夫子に聞けり、曰わく、君子道を学べば則ち人を愛し、小人道を学べば則ち使い易しと。子の曰わく、二三子よ、偃の言是なり。前言はこれに戯れしのみ。
>
> 先生が武城の町に行かれたとき、〔儀礼と雅楽を講習する〕琴の音と歌声とを聞かれた。〔儀礼と雅楽は国家を治めるための方法であったから、こんな小さい町におおげさ過ぎるというわけで、〕先生はにっこり笑うと、「鶏をさくのに牛切り庖丁がどうして要るのかな。」といわれた。子游はお答えした、「前に偃（このわたくし）は先生からお聞きしました、君子（為政者）が道（儀礼と雅楽）を学ぶと人を愛するようになり、小人（被治者）が道を学ぶと使いやすくなるということです。〔どんな人でも道を学ぶべきではありませんか。〕」先生はいわれた、「諸君、偃のことばが正しい。さっき言ったのはからかっただけだ。」

支考はこの章段を次のように理解していた。

> 先後抄の大略に、儒門に礼楽の和といふは、舜の絃哥を鑑なれども、子游は武城の一郷に大小の変をわきまへず、耳聞の実に落たるを、諺にいふ鵜のまねなればと、孔子はおかしがり給ひし也。その証拠は史記に此段の結文あり。「孔子以為《ヘリ》子游習《ハヘリ》二於文学《ニ》一」とぞ。（『為弁抄』）

儒教で礼楽の和と言えば、伝説の皇帝、舜をその手本とする。子游はそのまねをして、武城という小さい町でそのまま礼楽の教育を行った。しかし一国を治めるのと、小さい地方都市を治めるのとでは、自ずから事情が違う（「大小の変」）。それを理解せず、そのまま杓子定規に実行する（「耳聞の実に落たる」＝耳で聞いたままのことにとらわれてしまう）のは、諺にいう「鵜のまね（する烏）」と同じだ（その牛刀がよく切れるからといって、小さい鶏をそれで切ろうとするようなものだ）。孔子はそういう意味を込めてからかったのである。この章をそう理解してよい証拠に、『史記』「仲尼弟子列伝第七」では、この話の最後に、「孔子以為《ヘリ》子游習《ハヘリ》二於文学《ニ》一」（子游には文献についての学問があるが実践的応用ができない）という一文が置かれているではないか。そう支考は述べているのである。

さらに『論語』には続きがある。子游は孔子の意が汲めず、真正面から孔子に反論した。それに対して孔子は、子游が正しいのだ、私は戯れて言ったに過ぎないのだよ、とさらりとかわす。

> 迂詐の真言といふは、論語に牛刀の戯なり。孔子の詞には　迂詐の戯ぞと一座の時宜に宣給へど、子游が学文の聞出ならひを笑へる意は、真言也。（『為弁抄』）

子游に自分の意が伝わっていないと見るや、その場の雰囲気を優先させて（「一座の時宜に」）、自分の言葉を冗談として処理した。もちろん談笑の諷諫であるから、もともと半分は冗談である。しかしそこには、勉強したことを鵜呑みにしてそのまま実行しようとする子游のばか正直さを諫めようとした、という真意も込められていたと支考は読んでいるのである。ちなみに徂徠は「『鶏を割くに焉ぞ牛刀を用ひん』は、けだし微言なり。（略）後世詩学伝はらざれば、則ちひと孔子に微言多きことを知ること莫し。」と注している。[10] 二人の頭にあった具体的内容は必ずしも同じではないが、支考が見たらさぞかし喜ぶに違いない。

それはさておき、いくら立派な教えといえども、そのまま杓子定規ではだめで、その状況状況に適した運用があることを教える孔子、しかもそれを直接ではなく、牛刀の喩を使って遠回しに伝えようとする孔子、さらにそれが伝わらなかったと見るや、それを冗談だとしてその場の雰囲気を壊さないこだわりのなさ。もしこのうち、どれかでも欠けていたら、子游に感情的なわだかまりが生じたり、その場の雰囲気が壊れたりしただろう。ここでもやはり「世情の和」（＝情による人間関係）、その場の状況（時宜）が最優先されている。そしてそれができる孔子の飄々とした自在さが、支考にとっての孔子の魅力だったのであり、「風雅の太祖」たるゆえんなのであった。

七十二弟の対問に、夫子は変通無方なれど、（略）子游子夏は文学につのりて言語の実をとむる時おほし。
（『為弁抄』）

孔子の変幻自在さに対して、弟子である子游や子夏は学問がこうじてそれに囚われることが多い、と支考は言うのであった（「無方」は仏語で自由自在の意）。

四

さらに具体例を見ていこう。芭蕉が弟子によって指導方法を変え、いわゆる待機説法を用いていたことはよく知られているが、孔子も同じだったと支考は言う。

孔子の門人に対して、おなじ言語の学者なれど、子貢をばすゝめ、宰我をばこらし、顔回は其日の変を窺ひて、子路をばいつもやはらげ給へる。そこを良医の配剤にして、勧懲の二用をしるべしとぞ。（『為弁抄』）

孔子はその弟子によって、勧懲を使い分けていた。丁度、名医が患者に合った薬を調合するようなものである。支考はこの配剤の具体例も結構好きだった。

世に憶病の医者ありて、人は元気を養ふにしかずと、蔘附の剤を放ざるがごとき、病を直す医者にはあらで、病人を守する人といはむ。（『為弁抄』）

善さへすゝむれば教化と思ふは、医者の配剤に補瀉の理をしらず。いつとても危からぬ益気湯をもるに似たらんとぞ。（『為弁抄』）

いくら立派な教えであっても、誰にでも同じように説いていては、効果はない。薬も同じ。いつでも「蔘附」や「益気湯」ばかりでは困る。その人のその時の症状に適した配剤が必要なのである。ここでもやはり、その状況に応じた柔軟な適応、運用の重要さが説かれている。牛刀の話の子游には、ちょっと耳の痛い話である。

次の例も同じ。兵法のことは『二十五箇条』の口伝にもなっているが、『俳諧十論』でも次のように書かれている。

たとへば兵法を学ぶ人の、右転左旋は平生の芸《(稽)》古にして、敵と敵とのさしむかふ時は、氷の刃をぬきはなして、真甲《マツカウ》ふたつに切割《キリワル》にはしかず。

どう動くのが一番いいか。稽古の時は基本の技を形稽古によって稽古する。例えば「右転左旋」。稽古で重要なのは、正しい動きを身につけることである。しかしいざ実戦となったら違う。最重要は、正しく動くことではない。相手に負けないことだ。もちろん基本の形を捨てていいというわけではない。状況に応じたその運用が大事なのである。これも理論上の正しさに対する、臨機応変の重要性を説いたものと理解することができる。

次は、少し文芸に近い例を見てみよう。

五

『俳諧十論』「第十法式ノ論」に宗匠の心得について述べられた箇所がある。これは直接虚実を説明するための具体例ではないが、宗匠は俳諧の達人、つまり虚実自在の人でなければならないので、やはり同じようなことが説かれている。

宗匠の心得といふは、第一に其座の人情を見とゞけて、我句に人を屈すべからず。人は宗匠の顔を見て待心より調子を失ふ。

宗匠の第一の心得としてやはり、連衆の気分（人情）を最も重視すべきであることが説かれている。だから執筆は指合があるとき、それを宗匠に報告するが、それは、

其場其人の句によりて其儘さし置事もあらん。それも世情の人和ながら、一座の礼節を知らざらんには、公私のさかひに道をあやまつべし。

指合はルール（式目）違反である。そのチェックは執筆の役であるが、運用は宗匠に任される。宗匠はその場の状況によっては、違反を認めることもある。全ては「世情の人和」、座の興が最優先である。それを宗匠のさばき（設・捌）という。

宗匠の心得に、一座の設といふ事は、其日に其場の機転なれば、其事は日夜に変ずべく、其理は古今に通ずべし。

仏教でいうところの「事理」を用いて説明しているが、言われていることは、その日その場の変化を敏感に読み取ることの重要性である。

六

孔子像に話を戻そう。

これまで見てきた具体例は、規範（礼楽・良薬・形・式目）と、その具体的運用という図式をもっていた。これを支考は、「正」と「権」という語で捉えている。

　孔子は論語の廿二篇に正をもてこらし、権をもてすゝめ（『為弁抄』）

『論語』が全二二篇というのは、『論語先後鈔』における支考独特の章段の切り方である。

さて、「正」は『論語』に、例えば「政は正なり」（「顔淵第十二」）とか、「晋の文公は譎りて正しからず。斉の桓公は正しくして譎らず」（「憲問第十四」）などと見える。これを支考は、「権」と対になる概念で、正道、常道という意味に捉えている。(11)

一方の「権」については、吉川幸次郎の次の説明(12)が参考になる。

　「権」とは、儒家の哲学における相当重要な概念であって、「経」すなわち常道、それには反するが、常道に反すればこそ、よい効果を得る場合の、非常の処置をいう。「春秋公羊伝」の桓公十一年の条に、「権とは何ぞや。経に反して、然る後に善有る者なり」。また新出の鄭玄注に「権なる者は、経に反して、義に合す。尤も知り難き也。

これは「非レ道ニしてしかも成レ道ヲ」という『奥義抄』以来の滑稽釈義と同じ構造であるが、それについては第二章第三節で見るとして、ここでは、諷諫の人である孔子は、この「権」の優れた実践者だったことを確認しておきたい。

またこの「権」は、「儒書に載する所権変一に非ず」（『論衡』「答佞第三十三」）のように「権変」という使い方もされ、支考も「孔子の権変」（『為弁抄』）「権変自在」（『為弁抄』）などと使っている。

またさらに、「権」に似た概念として、支考は「屈節」という概念にも注目している。「孔子の家訓に屈節の二字あり」（『為弁抄』）などというのだが、支考の好きな『孔子家語』にその名もズバリ「屈節解第三十七」がある。その冒頭で、「節を屈するは待つ有る所以」と言われているように、「屈節」とは、「時を待つ方便」[13]である。当然「権」と密接に関係する。

　それを子貢も見習ひて、屈《シテ》レ節《ヲ》求《ムル》レ達《ヲ》は聖人の権変なればと（略）諂諛と諷諫との一歩千里の大事ならん。

（『為弁抄』）

「屈《シテ》レ節《ヲ》求《ムル》レ達《ヲ》」は、『孔子家語』「屈節解第三十七」の次の話に見える言葉である。

越王句践は呉に報復したいと考えていた。一方の呉は、その越を恐れて斉を討つことを躊躇していた。そこで、子貢は句践に「軍隊を発して彼を援助してその心をあおりたて、素晴らしい宝物を贈って喜ばせ、言葉はへりくだって礼儀は丁重にしたならば、呉王はいい気になってきっと斉を討つでしょう。」と勧める。そして続けて言う。「此れ聖人の所謂節を屈して其の達を求むる者なり（これこそ、聖人が言うところの「おのれが節操を曲げて成功を求める」というものです）[14]」。

この「屈節」を支考が「権変」と言い換えたのも納得できるだろう。

さて、このような、「諷諫」「正権」「屈節」において重要なのは、その場の状況（時宜）をよく考えるということである。それを教えたものとして、支考は「子罕第九」の次の文章をあげている。[15]

子、四を絶つ。意毋《いな》く、必毋《ひっ》く、固毋《こ》く、我毋《が》し。

孔子には、四つのものがなかった。第一に主観的な恣意。第二には無理押し。第三に固執。第四には自己のみへの執着。

先に見た牛刀の話やこの文章を、『俳諧十論』「第四虚実ノ論」の最初の方で引いていることからも、支考がこれを重視していたことが窺える。ではこの短い一文を支考はどう読んだのか。『為弁抄』「毋必毋固」の項で次のように解説している。

是を一口にいふ時は、儒道の大事は仁義礼楽なれど、おこなふてよき時もあれば、おこなふてあしき時もありと、世法の変をさしへ給ひし也。（『為弁抄』）

いくら正しく重要な教え、「仁義礼楽」といえど、状況に応じて行ってよいときと悪い時がある。「世法」については第Ⅱ部第二章第五節で詳しくみるが、「世法の変」とは、現実世界の状況は時々刻々変化していることを言った支考用語である。「仁義礼楽」は不変の真理かもしれないが、現実世界の状況は絶えず変化している。だからその変化に応じた運用が重要だというのである。

なお支考は別のところ（『為弁抄』「儒書ノ工面」）でも、『論語』のこの箇所に触れ、「権変自在の方便」と説明している。

　まして五常を説ながら必とせず、固とせざるは、権変自在の方便にして、此類はあげて数ふべからず。たふとむべきは孔子の大虚にして、おしむべきは門下の小実ならん。

七

　さて以上見てきた支考の孔子像とその教えは、全て支考の説く虚実の具体的イメージである。次にそのことを支考の文章で確認しておきたい。

　最初に見た「陽貨第十七」の二つの話が、「虚実の鑑」と言われていたことは既に見た。「将ニレ仕ヘンとは時宜の孫言」、牛刀の喩は「談笑の諫の証文」、すなわち談笑の諷諫である。人を見て法を説く話は、例えば次のような文章が参考になる。

　孔子は日夜の対問に、言語の優游自在を見るべし。（『為弁抄』）

『論語』や『孔子家語』の中で、自在に弟子と問答を繰り広げる孔子を、支考は「優游自在」と評しているのである。ちなみに芭蕉も「優游自在の道人」（『為弁抄』）と評されている。

　そして次の例から分かるように、この「優游自在」は、「虚実自在」「虚に居て実を行ふ」とほぼ同義に使われている言葉である。

　孔子は論語の廿二篇に正をもてこらし、権をもてすゝめ、同問異答の虚実自在なる、長沮桀溺が平懐といへど、かって異端をば攻《セメ》給はず。（『為弁抄』）

孔子は「正」を戒め、「権」を勧めており、また同じ問に対し、自在に答えを変えている。そのような孔子を、「虚実自在」と評しているのである。先の「優游自在」と同義で使われていると見てよいだろう。さらに支考虚実論のもう一つの命題も同じである。

例の虚に居て実をおこなふといへる優游自在の為なるべし。(『為弁抄』)

今度は優游自在が、「虚に居て実をおこなふ」と言いかえられている。

さらに、支考は別のところで、「変をしる時は優游といひ」(『為弁抄』)とも述べている。「変」とは「虚実の変」のことである。

其時にのぞみ、其人にしたがひて、善も善ならず、悪も悪ならず。そこを虚実の変といへり。(『為弁抄』)

先に引用した「おこなふてよき時もあれば、おこなふてあしき時もありと、世法の変ををしへ給ひし也」と似ていることからも分かるように、「世法の変」とは現実生活の人間関係における「虚実の変」、つまりその場その時の変化のことである。そしてその「変」をよく知っている人を、「虚実自在の人」、「虚に居て実を行ふ人」、そしてより具体的には「優游自在の人」というのである。

次に「屈節」と「虚実」については、次の用例をあげておく。

畢竟はたゞ虚実の変をしりて、其日の言語にあそぶといへる遊の一字を師とすべし。論語の夫子もこれらの大事を百世の人に隠ずして、危《フシテ》レ行《ヲ》言孫《フ》とは儒門に屈節の秘法にして、吾《ハ》従《ハシ》二諷諫《ニ》一といへる家語の俳諧も此いひ也。しいて諷諫の言語を学ぶべくは、山崎老人の遺訓にまかせて、孔子を風雅の太祖たらんかとぞ。（『為弁抄』）

「危《フシテ》レ行《ヲ》言孫《フ》」は先に見た「憲問第十四」の一節である。最初に見た「陽貨第十七」について「時宜の孫言」と言われていたのと同じである。これが「屈節」と同義で、「諷諫」に通じる。それは、本稿の文脈で言うと、その場その時の状況、支考の言葉で言うと、「虚実の変」（時宜）をよく知っているということである。順序が逆になったが、最後に「正権」と「虚実」については、次のような文章がある。

其いふ論語の正権は此いふ原道の虚実ならざらんや。（『為弁抄』）
子夏をおどろかして、回《ハ》能《ク》信《ナレドモ》而不《ズ》レ能《ハ》レ反《スルコト》、といへる、反とは権にして虚ならずや。（『為弁抄』）

原道は『白馬経』の「原道訓」のことであり、そこでは虚実論が説かれていると支考は言う。もっとも『白馬経』は支考俳論に名が見えるだけで、現在この名を持つものは全て別物である。

また「回能信而不能反」は、『孔子家語』「六本第十五」に見え、宇野精一は「信用を守り通すだけで、融通をきかせることができない」と注している[16]。ここで支考は「権にして虚」というように、「虚」という語を単独で使っているが、「虚に居る」というときの「虚」と同じと考えればよい。要するに、「権」を実践できる人は「虚に居る」人であり、「権変自在」の人は、「虚実自在」の人なのである。

八

さて、まとめよう。

規範を硬直的に守るのではなく、その場その状況に相応しい臨機応変の対応をすること、「世情の人和」つまり、人情の機微、変化に敏感であること、したがってしばしば笑言を用いる事ができること。本節で見てきた孔子の具体像とその教えには、このような像が一貫していた。これが支考の言う「虚実自在」の人であり、「虚に居て実を行ふ」人であり、「虚実の変」を知る人であり、「世法の変」を知る人なのであった。そしてその達人だった孔子を支考は「優游自在」と形容し、「風雅の太祖」と呼んだのである。

ここまでくると、支考が具体的用例群で示していた支考虚実論の核は一言で言える。それは、人情の機微を敏感に察知できる臨機応変の自在な心にある、と。

最後に、冒頭に引いた露川に対する支考の返答に戻ろう。もはやその意味ははっきりしていると思うが、少し説明を付けて意訳を示しておきたい。

あなたは他人が自分の妻に手を出そうとした時、「虚に遊ぶ」のだと言って、その人に妻を差し出すのか？もし夫婦の間に実があったとしてもそれは犬猫のする事ではないか。私の言う「虚実」はそんなものではないのだ。心が自在である（虚に居る）時は、その状況に応じて、何を優先させるべきか（虚実の前後）が分かるから、もし妻が不倫をしても、自分への裏切りを恨まないのである。なぜなら、五倫の教えは現実においては絶対ではないことを知っているからである。人の気持ちなんてころころ変わる。妻の心変わりは、倫理には反するが、それで割り切れないのが人情というものだと、妻の気持ちを優先させて考えられるのである。

もしここで、杓子定規に倫理を優先させて妻を非難したところで、妻の気持ちが自分に戻ってくるわけではないのだ。しかし、もし他人が自分の妻をくれと言ってきたら、その時は、世間の倫理（世法の実）を優先させて、指一本触れさせないのである。この自在さが「虚実」の本質なのである。

支考は人情は理屈で割り切れないということをよく知っていた。そのような危うい人間存在に対する繊細なまなざしをもっていた。そして俳諧こそが、その人情をうまく扱い、矛盾を抱えた人間存在の機微に触れることができる最も優れた思想であると考えていたのである。

注

（1）引用は『蕉門俳話文集　下巻』（前掲）による。なお、「五論」を「五倫」に改めた。

（2）拙稿「ウィトゲンシュタイン」（竹田青嗣＋現象学研究会『知識ゼロからの哲学入門』平成二十年六月　幻冬舎）参照。

（3）念の為に言うと、具体的用例群は、抽象的説明の理解を助けるものであると同時に、まさしく俳諧の実践例であった。支考にとって俳諧とは、日常生活における人間関係の中でこそ生かされるべきものだったからである。

（4）「支考の虚実論の展開」（前掲）。

（5）実存論的時間論は、ハイデガー以前にも断片的には直観されていたが、きちんとした哲学の問題として論を進めたのはハイデガーである。拙稿「偉大なる弱虫　アウグスティヌス」（竹田青嗣・西研編『はじめての哲学史』（平成十年六月　有斐閣）参照。

（6）竹田青嗣『ハイデガー入門』（平成七年十一月　講談社）参照。

（7）吉川幸次郎『論語 下』（昭和五十三年四月　朝日文庫）。

（8）引用は金谷治訳注『論語』（昭和三十八年七月　岩波文庫）による。

（9）注8に同じ。

（10）引用は小川環樹『論語徴』2（平成六年四月　平凡社）による。

（11）吉川幸次郎は「憲問第十四」の一節の解釈について、清儒の説は通説とは違って、「譎」とは「権」というが如くであるとする。「権」とは、非常の事態に処する非常の措置であって、それも政治の方法として是認される概念であるが、晋の文公は、その方には長じていても、政治の常道については欠けるところがあった。逆に斉の桓公は、常識的な政治には長じていたけれども、非常措置が不得手であった。いずれも一長一短である、とする」と解説し、その説に影響を与えたとして「ほぼ似た説が、さきだって徂徠にある」と指摘している（『論語　中』昭和五十三年三月　朝日文庫）。それによるとまさしくこの章は「正」と「権」の対と言うことになる。徂徠の『論語徴』には、「正」と「譎」とは、兵家の辞なり。（略）大奇変百出する之れを譎と謂ひ、堂堂正正たる之れを正と謂ふ」（注10）とある。
（12）『論語　上』（昭和五十三年二月　朝日文庫）。
（13）宇野精一『孔子家語』（新釈漢文大系五十三　平成八年十月　明治書院）。
（14）注13に同じ。
（15）引用は注12による。
（16）注13に同じ。

第三項　「虚実の虚実」という言い方

一

ここまでで、文考虚実論の本質とその意味、また具体的なイメージがほぼ明らかとなったと思う。最後に文考独特の言い回し、「虚実の虚実」について触れておきたい。これは前項で述べたように、自分の説く虚実が「信偽」という当時の一般的意味に誤解されているのを解こうとして言い出したものであるが、例によってその意は汲み取られず、「虚実の中の虚実。真の虚実」(1)などと解釈され、文考の衒学僻によるものだと批判されてきたものである。

しかし結論から言えば、「虚実の虚実」とは、〈一般的な「信偽」という意味の「虚実」ではなく、文考が独自の意味を込めた「虚実」という意味をもった「虚実」〉という意味である。要するに「虚実の虚実」は、〈文考の独特な意味を込めた「虚実」〉という意味であって、文考にとっては、「虚実」と「虚実の虚実」は全くの同義なのだ。「虚実の虚実」とは、衒学壁のある文考が気を衒った表現なのではなく、自分の主張を正確に理解してもらうための、いわば苦肉の策だったに過ぎないのである。

詳しく見てみよう。

二

確かに文考は、「虚実の虚実」という語を何やら意味ありげに使うことがある。

さはいへ虚実には聞まがひもあれば、虚実の虚実口伝といふ事を俳諧の道の一大事としるべし。（『俳諧十論』）

それだけでも理解しにくい「虚実」という語を、二つ重ねただけで意味ありげなのに、さらに加えて「口伝」「俳諧の一大事」と、いかにも「虚実の虚実」には何か奥深い意味が隠されているといった口ぶりである。しかしこの文章で注意すべきはむしろ「虚実には聞きまがひもあれば」の部分である。「虚実」という語は誤解されることもあるので、「虚実の虚実」ということを大事にせよといっているのである。

『為弁抄』の「虚実之虚実」の説明も、やや大袈裟である。

白馬ノ教誡訓に、そも俳諧の虚実といふは、儒仏に説ざる内証を、例の察していへる也。しかるに、虚実の虚実といふは、全く儒仏の内証にもあらず。はじめて俳諧の設としるべし。さて其意は虚実に実をしれば、名利の用をとゝなへ、虚実に虚をしれば、名利の用をはなる。此さかひは天の支配にして、口にいふ時は理に落べし。

「虚実」は、儒教や仏教では教えとして説くことはなかったものの、それ自体は体得され実践されていた。それを察して「虚実」という語で概念化したものである。しかしそれに対して「虚実の虚実」は、儒仏では全く知られなかったものであり、俳諧が初めて取り扱ったものだと述べている。「内証」は、「内心の悟り。自己の内心における真理の体得。みずから心のうちに仏教の真理を悟ること。また、その悟った真理」（『例文 仏教語大辞典』平成九年三月　小学館　引用はジャパンナレッジ版より）のことである。

さて、この用例も「虚実」よりも「虚実の虚実」の方が、より高次な深い意味を持っているように読めなくはない。「虚実の虚実」を、「真の虚実」と解釈したくなる気持ちも分からないではない。しかしその後の「さて其意は」以下は、これまで見てきた「虚実」の説明と何ら変わらない。つまり「虚実の虚実」は、「虚実」とだけ言ってもいいところを、誤解を避けたり、少し強調したい時に少し大仰な言い方をしたもの程度に理解しておくのがよいのである。

例えば『俳諧十論』の第四段は「虚実論」と題されているのであって、「虚実の虚実論」とは題されていない。あるいは「そも俳諧の道といふは、第一に虚実の自在より、世間の理屈をよくはなれて、風雅の道理にあそぶをいふ也」（「第二俳諧ノ道」）などのように使われている「虚実」も、「虚実の虚実」とは言われていない。ここだけではなく、支考が虚実を論じたほとんどの文章は、「虚実」を使っているのであって、「虚実の虚実」はごくたまにしか出てこないし、こちらの方が深い意味で使っているとは読み取ることはできないのである。

さらに次のような文章もある。

一貫抄の四絶の論に、儒門に沙汰せらるゝ実学といふは、末代の学者衆の異端をせむる心より、荘門の寓言をいやしめ、禅家の荒言をにくみて也。しからば孔子の問題にせし虚実の実にはあらずして、我執の実といふべけむ。（『為弁抄』）

先の引用では、「虚実の虚実といふは、全く儒仏の内証にもあらず」と言っていたにも関わらず、ここでは、「虚実の実」を孔子が問題にしたと述べている。矛盾があると批判してもよいが、私はむしろ、支考が「虚実」と「虚実の虚実」を同じように考え、同じように使っていた証拠と考えた方がよいと思う。

そうである以上私たちは、「虚実の虚実」とは何かと問うのではなく、少し違った問の立て方をしてみよう。

すなわち、ほとんど意味が違わないにもかかわらず、なぜ支考はわざわざ「虚実の虚実」などという語を持ち出したのか、と問うことにしたい。

三

支考はなぜ「虚実」だけでは飽きたらず、わざわざ「虚実の虚実」などと言い出したのだろうか。別の言い方をすれば、なぜ所々で「虚実」を「虚実の虚実」と言い換えたのだろうか。先に引用した「さはいへ虚実には聞まがひもあれば」という言い方から明らかなように、「虚実」は誤解されるからである。ではどのように誤解されることを支考は恐れたのか。これも既に述べたが、「信偽」という誤解である。別に「誠偽」などという言い方もしている。

> しかるを儒仏のあらそひに、歴〳〵の学者達も、虚実を商《ン》人の誠偽とおもふ故に、儒書仏経の表裏をわきまへず、言語文字の詞とがめおほし。（『為弁抄』）

支考は、従来の注釈者はまるで「文章」というものが読めていないと考えていた。文章の表面的な意味にとらわれ、裏の意味を読みとれず、「言語文字の詞とがめ」ばかりしているからである。例えば前項で見た孔子の虚実自在の言動を、単なる「商人の誠偽」としか理解していないというのである。注釈者がそうなる理由を、支考は別の所で「虚実の変をしらぬ故也」（『為弁抄』）と述べている。「虚実の変」を知らないので、孔子の言動はたんなる「ウソ／マコト」としか見えないというのである。

もう一つ見てみよう。

「抑、詩歌連俳は上手に虚をつく事」。これ翁の端的底にして虚実不自在の人は会すべからず。（略）このうそは誠偽のうそと思ふべからず。惣じて詩歌連俳は無用の虚より有用の実をとゝのふものなり。聖人の意にさばくを虚実といひ、凡夫の口にあつかふを誠偽といふ。例に一歩千里の好悪を恐るべし。しかればきよじつの天理にして、誠偽の人理なるは明ならん。（『俳諧二十五箇条注解』）

これは、『二十五箇条』の「抑、詩歌連俳は上手に虚をつく事」を注釈した箇所である。「上手に虚をつく事」の「虚」はもちろん「ウソ」と読む。しかしその「ウソ」は、「誠偽」の「うそ」ではないことを述べているのである。この「ウソ」は、無用の用とでもいうべきものであって、聖人の虚実自在の心によって表現されたものである。凡人のつく「ウソ」とは全く違うというのである。

ちなみに、支考の「虚実」を「虚構と真実」と誤解している人は、この「詩歌連俳は上手に虚をつく事」という言葉を好んで使う。そういう人は、文学は虚構《フィクション》によって真実を表現するという文学観をもっている人が多く、この言葉をまさしくそのように読むからである。支考の説く「虚」は単なる「ウソ」ではなく、その中に真実を込めている「ウソ」であると読みたくなるのだ。

ところで、「虚実」を「誠偽」の意味に誤解されるのは、いうまでもなくそれが当時の一般的な意味だったからである。そしてその誤解にもとづく批判に当時から支考は晒された。中でも強烈な出来事だったのが、同門の露川や越人との論争であった。

四

越人や露川との論争は、勢力争いなどもからんでいたため、かなり感情的なものになっており、お互いの俳諧観をより深めるといったような実りあるものではほとんどなかった。しかし本書の文脈からは大変興味深いものである。というのは越人も露川も虚実論に言及しており、なおかつ彼らは二人とも、まさしく当時の常識的な意味でそれを理解していたからである。

まず露川との論争を見てみよう。先につっかけたのは文考の方であった。すなわち享保八（一七二三）年八月十二日。

貴房は第一の虚実をしらず。俳諧は実に居て虚に遊ぶ筈也。行先にて愚老をそしられ候よし、貴房がいふ所は信偽の事也。そも〳〵大道の虚実とは、大きなる時は、天地未開を虚といひ、天地の已開を実といふ。小さなる時は、一念の未生と已生となり。是等は心法の沙汰なれば、念仏にては合点まいるまじ。それよりは手短に、貴房は夫婦の実に居て、人が女房を望む時に、我は虚に遊ぶとて人に振舞候はんか。ふるまへば犬猫の所行也。爰に虚実の前後を知て、虚に居る時は女房の不信を恨みず、本より五論の虚を知るゆえなり。人が女房を振舞へといへば、世法の実をおこなひて人には指もさゝせぬ也。これは大道の動不動の沙汰なれば、重ては御無用になされべく候。商の信偽とは違ひ申候。（『口状』(2)）

前節でも引用した箇所である。文考の言い分はまずこうだ。露川は「虚実」が分かっていない。俳諧は「虚に居て実をおこなふべし。実に居て虚にあそぶべからず」（『俳諧十論』など）という自分の主張に対して、行く先々で露川は「俳諧は実に居て虚に遊ぶ筈」だと非難しているが、露川のいう「虚実」は「信偽」の意味であって、自分のいう「虚実」ではない。そう文考は言っているのである。

おそらくこの支考の言い分は的を射ている。「俳諧は実に居て虚に遊ぶ」というのは、心に「実」（＝マコト）を持ちながら、自在に「虚」（＝ウソ）の表現をして「遊ぶ」という意味に理解できるからだ。露川自身も翌享保九（一七二四）年、『口状』に反論した『相楔』(3)で次のように述べていることからもそれがよく分かる。

誹諧心は我本心の有雑無雑を打捨て五臓在実の所に、世俗の俚語に至る事は、我心に実心をかまへ虚遊を施すべし。是は今世上に蕉門の教る実心也。

さて『口状』で、続いて支考は、自分のいう「虚実」の説明を付け加えている。前半は『俳諧十論』にもあった抽象的なことを少し述べ、後半「それよりは手短に」以下で具体的に説明しているのであるが、それによるとこうである。

自分の女房が心変わりした時、「虚に居る」人は、「五倫」の道が絶対不変ではないこと（＝「五倫の虚」）をよく知っているので、そういうこともあると了解して女房を恨まない。しかし他人が自分の女房に手を出そうとすれば、世の中の正しい倫理（＝「世法の実」）にしたがって決して手を出させない。

これが「虚実の前後を知」る人、つまり状況に応じて自在に「虚」を優先させたり「実」を優先させたりできる人である。支考が「虚実」という概念で捉えようとした人間存在の本質は、正しい倫理観を持つと同時に、その根底に移ろいやすくはかない感情の変化をもっている危うい存在としての常人だったのである。ここで支考が表現しているのは、正しいとか正しくないとかに関わらず変化する心というものを持った人間に対する理解、あるいは人間の生き方の根本に関わることなのであって、決して「信偽」の話ではない。

露川はこれに対して、『相楔』で次のように反論している。

虚に居てはいかいせよ（支考の言い分——引用者注）。嘘つき酒呑て大わらひして居るが蕉門の立流珍しき事也。是が蓮二（支考のこと——引用者注）が秘法ならば塩水打て居所を改べし。（略）
今信偽といふ名は替れども虚実をはなれめや。至て静に考案有る事なり。爰に夫婦の虚実をたとへに引給ふ。是はかえつて蓮二のいへる信偽の事の姿なるべし。智俗はよく考見給ふべし。虚実先後を知るは虚心か実心か。何に依て前後有。信偽に有らんより外、言説にかゝるべからず。然ば是は信偽の證拠也。信偽と虚実と立分る也、大道は虚といふ所に信偽の出べき理有。さるによつて已開の実とする中に虚分慥也。是は蓮二の我身の行・不行の事を断り、人には我も酒色に遊たれども、先師のごとく成といふは虚か実か。皆虚成べし。此虚が蓮二の流儀と見へたり。いかゞ。
評せば露川は実のため虚を施し、蓮二は虚を開て実をあらはす也。

あなたは「虚実」を「信偽」と誤解していると支考に言われて、今度は露川が、支考のいう「虚実」こそが「信偽」の事だと言い返しているのである。一応その理由についていろいろ言ってはいるが、露川には支考の考えが全く理解できていないことは確かである。

五

次に越人との論争を見てみよう。この場合は先に口火を切ったのは越人の方であった。『不猫蛇』である。『俳諧十論』の各段について批判するなど、全編かなり強い調子で支考を非難しているが、「虚実」については次のような具合である。

第二誹諧の道とは、虚実の自在より理窟を離れ、風雅の道理にあそぶ也と、又妄誕を素人だましにおかし。虚実の自在といふは、うそをつき、実を虚になし、虚も実なりと思ふか、何とも義も恥もなく放埒なるが自在か。汝が云分はそれ也。

越人もやはり露川と同じように、支考の説く「虚実」を「信偽（＝誠偽）」の意味であると考えていたことがはっきり読み取れる。そのように考える越人には、当然支考が述べていることは矛盾だらけに見える。

第四虚実論曰、虚は実を和らげ、実は虚を補ひ、何れの道も片し〳〵ならずと。何共酔狂の寝言聞やうにて埒が明ず。実を虚にて和らげて能か、補ふが実といはるべきか。二つながら皆虚にて、たわいのなき事也。

（略）

又曰、我翁は虚に居て実に行フべしと、是亦虚言也。越人いまだ生きて居るぞ。虚言ゆへ早云分違フたり。そちは実を虚から和らげ、虚は実にて補ひ、偏ならぬやうにといはずや。此云分は片し〳〵と云ものなり。はせを左様なるうつけたる事いはるゝものか。

支考は「虚は実を和らげ、実は虚を補ひ、何れの道も片し〳〵ならず」と、虚実はどちらか一方に偏ってはならないと言ったはずなのに、「虚に居て実に行《ママ》フべし」というのは、片方しかなくそれと矛盾しているではないかと批判しているのである。しかしこれも越人による言いがかりであって、「虚は実を和らげ、実は虚を補ひ」と「虚に居て実に行《ママ》フべし」はほとんど同じことを言っていることは、本書で明らかにした通りである。すなわち、前者は〈虚は硬直した実を柔軟で自在なものにする契機であり、実は虚に現実性実体性を与えるものである〉という意味であり、後者は〈心を自在にしてそれを言語行為などの現実世界の行為として実践する〉という意味である。つまり敢えて言えば、「虚に居て」というのが、「虚は実を和らげ」に対応し、「実を行フべし」が「実は虚を補ひ」に対応するのである。しかし逆に、越人のように「虚実」を「信偽（＝誠偽）」と解するかぎり、支考のこれらの言葉は理解できず、このような皮肉的な批判をするしかなかったのである。

当然支考も、越人からの批判に応酬した。『削かけの返事』（享保十三（一七二八）年）である。

十論十段の真偽は、道徳の二篇より、虚実の事・姿情の事、まして変化の決論にいたりて、あるは見違へ聞違へ、或は文義不呑込にて、一字も返答取所なし。況や虚実と誠偽の差別は、儒仏の万巻に秘し置給へるを、はじめて俳諧の新論なるをや。

越人の『俳諧十論』批判は、見当違いも甚だしく、ひとつたりとも返答に値しない、と完全否定である。そしてその最大の原因が、「虚実」を「信偽（＝誠偽）」の意に誤解しているからだというのである。今、よく読むと、この支考の批判は露川のときと同様、的を射ている。そしてそうであれば、越人の批判の一つ一つについて真面目に答えることは無意味だという支考の判断も、妥当なものだろうと思う。

さらに越人は『猪の早太』（享保十四（一七二九）年成）を書いて支考に応酬するが、この件に関しては触れていない。

六

以上、露川、越人との論争を手がかりに、両者が支考のいう「虚実」を、当時の一般的な意味である「誠偽」だと誤解していたということを確認した。そしてこれは、何も露川や越人に限った誤解ではなく、当時の一般的理解だったのだろう。だからこそ支考は「虚実の虚実」という言い方を発明せざるを得なかったのである。「さはいへ虚実には聞まがひもあれば、虚実の虚実口伝といふ事を俳諧の道の一大事としるべし」というのは、そういう意味であった。

もちろん、今見ると、「虚実の虚実」という言い方は、あまり有効ではなかったかも知れない。支考の真意は全く伝わらなかったし、かえって不必要に読者を惑わせたり、支考の衒学僻によってことさら意味ありげにしたという批判を招くことになったからである。

しかしそれにも関わらず、私は支考のこの試みを失敗だといって笑う気にはなれない。確かに私たちは、支考の「虚実」や、それを原理とした支考俳論を、現代的な言葉でいくらでもパラフレーズすることができる。あるいは現代の知識でもって、批判することも容易である。現代の私たちは、ソシュールの言語論もウィトゲンシュタインの「言語ゲーム」も知っている。フッサールの現象学的還元も、ハイデガーの存在論も知っているのである。さらには、井筒俊彦の『意識と本質』（昭和五十八年一月　岩波書店）や福永光司の『荘子』（前掲）、その他吉川幸次郎や中村元らの優れた東洋思想の解説と理論をもっているのである。

しかし支考にはそれらはなかったのだ。もちろん大智寺での禅修行の成果をもっていた。その後杜甫の講釈を聞いたと本人が述べていた。その他『荘子鬳斎口義』もあったし、『論語集注』もあった。伊藤仁斎も熊澤蕃山もいた。しかしそれらを知る同時代の誰もが、支考のような俳論を構築できなかったのである。支考は、自分を救ってくれた芭蕉の教えを手がかりに、独力で俳諧の本質を解き明かそうとしたのだ。つまり支考は、俳諧は、普通の人が日常を生きる思想であり、その点で儒仏老荘思想よりも優れた生きた思想であることを「虚実」という一つの用語で語り尽くそうとしたのであった。それがどのくらい困難なことであったかを、私は想像せずにはいられない。そうすれば自分の言わんとしていることが全く理解されず、ひどい誤解にさらされていることを憂い、その誤解を解くために、苦肉の策として「虚実の虚実」という言葉を見つけた支考の苦労も理解できるように思うのである。

結果として支考は、「虚実」という言葉だけを頼りに、「思想としての俳諧」の本質論を構築してみせた。もちろんそれは、今からみると、不十分な点があり、批判されるべき点もあるだろう。しかし少なくとも私は、単なる印象によって感情的に批判したり無視したりする前に、支考の試みがどれほど多くの困難をともなったかを想像したいと思う。その上で、支考が何を達成でき、何を達成できなかったのか。支考俳論は俳諧史的文学史的思想史的に、どのような意味があるのかをきちんと考えたい。私はそれが正しい学問的態度であると信じるからである。

そのことを確認した上で、次節以降でさらに支考俳論の本質に迫ってみたい。

注

（1）南信一『総釈支考の俳論』（前掲）など。
（2）引用は『蕉門俳諧文集　下巻』（前掲）による。
（3）注2に同じ。

第二節　先後

一

本節以降では、さらに支考俳論の本質に迫るため、支考が独自の意味をこめてキーワードのように使っているいくつかの用語を取り上げたい。すなわち、「先後」「滑稽・諷諫」「時宜」「世法」である。

本節ではまず「先後」という用語を見てみよう。

二

これまでの研究では、「先後」という語は例えば「姿先情後」「虚先実後」という言葉として取り上げられることはあったが、それ自体とりたてて意識されることはなかった。それは単なるあとさきという意味にしか受け取られなかったためだろう。例えば支考の姿情論を「姿先情後」の説としてとらえている堀切実は次のように述べている。[1]

次に、いわゆる「姿先情後」説は、啓蒙俳論家支考の、大衆指導上の便宜的手段としての様相を次第に濃くしてゆくのであって、それはまた、支考一派の実作における低俗化、浅薄化の傾向と平行していたのではないかという観点から、姿情論の展開の跡を眺めてみたい。この観点についてはすでに『俳諧大辞典』に各務虎雄氏により次のように解説されるところである。

姿も情もともに「心」（情）から出、情は無形、姿は情が物の形をとって現われているのであるから、厳密にいえば、区別し得ない。互いに相通ずる要素を含み、対立を超えて融合する性質をもっている。従って姿と情とは、一つのものとして考えるべきであるが、説明の便宜から、二つに分けたまでであった。支考が、風姿、風情といったごときはそれである。

私はこの姿情分離を、単なる「説明の便宜」以上の、支考の作法指導上の積極的な意図としてうけとりたい。伝統的な姿情融合の論を、敢えて「姿先」の理論へ展開させたところに、その独自性があるわけである。

このように支考の姿情論では「姿先情後」がその独創として強調されたけれども、「姿先情後」という時の、「先」「後」とはそもそもどういうことを意味しているのかということについては、これまで問われたことはない。しかし、私の考えでは、支考にとって〈先後〉という概念は、意外に重要な概念なのである。というのも、「先後の二字は我家の常談にして」（『為弁抄』）と支考自身が述べるように、支考は様々な場合にこの〈先後〉を用いているからである。

今例えば『俳諧十論』『為弁抄』から用例をあげてみると次の如くである。

「勧懲の先後」・「三才の先後」・「物の先後」・「一念の先後」・「詞の先後」・「道に先後あり」・「先後の理屈」・「法ノ先後」・「先後ノ序」・「文章と教誡の先後」・「理の先後」・「虚実の先後」・「花実ノ先後」・「趣向」と「句作」の「先後」・「学文の先後」・「先後の訙」など。

さらに支考の絶筆が『論語先後鈔』と題されてたことも思い出される。

このような点から考えると、支考には、「先後」という独自の発想法があったと考えるべきであろう。もちろん「先後」という語は、一般的に使われている語であるし、今あげた「先」「後」を、単にあとさきの意味に取っても文意は通じる。しかし支考俳論を読んでいると、やはり支考はこの語に、独自のニュアンスを込めているように思えてならないのである。この点は、「虚実」と事情が同じである。というよりも、今回取り上げる用語は、「諷諫」を除き、すべて普通に使われている言葉である。日常語を俳論用語として使用しようとする支考の姿勢がうかがえるだろう。

では「先後」という俳論用語は、支考俳論において如何なる意味を持つのか。

三

まず初めは「文教の先後」。支考は、「文」というものを、敢えて「文章」（表現）と「教誡」（内容）の二つの契機に分ける。そしてそれを用いて、例えば儒教と仏教の違いを説明している。

実ニ膳中ノ物好ミナラバ、小人ノ間居ト云ベケレド、不厭ノ詞ニ文章ヲ尽セル、爰ニ論語ノ雅俗ヲ知リ、爰ニ孔子ノ虚実ヲ知ラバ、爰ニ文章ハ先ニシテ、教誡ハ後ナルヲモ知テ、爰ニ儒仏ノ差別ヲ知ベシ。（『俳諧十論』）

『論語』は、文章が先で教誡は後だというのである。支考はこれを、次のように「文先教後」という。

論語は文先教後の用をしりて、仁義は註するに及ばずと、先後抄の詉には、孔子を風雅の太祖たらんと也。

（『為弁抄』）

『論語』は「文先教後」の思想で書かれており、『論語』を読むとき大切なのは、その優先された「文」を理解することであると支考は考えていた。だから自分が書いた注釈書である『論語先後鈔』は、仁義といった教えよりは、その虚実自在の文体に注目して注釈したのである。逆にいうと、文章に注目して『論語先後鈔』を読めば、孔子が「風雅の太祖」であることが明らかになるというのである。

さて、「文先教後」である儒教に対し、仏教はその逆の「教先文後」であるという。そしてこの〈先後〉が儒教と仏教を分けることになると支考は考えていたのであるが、その違いの程度は次のように説明される。

爰に論語の一貫抄より先後抄のおもむきをあはせて、両訓に文教の差別を弁ぜば、儒書は現在をとゝなへて詩書礼楽の文章ををしへ、仏経は未来をいましめて殺盗婬妄の教誡をさづく。畢竟は朝四暮三の先後なれど、家を建る時の意地なれば、儒文仏教の当用をしるべし。（『為弁抄』）

儒教は文章を教え（文先）、仏教は教誡を授ける（教先）というのだが、しかしそれは、「朝四暮三の先後」に過ぎないと述べる。朝四暮三は、いうまでもなく『荘子』の朝三暮四のもじりであり、その意味するところは、表面上異なっているように見えるだけで、結局たいした違いはない、ということである。つまり、文先か教先かは、最終的にはたいした違いはないということである。だがしかし、それにも関わらず、その違いは儒家仏家といったそれぞれの一派を建立するときの主義主張となると支考は述べている。

結局、儒教と仏教は、その説くところは最終的にはそれほど違いはなく、文を先にするか教を先にするかの違いでしかないが、しかしそれでもその違いこそが、それぞれのアイデンティティを支えており、そこを譲ってしまえば、儒家は儒家たり得ず、仏家は仏家たり得ないと支考は考えていたのである。

これは三教一致思想の変奏であるが、要するに〈先後〉とは、最終的にはほとんど同じであるが、今目の前の事においては決定的に違うといった、微妙な両義性の上に成り立っている方法なのであった。

しかしこれに一体どんな意味があるのか。それを確かめるために、もう少し話を前に進めることとしたい。

四

儒教も仏教も、それぞれその教えを説くための文章を持っている。支考はその違いもこの「先後」で説明している。例えば支考は次のように述べている。

> 白馬ノ教誡訓に、そも〳〵儒仏の教といふは、内秘外現の二相ありて、釈迦も孔子も虚実は知ながら、それは虚にして是は実なりと、一道の意地を説給へば、聞人は言語の粕によひて、それか是かと思ひまどふ。日夜に迷ひ〳〵て後に虚でも実でもなかりし物をと悟るは、我とさとる事なり。（『為弁抄』）

釈迦も孔子も「虚実」の両方が重要であることは分かっていて、その上でたまたま教える筋道、順序として、一方は「虚」を、他方は「実」を強調したにすぎない。それを聞く方が言語の表面的な意味にとらわれて、仏教といえば「虚」、儒教といえば「実」しかないように思い込んでしまうのだと述べている。このことを支考は「先後」を使って次のように説明している。

一字録の儒仏ノ篇に、一節とは家〳〵の意地なり。釈迦は世法の虚をさとりて、虚を先に説き給へば、仏学者は虚にほれて、其虚の癖となる事をおぼえず。孔子は世法の実をしりて、実を先に教給へば、儒学者は実にほれて其実の癖となる事をおぼえず。世はたゞ虚実の虚実といふをしらで、虚実に虚実をとむる故に、どちらも道の害となれり。（『為弁抄』）

釈迦は虚を先に説き、孔子は実を先に教えただけなのに、それを学ぶ者はそれにとらわれて、仏学者は虚ばかりを重視し、儒学者は実ばかりを重視してしまう。どちらもその道を学ぶ上での妨げとなる、というのである。

解云、古ヨリ三道ノ論者ハ、其経ハ虚ナリ、此経ハ実ナリト、其家ニ虚実ヲ定レドモ、虚実は詞ノ先後ノミニテ、何ノ道カ虚実ヲ兼ザラン。差別ハ文章ニ知レトナリ。（『俳諧十論』）

しかれば虚に居るも実に居るも、例に両翼の用あれば、虚実の先後する所は、しばらく家〳〵の立派と見て置べし。（『俳諧十論』）

儒教も仏教（も老荘思想）も、何を優先的に述べるかという順序の違いだけであって、結局は同じことを説いている。その違いは、それぞれの家の立場であると考えるのがよい、というのである。ここでも先に見たのと同じ論理が繰り返されていることが分かる。

以上、儒仏について、「文教の先後」と「虚実の先後」を見てきたが、ここからどのようなことを引き出すことが出来るだろうか。

まず重要なのは、「先後」が単に、二つあるもののうち一方を重視し優先させるという意味ではなく、認識や表現の根本に関わっているものだということである。儒仏老荘の一番大事な点は何か、また儒教は「実」を説き仏教は「虚」を説くがそのどちらが正しいのか、あるいはその争いをどのように考えたら解決できるのか、というような問題を、支考は「先後」という発想法を用いることでうまく整理、説明できると考えたのである。「先後」という発想法の一番大事な点は、このように、何もないところに何かをよりよく考えるための筋道をつけるための発想法、何かを説明したり、教えたり、考えたり、理解したりする時に、どのような筋道でそれを行えばいいかという、実践的な発想の方法であるという点なのである。

これを少し敷衍してみると、私たちはよく儒なら儒、仏なら仏が、何を主張しているかということを第一に考えてしまいがちである。そしてそれを比べてみて、こっちの方が正しいとか、あっちの方がより真実を言っているなどと議論する。そして最後には喧嘩になって物別れということがよくあるが、支考のこの「先後」という発想法は、そのような時に役立つ発想の転換を意味している。つまり「先後」は、ある主張がいかなる論理的根拠でもって正しいと言い得るかという発想を、どのように考えたら現状をよりよい方向に向かわせられるかという発想に転換するのである。

以上で「先後」という発想法自体の意味内容が、おおよそ明らかになったように思う。誰かに言われてみれば簡単なことで、かつ無意識のうちには誰でもやったことがあるような方法である。しかし支考は、それを強く意識し、方法として提示したのであった。もちろんそれは俳諧の方法であり、日常生活を生きる上において大いに役立つ実践的な方法であった。

次に、支考俳論の中でこの「先後」が関わっているいくつかの問題を見て、さらに「先後」という方法に迫ってみることにしたい。

五

まず第一に、「先後」と言語の関係を確かめたい。

むかしより筆陣の力をつくして、儒者は仏者にかちたりと思ひ、仏経は儒書にまされりと思へど、今いふ儒法にも虚実あれば仏法にも虚実ありて、あらそふ人は字面を学びて、言語の表裡をしらぬかたに落べし。

（『俳諧十論』）

すでに見たように支考によれば、儒仏において「虚実」はどちらも重要なものであり、それぞれが一方だけを強調するのは「先後」に過ぎなかった。それを知らないのをここでは「言語の表裡をしら」ないと述べているのである。このことからも分かるように、「先後」とは具体的には言葉に対する態度、言葉の扱い方の問題だといえる。つまり「先後」をよくわきまえるとは、言語の表裏をよく知ること、言葉を聞く方で言えば、言語の表面的な意味に惑わされず、相手がどういう気持ちで本当は何を言わんとしているのかを、よく考える事ができることを意味しているのである。

「先後」に関わる問題でもう一つ重要なのは、この「先後」という発想法は、少なくとも支考にとっては勝手に思いついたものではなく、あくまで俳諧ということの中から出てきたものであるということだ。支考にしてみれば、これこそが儒にも仏にもない、俳諧独自の発想法なのである。

儒釈老の差別は文章にわかれて、教誡は三道一致なるをや。今いふ文章と教誡の先後は、三家の説ざる所なるを、はじめて俳諧の発明といふべし。(『為弁抄』)

儒教も仏教も老荘思想も、その教誡は同じであるが、それを説く文章に、それぞれの特徴を持っている。しかし実は、儒教も仏教も老荘思想も、そのことは決して言わない。つまり、それを実践することと、それを一つの方法論として認識することとは全く違うのである。儒仏はどちらも「虚実」を「先後」の実践として強調したが、それが方法的な選択(「先後」)であるとはっきり言わなかった。俳諧だけが、それが「先後」という一つの方法であることを指摘したのであり、これは俳諧の発明なのだと、文考は力説しているのである。

そしてさらにそのことによって俳諧は、儒仏老荘よりもさらに自在に物事を考えられるようになった、と文考は述べている。

しかれば俳諧の道といふは、儒仏老荘の間をつたひて、虚実に中庸の法ありといはむ。本より儒仏の大道は、虚実の先後に家をわけたるを、俳諧はそれが仲人としるべし。(『俳諧十論』)

さるを十論の明白なる、遠く儒仏の表裏をもしり、深く老荘の意地をもしりて、三道の間の糸筋をつたひ得たらん。爰を第二段の要とするべし。(『為弁抄』)

俳諧はたゞ虚実にして、其虚を談ずれば釈老となり、其実を論ずれば孔孟となる。爰に論語の名をもしるべし。いづれの言語か虚実によらざらん、いづれの虚実か先後によらざらん。法は変化の楫《カヂ》とするべき也。(『俳諧十論』)

これらはほとんど同じことを言っている。つまり、儒仏と違って俳諧は、あらかじめこれが正しいという前提を持たない。だから俳諧は、その場に応じて儒仏老荘どれにでもなれる、どのようにでも自在に考えられる。つまりどのようにでも自在によりよい筋道をつけられるというのである。それは、俳諧が「先後」という発想法を持つゆえであり、その点で俳諧は、思想として儒仏より実践的で優れている、そう支考は考えているのである。

さて、以上でおおよそ「先後」に関係する重要な点が出尽くした。まとめると次のようになる。

（一）「先後」という発想法は、物事をよく理解（認識）したり、うまく考えたり、説明（表現）したりするための、よりよい筋道をつけようという発想法である。これは、どのように考えたらうまくいくか、という実践的な発想法である。

（二）具体的には一つのものを二つの契機に分けて、仮に優先順位をつけるという発想法である。

（三）一般に「先後」という語が持つ「優先順位」という意味も、支考においては（一）でいう筋道においてのみ意味を持つ。だからそれは、よりよい筋道をつけるための、仮のものに過ぎない。

（四）ただし仮とは言え、それがその人の立場を表明することにもなる。

（五）「先後」は具体的には、言語に対する態度に関わる。つまり「先後」をよく知るとは、言語の表裏をよく知ること、すなわち言語の表面的な意味にとらわれることなく、その言語によって表現主体が何を言わんとしているかをよく理解することである。

（六）「先後」は、単なる思いつきではなく、支考の俳諧観から出てきたものである。

（七）「先後」は、虚実論（虚実自在）の一つの具体的な実践である（これについては後述）。

六

　さて、「先後」がこのようなものであることに注意すれば、冒頭に触れた「姿先情後」の理解はどのようにかわるのだろうか。

　まず「姿先情後」自体の解釈について言うと、「先後」ということによく注意すれば、「姿先情後」は、〈姿情のどちらも重要だが、うまく句（文章）を作るために敢えて順序をつけると、姿を優先させたほうがよい〉というように解釈できる。これは結果だけを表面的に見れば、堀切説や各務説とそれほど違っているようには見えないかもしれない。しかし堀切論文に引かれていた各務の説明や、堀切の「いうまでもなく、姿情論は『続五論』にみられるごとき「本情論」を背景にして、「姿情融合」への契機をつねにもっているはずのものである」[2]という言い回しからも分かるように、両説では「姿情」の両方が大事だということに注意が向けられているにもかかわらず、その根拠を「先後」自体ではなくその外、例えば「本情論」に求めている。これはもちろん両説が「先後」とは何かという問題を素通りしたためで、本節で明らかにしたことの一つは、少なくとも支考本来の用法としては、「姿先情後」という語の中に両方重要だという意味がきちんと含まれているということなのである。

　しかしこのことは「姿先情後」自体の解釈でいえば、それほど大した問題ではない。それよりも、「先後」ということを踏まえるか踏まえないかは、「姿先情後」という説が持つ意味の受け取りに大きな違いを生むのである。

　これは姿情論の枠の中でその独創は何かを考えようとするのと、支考俳論全体に通底する支考の発想法を考えようとするモチーフの違いにもよるが、例えば堀切説では「姿先情後」を「作法指導上の積極的な意図として」[3]受け取っている。しかしこのような受け取りは、「姿先情後」の一番大事な点を、俳諧を広めるため、指導するための方法論に還元してしまうものである。もちろんそれが指導に好都合なものであったことは確かである。しかしそれはあくまで「先後」という方法が持つ一つの契機に過ぎないのであって、すでに明らかにしたように「先後」という方法はもっと広くて深いのである。

「姿先情後」が、支考が持っていた「先後」という俳諧独自の発想法を使って、姿情論を考えた時に出てきたものであることをよく考えれば、「姿先情後」が出てきたのはまさしく、支考にとっては俳諧の実践そのものからであり、支考の俳諧観と直結していると言えるのである。その意味で、「姿先情後」は、原理論として支考俳論の中にきちんと位置づけることが出来るものなのだ。

だから、もし「姿先情後」という説が持つ一番重要な意味をどのように受け取るか、つまりどの点を支考の独創として評価するのかといえば、堀切のいうように指導のために「敢えて「姿先」」を主張したことではなく、「風情」という問題を考える上で、よりよい筋道をつけようとした点、すなわち「姿」と「情」を二つに分けた点だということになる。それは次のように考えればいっそうはっきりする。

「姿」「情」の二つに分けた事と、「情先」ではなく「姿先」を主張したことと、発想としてどちらがより根源的かというと、明らかに前者と言わなければならない。なぜならそもそも「姿」と「情」のどちらが重要かという議論、発想の土俵があって、言い換えればそれまで「情先姿後」という説があって、それに対して支考が「姿先情後」を自らの立場として打ち出したのではないからだ。逆に支考の〈先後〉という発想法が、「姿先」か「情先」かという問いを生みだしたのである。どちらが「先」かという問いは、二つに分ける事から自然と導かれるが、その逆はない。

両説もよっている去来の次の文章は、太字部分にこそ重点をおいて読むべきではないだろうか。

去来曰、「句に姿といふ物あり。たとへば、
妻よぶ雉子の身を細ふする　去来
初は、「雉子のうろたへて啼」と也。先師曰、「汝、いまだ句の姿をしらずや。同じこともかくいへば姿あり」とて、今の句に直し給ひけり。支考が風姿といへる、是なり。**風情と謂来るを、風姿・風情と二ツに分て、支考は教らるゝ**、尤さとし安し」。（『去来抄』）

支考自身も次のように述べている。

されど連歌は情をはこびて其実の先なるよし、連俳はいさ儒仏の意地ならん。諸道は本より虚実の先後ながら、風の一字に姿情をさばけるは、例の虚に居て実をおこなふといへる優游自在の為なるべし。（『為弁抄』）
風姿風情の二法をわかちては東花坊に五論おこり（略）（『南無俳諧』[4]）

七

以上のように考えてくると、二つの大きな問題が出てくる。
まず一つめは、「先後」における優先順位をどうやって決めるのかという問題である。もちろんそちらを優先させたほうがうまくいくということが最終的には根拠になるけれども、それでも例えば、なぜ姿情論では「姿」を優先させたほうがうまくいくのか、という問題が残る。もちろん支考はこの問題についても、たとえば『俳諧十論』「第五姿情ノ論」の中できちんと述べている。「先後」という発想法を明らかにするという本節の目的からはやや外れるので、ごく簡単に触れておく。

次の文章は、第一節第一項で途中まで引用したものである。

そも〳〵姿情の先後を論ぜば、人は天地の次に生じたれど、仰ぎて天といひ俯して地といふより、三才の姿はさだまりぬ。天地は人のつけたる名なれば、人を姿のはじめにして、月星をさして天の姿といひ、草木をさして地の姿といへる、占文の秘訣も爰ならん。しからば姿は先にして、情は後なりと決すべし。（略）たとへ君臣・父子といへども、情は天地の間にこもりて、姿は忠と孝とにあらはる。いざや其情は其姿にしたがひて、あれどもなきがごとくなれば、今は姿の論といふ也。（『俳諧十論』）

先に述べたように、支考のいう「姿」は単なる客観とか客観描写のことではない。文考は言語によって概念（意味）が形成され、「姿」が現れると考えていたのである。客観物としての月や星は人間が誕生する前から存在するが、それを人間が言語によって名付け、概念化して初めてその「姿」が現前したというのである。「情」はその「姿」によって生じ、「姿」を通して感得されるものなのである。したがって次のような考え方になる。

師説に姿の先後といふは、たとへば親と子の遠国に別れて、年をへて後に逢ひたらん。名乗らざれば他人なり。名乗れば漸くに恩愛を生ず。まして男女の憎愛も妍醜の姿にしたがへば、姿の先なるは勿論とぞ。（『為弁抄』）

これも先に引用したものであるが、長年生き別れていた親子が対面しても、言葉によって親子であるという関係が現前化されなければ、他人と同じであり、名乗って初めてその後に親子の愛情が生じるというのである。

次の文章も基本的に同じ考えに基づくものである。

誠よ、君父の忠孝も、甲冑を帯すれば忠情そなはり、衣食を供すれば孝情あらはる。世に人ありて、情は先なりと論ぜば、君父の前に姿をくるしめず、寝て居て忠孝の情をつくすべきや。姿の先なるは論ずるに及ばず。（『俳諧十論』）

前半で言われている「姿」は、一見、外見（見た目）という意味で用いられているようにも読めるが、「甲冑を帯すれば」というのは、単に物体としての「甲冑」を言っているのではなく、それを身に付けて君主のために戦うものであるという意味を帯びた「甲冑」のことを言っているのである。例えば全く主従関係のない商人がこれを身に付けても「忠情」は起こらないことを考えれば、納得できるだろう。

後半の例も同様で、私たちの立ち居振る舞いには意味があり、「忠孝の情」をつくすにはそれに相応しい立ち居振る舞いがあるということを知っている（もちろん人間が言葉によって概念化して決めたものである）。したがってそのような立ち居振る舞いが、「忠孝の情」を起こさせることにもなるし、「寝て居て」という行為が「忠孝の情」をつくすには相応しくないものだという共通認識が成立しているところでは、「情は先なり」といって、寝ながら「忠孝の情」をつくすことはあり得ないのである。

さて支考が姿が先だと言う理由はこれくらいにして、もう一つの問題に移ろう。それは、「先後」と虚実論との関係である。もう本書をここまで読んでいただけた方には明らかだと思うが、先に（七）としてあげたように、〈先後〉という方法は、支考の虚実論の一つの具体的な実践なのである。先に引用した文章をその視点からもう一度読んでみよう。

釈迦は世法の虚をさとりて、虚を先に説給へば、仏学者は虚にほれて、其虚の癖となる事をおぼえず。孔子は世法の実をしりて、実を先に教給へば、儒学者は実にほれて其実の癖となる事をおぼえず。世はたゞ虚実の虚実といふをしらで、虚実に虚実をとむる故に、どちらも道の害となれり。（『為弁抄』）

釈迦も孔子も、虚と実の両方重要であることを知っていたが、教える便宜として、釈迦は「虚を先に」説き、孔子は「実を先に」教えただけである。それをそれぞれの弟子たちは、師の教えに固執してしまい、その事に気付かない。そのことを「虚実」を知らないと言っているのである。つまり虚実の両方重要だと知った上で便宜的に一方を先に説いた釈迦や孔子は「虚実（の虚実）」を知っていた人で、一方だけに固執してしまった人を「虚実（の虚実）」を知らない人だというのである。「虚実に虚実をとむる」とは、「虚実の変（化）」を知らず、一方に留めてしまうことを言う。「虚実（の虚実）」が、何にもとらわれない自由な心であり、言語表現であることを既に明らかにしたが、それと考え合わせると、〈先後〉というのは虚実自在の認識であり言語表現であるということが分かるのである。

八

以上支考独自の発想法である「先後」について見てきた。これは支考俳論、そしてそれを支える俳諧観の根底にある俳諧の発想法であった。それは、何もないところに、敢えて優先順位をつけて、そのことによってうまく事態をよい方向に進めることができる現実的実践的発想法であった。この敢えて優先順位をつけることができる心のあり方、これが虚実自在、すなわち俳諧の心なのである。

注

（1）「支考の姿情論に関する一試論」（「連歌俳諧研究」三十号　昭和四十一年三月『蕉風俳論の研究――支考を中心に――』（前掲）所収）。
（2）注1に同じ。
（3）もちろん堀切もそれが全てだと考えているわけではなく、「「姿」重視のモチーフが、俳諧表現における「私意」「理屈」の排斥にあり、芭蕉晩年の「かるみ」の説と深くかかわる」と述べている。
（4）引用は金城学院大学図書館蔵本（延享二年刊　911.2/k16/w）による。

第三節　滑稽・諷諌

一

本節では、支考の俳諧観の本質、つまり「俳諧とは何か」という問題に直接関わる用語、すなわち「滑稽・諷諌」という用語について詳しく検討したい。

日本文学史において、俳諧という名が登場するのは、『古今和歌集』巻十九「誹諧歌」である。それ以来日本文学史において「俳諧とは何か」という問題を解き明かそうとする試みが続けられてきた。一般に滑稽釈義と呼ばれているものである。実は支考は、それまで連綿と続いてきた滑稽釈義を廃し、全く新しい滑稽釈義を提示した。もちろんそれは支考の俳諧観の本質に基づくものであった。

まず、滑稽釈義の歴史を簡単に辿ってみることにしよう。日本文学において、はやく俳諧を滑稽と結び付けて解釈したものに、藤原清輔の『奥義抄』がある。

十九問ニ云、誹諧歌の委趣如何。

答ニ云、漢書ニ云、誹諧者滑稽也。滑妙義也。稽詞不レ尽也。史記滑稽伝考物ニ云、滑稽酒器也。言、俳優者、出レ口成レ章詞不二窮竭一。若二滑稽之吐一レ酒也。伝云、大史公曰、天道恢々。広也。豈不レ大哉。談言微中亦可二以解一レ紛。優孟多弁、常以二談咲一諷諫。優旃善為二咲言一、合二於大道一、〔淳于髠滑稽多弁〕。郭舎人発レ言陳レ辞、雖レ不レ合二大道一、然令二人主和悦一。是等滑稽大意也。誹諧の字はわざごとゝよむ也。是によりてみな人偏に戯言

> と思へり。かならずしも不レ然歟。今案に、滑稽のともがらは非レ道して、しかも成レ道者也。又誹諧は非二王道一して、しかも述二妙義一たる歌也。故に是を准二滑稽一。その趣弁説利口あるもの丶如二言語一。火をも水にいひなすなり。或は狂言にして妙義をあらはす。此中又心にこめ詞にあらはれたるなるべし。[1]

この文章は「今案に」を境にして、前半部と後半部に分けることができる。清輔はまず、前半部で『漢書』や『史記』やその注釈を引いた上で、俳諧とは滑稽であること、そしてその俳諧＝滑稽は、単なる悪ふざけに過ぎない否定的なものではなく、巧みな弁舌によってもつれた事態を解決するなど「大道」に合うものとして肯定的、あるいはもっと積極的に評価されていることを述べている。

後半部ではそれをうけて、清輔自身による俳諧、滑稽釈義を展開している。すなわち、滑稽を「非レ道してしかも成レ道」、俳諧を「非二王道一してしかも述二妙義一」と解釈し、それ故に俳諧は滑稽になぞらえられる、というのである。この清輔を起源とする積極的な滑稽釈義が、その意味に多少の違いはあるものの、以後の俳諧師たちに受け継がれていったことが先学によって明らかにされている。[2] しかしそれらの論文では指摘されていないが、『奥義抄』以降の滑稽釈義が踏まえているのは、専ら後半部であることが分かる。具体的に使われているのは、「利口」、「狂言」、宗祇の正道説を介した「非レ道してしかも成レ道」などである。しかし支考を境にして変化が見られる。つまり支考以降の滑稽釈義は、『奥義抄』の前半部分、具体的にいえば「諷諫」や「談笑」[3]を踏まえているのである。

今先行研究を踏まえて主な滑稽釈義で使われている言葉をあげてみると、次の如くである。

『和歌色葉集』＝利口・弁説

『和歌肝要』(『井蛙抄』)＝狂歌
『桐火桶』＝利口
『下学集』＝利口
国会図書館本『古今集古聞』＝正道に非ずして正道をみちびく・利口
『俳諧初学抄』＝狂言
『淀川』＝狂言
『誹諧用意風躰』＝非正道進正道非道教道
『埋木』＝非道教道、非正道進正道・狂言・火をも水とまげて言ひなせる
※版本『誹諧埋木』、改稿本『埋木』共に『奥義抄』を引く。
『泊船集』＝利口
『三冊子』＝利口
『去来抄』＝火を水にいひなすと清輔がいへる
『ひとりごと』＝非道教道、非正道進正道
支考『二十五箇条』道に反て道に叶ふの道理
支考『俳諧十論』＝談笑をもて諷諫す・談笑の諷諫
『蕉門一夜口授』＝諷諫談笑
『桃李両吟歌仙』草稿端書＝談笑
『霽々志』＝滑稽談笑・諷諫

なぜ支考は、それまで伝統的に使われてきた「非㆑道してしかも成㆑道」「非㆑王道してしかも述㆑妙義たる」という滑稽釈義を廃して、新しく「諷諫」という釈義を提示したのだろうか。

二

支考が『奥義抄』の後半部を踏まえているとはっきり言えるのは、次の一例だけである。[4]

> 仏道に達摩あり、儒道に荘子あつて道の実有を踏破せり。哥道に俳かいある事も、かくのごとくとしる時は、道に反て道に叶ふの道理なり。（『二十五箇条』）

これに対して、俳諧を体系的に論じた『俳諧十論』や、その自注である『為弁抄』、そして『俳諧古今抄』など、いわゆる後期の俳論においては、専ら、「諷諫」という滑稽釈義を採用している。例えば次の如くである。

> 諷諫ハ俳諧ノ別名ニテ、世情ノ人和ト知ベキナリ。（『俳諧十論』）
>
> 和節と温厲は諷諫の塩梅にして、諷諫は滑稽の本懐なり。さて滑稽の一大事は言語論談の無用をしりて、今日の言語論談にあそぶべし。（『為弁抄』）
>
> 今いふ俳諧古今抄とは、いにしへ漢土の司馬遷が史記に滑稽の二字を題し、孔門の六芸に名をならべて、諷諫の一道を伝へしに、索隠の評者も其名を称して、滑稽はなを俳諧のごとしといへる、千疑一決の證文あるより、儒仏老荘のちまたに分れて、談笑を家の秘法とはなせりけり。（『俳諧古今抄』）

「諷諫」という語は、『奥義抄』も引くように、もともとは『史記』「滑稽列伝」の優孟の部分で、「常に談笑を以て諷諫す」というように用いられた言葉である。その意味で支考は、滑稽の起源をそれまでの『奥義抄』をさらに遡って、『史記』にまで戻そうとしているのであるが、[5] なぜ支考はそのようなことをする必要があったのだろうか。そのことを確かめるために、先に支考のいう「諷諫」の意味について考えてみることにしたい。支考は一体どのような意味で、「諷諫」という語を使っているのか。

三

「諷諫」は、辞書的には「それとなくとほまはしに諫める」（『大漢和辞典』）という意味だが、支考がどのような意味で使っているかは、例えば『為弁抄』の「談笑ノ諷諫」の項目が手がかりとなる。

> 白馬ノ教誡訓に、史記は諷諫の二字をもて俳諧の賛をつくせりといはむ。其故は君をいさめ、父をなだめ、友達をやはらげむに、実に居てべし面をつくり、其人の悪をあからさまにせめば、石をもて艸をおすがごとく、此いふ人に遠ざかれば、彼いふ人になじみやすし。さるを虚に居てあそびがてら機嫌をはからひて、風諫せば、真綿の中に寝ころびて、明暮に此いふ人をへだてず。それを漸〻修学といひて、我とやむものは、ふたゝびあやまたず。しからば割膝の異見よりも酒色の中に其人ををしへば、ある時はそれが心にも羞べし。（略）詩哥連俳はひたすら諷諫の為にして、諷諫の大事は談笑なれば、談笑に和節の変ある事をしるべし。実《ゲニ》そも小悪の人ならば、儒仏に信心もおこすべけれど、大悪の人ならば、今いふ俳諧の諷諫ならでは聖賢の手にも乗がたし。

項目の名前からも分かるように、支考がいう「諷諫」とは、『史記』を踏まえた「談笑ノ諷諫」のことであるが、ここで支考は、先に言った辞書的な意味を正確に踏まえて「諷諫」という語を使っていると、ひとまず言えそうである。そこでもう少し深くこの文章を読んでみると、「諷諫」にはいくつかの側面があることが分かる。一つめは直接ではなく遠回しということ、二つめは相手の心が動いて納得が得られるということ、そして三つめは諫めるということである。これらはもちろんどれも重要であるが、「遊びがてら機嫌をはから」う「談笑」が「諷諫の大事」であり、それが「和節」ということと結び付けられていることから、二つめの側面、すなわち相手との心理的関係の側面を、支考は「諷諫」の一番大事な点としているようである。

例えば道化についての大室幹雄の次の文章(6)は、支考のいう「諷諫」を理解する助けとなるだろう。

帝王は賢者よりも道化を好む、賢者はただ悲哀を味わわせるだけなのに道化は娯楽・微笑・哄笑・歓楽を提供するからだ。（略）真実をいった賢者が殺されるのはあたりまえなのだ、紂王の子供っぽい実証主義の犠牲として解剖された比干のように。道化ならもっとうまくやる。彼は王をうれしがらせつつ馬を鹿にし、あわせて真実を説くことを忘れない、彼は率直で誠実であるから驚くほど鮮やかに真実を開示することができる存在なのだ。

武帝は彼の「茂材」たちの〈滑稽〉の根底にこうした道化の本質が存することを十分に理解していた。

ここで言われている「道化の本質」は、『史記』の滑稽人たちも持ち合わせていたものである。これを支考流に言えば、次の『為弁抄』「滑稽ノ証人」のようになる。

そもや優旃が蔭室の諫も虚実不自在の家老にをしへて、胡亥の無分別をきめむとせば、主人の心に反《ソリ》のつきて、いよ〳〵其箱をさゝせよと国家のなげきをかさぬべし。さるは談笑の和説をしらで、心の理屈をせむる故也。まして方朔が不死の弁才も武帝いよ〳〵いかり給ひて車裂《サキ》にあふも、物の変ならん。されど今いふ滑稽の人は智仁勇の三をそなへて、其死に臨めども、かつておどろかず。其言は王子比干よりやはらかに、其行は伯夷叔斉よりさびしからん。そこを君主もあはれとおぼしめし、鬼神も腰をぬかす場なり。彼は実に居て実をおこなへば、不道の君の耳にさかひ、是は虚に居て実をおこなへば、不道の君の心もやはらぐ。実の面白からずして、虚のおもしろきは人のつね也。

この箇所については既に一二三頁で詳しく見たが、ここで再度確認しておきたいのは「不道の君の心」を反発させずに和らげる点が、「滑稽の人」の優れたところだと支考が評価していたということである。

さて、ここから私たちは次のことを引き出せる。それは、支考のいう「諷諫」とは、相手の心を和ませつつ相手の心をよい方向に導く言語行為のことであり、その意味で、相手の心がどのように動くかを意識的にはっきりと見据えた方法のことなのである。言い換えれば「諷諫」ということで支考が表現していた一番大事な点は、狭い意味での「諫める」ということではなく、〈意図して相手の心を動かす〉ということであった。そしていうまでもなく、それができる人が「虚実自在の人」、「虚に居て実を行う人」である。

ここで思い出されるのが、支考にとっての俳諧は、「心の俳諧」であるということである。ところが支考以前の滑稽釈義である「非レ道してしかも成レ道」「非二王道一してしかも述二妙義一たる」には、この心の契機が表現されていないのだ。「俳諧とは何か」という俳諧の本質に関わる滑稽釈義に、支考にとってもっとも重要な心の契機が抜け落ちている。これは俳諧の心を体系的に語ろうとする支考にとっては、決して都合のよいことではない。

支考俳論を一貫した原理で構築しようとした支考には、「俳諧とは何か」という本質に関わる滑稽釈義として、心の契機をもった「諷諫」という概念が必要だったのである。

さらに支考が「諷諫」という滑稽釈義を生み出した理由として考えられることが二つある。一つはそれまでの滑稽釈義が基本的には『奥義抄』を拠り所としていたのに対し、「諷諫」の方は異国の『史記』にまで遡る。これは単なる権威付けのためではなく、支考が俳諧を人類の普遍性を持った概念として規定したかったためだと見てよいだろう。先に『俳諧十論』「第一俳諧ノ伝」について述べたが、支考は、俳諧は、日本だけの狭い意味での文芸に限定されたものではなく、どこの国でもあり、大昔、人間が言葉をもち、言語行為によって人間関係を構築する社会的存在となったときから存在した、人間にとって普遍的で根源的な精神として提示したかったのである。

もう一つは、「非レ道してしかも成レ道」「非二王道一してしかも述二妙義一たる」は極めて抽象的であるが、「（談笑の）諷諫」の方は、その具体例（優孟たちの具体的エピソード）が『史記』に記されているのである。普通の人が普通の日常生活において人間関係を生きる思想として俳諧を説こうとした支考にとって、誰でもが理解しやすい具体例が存在することは、好都合だったのである。

主として以上の三つの理由により、支考は「諷諫」という新しい釈義を試みたのだと考えられる。

では次にそのことを確認するために、「諷諫」という滑稽釈義が支考俳論の中でどのように機能しているかを見てみよう。

四

心の俳諧を説く支考俳論には、当然のことながら心の動きに関係する言葉が数多く使われている。今思いつくままにあげれば、「世法」「世情」「情」「機嫌」「親疎」「虚実」「変」「文章」「機変」「和節（説）」「好悪」「（俗談）平話」「時宜」「やはらぐ」「数奇」「合点」などである。例えば「世法」は次のような文章に出てくる。

白馬ノ教誡訓に、我家の一大事は世法に返心の二字ある事をしるべし。それを儒書には遠慮といひ、仏経には機嫌といひ、俳諧には合点といふ。たとひ儒仏の大道といふとも、今日の人情を合点して、世法の急用にたつものは、俳諧のをしへにはしかざらん。（『為弁抄』）

「世法」（＝俗世間、現実の日常世界の法則）については第五節で詳しく考察するが、さしあたってここから二つのことを読みとることが出来る。支考によれば、一つは「世法」において「人情を合点」することが重要であるということであり、もう一つは、まさしくその点で儒仏よりも俳諧のほうが優れているということである。

前者は次のように考えることが出来る。すなわち、「世法」において最も重要なのは人間関係の「和」である。そしてその「和」を支えているのは、客観的、理性的な論理などではなく、現実を生きる人の感情（＝「世情」）なのだと言える。相手の感情を害すれば、そこに「和」は決して成り立たないからだ。だからこそ「世法」は人の心の動きが十分分かっているものでなければ何の役にも立たないということが出来るのである。『為弁抄』の「世情ノ変」という項目には次のようにある。

按ずるに変をしるといふは、儒仏一様の法ながら、爰には親疎の訙にして、仏家の空相をしるにしかざらん。さるは五倫を実とせざれば、本より他人をも虚とせず。其日其時の親疎をとゝなへむには、人の機嫌をよくはかりておかしからぬ事はいはぬ筈也。

その時その場の人間関係をうまく運ぶためには、千変万化する相手の機嫌をよく推し量って、相手が面白く思わないことは言わないのが、現実の人間関係を生きる法則である、というのである。

では後者はどのように考えればいいのだろうか。支考は他のところでもさかんに、人の心を動かすという点で、俳諧が儒仏老荘などの他の思想よりも優れていると言っているのであるが、このこと自体の是非はともかく、なぜそもそも俳諧がそのようなものでありうるのか。支考は何を根拠にそのようなことを言っているのか。

俳諧はたゞ虚実にして、其虚を談ずれば釈老となり、其実を論ずれば孔孟となる。（『俳諧十論』）

さるを十論の明白なる、遠く儒仏の表裏をもしり、深く老荘の意地をもしりて、三道の間の糸筋をつたひ得たらん。爰を第二段の要としるべし。（『為弁抄』）

儒教も仏教もそれぞれ正しい教えがあり、いつでもどこでも誰にでもその正しい教えを説く。しかし状況に応じで、それが効果的である場合とそうでない場合がある。それに対し俳諧は、「人の機嫌をよくはかりておかしからぬ事」は言わない。逆に言うと、ある時は儒教のように、ある時は仏教のように、またある時は老荘のように説くのである。この、相手の機嫌を計らいながらその場で最適な教えを選択できる。それが俳諧が「諷諫」たる所以なのである。「諷諫」とは滑稽人が君主を諫める方法である。そして滑稽人こそは、まさしく「人の機嫌をよくはかりておかしからぬ事」は言わないプロフェッショナルだった。つまり、俳諧が滑稽であり、その意味は諷諫であるというのは、相手の心（機嫌）をよく推し量れる心の働きとその言行を本質とする、ということなのである。

そのように考えれば、俳諧＝滑稽は、相手の心の動きを敏感に察知してそれに対応できる自在な心のことであり、現実世界、もっというと日常における人間関係において、それは十分生かされるものであると言える。少なくとも支考はそう考えていた。だからこそ支考にとっては、「俳諧＝諷諫」と「俳諧＝世法」というふたつが自然に結びついているのである。

ではこのことと虚実論とはどのように関係するのか。次にそれを確認してみたい。

五

諷諫と虚実の関係を考えるには、例えば次のような文章が参考になる。

一貫抄の四絶の論に、儒門に沙汰せらるゝ実学といふは、末代の学者衆の異端をせむる心より、荘門の寓言をいやしめ、禅家の荒言をにくみて也。しからば孔子の問題にせし虚実の実にはあらずして、我執の実といふべけむ。今や此段の諸注を見るに、四絶の表を一字づゝ注して、何を必とせず固とせずと、其せぬ物の名をさゝねば、かゆき所に手の行ぬ心地なり。是（毋必毋固——引用者注）を一口にいふ時は、**儒道の大事は仁義礼楽なれど、おこなふてよき時もあれば、おこなふてあしき時もありと世法の変をさしへ給ひし也。**そこを憲問に再註して、非《ズ》㆓敢《ヘテ》為《ントニハ》㆑佞《ヲ》疾《ンデ也》固《キヲ》といへれば、孟子もそれを三註して、仲尼《ハ》不《ル》㆑為《セ》㆓已甚《ハナハダシキコトヲ》㆒者也《ナリ》、言不《ス》㆑必《トセ》㆑信《ヲ》、行不《ズ》㆑必《トセ》㆑果《ヲ》、惟義所《ノ》㆑在《ル》なりとや。其義は**宜にして時のよろしきをいへり。**（略）そも〳〵孔子の虚実といふは、春秋に一字の褒貶より家語の変通はあげてかぞへがたく、論語は虚実の鑑ならん。（『為弁抄』）

『一貫抄』は、支考俳論にのみ見える書で、『論語』を中心にしたものである。[7]「四絶の論」は、第二章第二項で見た『論語』「子罕第九」の「子、四を絶つ。意毋《な》く、必毋《な》く、固毋《な》く、我毋《な》し」のこと。

支考はまず「諸注」が「かゆき所」、すなわち大事で微妙な点に届かない注であると批判した上で、いくら正しい教えであっても、いつでもどこでもそれを行ってよいというものではない。その場その時に応じて、行っていいときといけないときがあると述べている。なぜそうかと言えば、人の心は、その時その場その人によって、同じではないからである。その移ろいやすい人の心をよく推し量りて対応するのが諷諫であることは既に見た。そしてここで支考は、「おこなふてよき時もあれば、おこなふてあしき時もあ」ることを「世法の変」と呼んでいるのである。つまり「世法の変」とは、世法における変化、もっと言えば世法における虚実の変化のことである。世法も天地自然の道理から外れている訳ではなく、むしろ同調しているのである。したがって、それに気付かず、いつでもどこでも正論を吐けば、「人和」は調わない。前節で見たように、そのような人を虚実不自在の人というのである。逆に、「世法の変」に同調できる心を虚実自在の心、その心を持つ人を虚実自在の人というのであった。次の文章では、同じことをズバリ「虚実の変」と言っている。

そも〳〵天道のはじめといふは、太極の一気の動く所より、物に虚実の二用ありて天は虚にひろく、地は実にせまる。其理や人間の道となりて、善道をほめ、悪道をそしれば、それを聖人のはからひより、其時にのぞみ、其人にしたがひて善も善ならず、悪も悪ならず。そこを虚実の変といへり。（『為弁抄』「虚実之虚実」）

人の心の動きというものは、何か論理的客観的な法則に従って動くものではなく、千変万化する。しかしそれはでたらめに変化するわけではない。その変化自体をこそ、天地自然の道理、万物存在の根本原理というように考えることが出来るからだ。儒仏老荘を初めとしたそれまでの思想が十分考慮しなかったこの原理を、支考は

「虚実の変」という言い方で呼び当てようとしていたのである。

さて、以上のように考えてくると、支考が「諷諫」を俳諧の本質と規定し、滑稽釈義を行った理由がよく分かるのではないだろうか。つまり、「利口」や「非㆑道してしかも成㆑道」「非㆓王道㆒してしかも述㆓妙義㆒たる」というそれまでの滑稽釈義では、俳諧が心の問題であること、そして人の心の変化に敏感で、千変万化する心を取り扱うのに俳諧が最も有効であるということの根拠とはなり得ないからである。逆に言えば、「諷諫」は十分その根拠たり得る。なぜなら、「諷諫」という言い方の中にはその本質として〈意図して相手の心を動かす〉ということが含まれているからである。しかし「利口」や「非㆓道㆒してしかも成㆑道」「非㆓王道㆒してしかも述㆓妙義㆒たる」という言い方に含まれているのは、〈巧みな表現〉や〈一見常識外れでありながら大きな視野で見ると真実に合った表現〉といった別の本質であって、それらは心の動きを重視するということをその本質とはしていないからである。

六

『二十五箇条』で「万物は虚に居て実に働く。実に居て虚に働くべからず」と述べる、「虚実の変」は天地自然の道理だと支考は考えていた。そして人の心もこの道理に随って、千変万化する。しかし普通の人は日常生活においてそのことを忘れ、何ごとも硬直させてしまう。儒教も仏教も、それぞれが信じる正しい教えを説くのみである。しかし俳諧は違う。俳諧は、それぞれの時と場合による優先順位をよく知り、その場にもっとも適した言語行為ができるというのである。今、「虚実の変」「禅法と荘老」「先後」などが詰まった文章を引いて見ると次の如くである。

白馬ノ原道訓に、そも〱虚実の変といふは、天地自然の道理にして、儒釈老の三道より、揚墨孫呉はましていはず、風雅に詩哥連俳の道もすべて此変にあづからずといふ物なし。是をしる者を聖人といひ、是をしらざる者を愚人といふ。知ていはざるも道の建派《タテハ》にして、是をいふ者は禅法と荘老なり。それを我家の俳諧には禅家荘門の意地を塩梅して、諷諫の和をむねとすれば、変は世法のつねにして、それが先後をしるにはしかず。(『為弁抄』)

「白馬ノ原道訓」は、支考著という『白馬経』の「原動訓」のことであり(8)、その後に述べることが、『白馬経』「原動訓」に記されているという体裁をとっているのである。

さて、ここで支考は「虚実の変」は「天地自然の道理」であると述べている。そして、儒仏老荘思想や楊朱・墨子・孫子・呉子などの中国古代の思想家は言うに及ばず、詩歌連俳の道もすべてこの虚実の変にのっとっている。この虚実の変を知っている者を聖人といい、知らない者を愚人という、と述べているのである。一方、知っていても言わないのもその一派の立場・主義の問題であり、この点を前面に出して論を展開するのが、禅や老荘思想である。それに対し、蕉風俳諧は、禅家や老荘思想の主張をうまく取り扱って調和の心を第一とするので、変は世俗の常道であって、その先後を知ることが重要である、というのである。

七

以上のことから、「諷諫」という視点から見えてきた支考俳論の特質をさしあたって次のようにまとめることができるだろう。

支考の世界認識の根底にあるのは、すべてのものは時々刻々変化するのが天地自然の道理であるという存在論である。人の心（情）も例外ではない。人の心（情）は理屈で割り切れないことも多く、その時その場所その人によって千変万化する。また、日常の人間関係を支えているのは、その心（情）である。つまり、日常生活における人間関係を調え豊かな人生を歩むためには、それを支えている心（情）にうまく寄り添わなくてはならない。儒仏老荘思想は、それぞれ自分たちの信じる教えを説くが、それはしばしばいつでもどこでも誰にでも同じ正しい教えを説くという硬直した教えであり、それを聞く人の心の状態（情の変化）を考慮しない。しかし俳諧は違う。俳諧は諷諫であるから、人の心の変化をこそ第一に考える思想なのである。その意味で、時と場合によって儒にも仏にも老荘にもなれる俳諧は、日常を生きる思想として最も優れた思想であると言える。

つまり、支考俳論は、天地自然、人の心の動きがもっている原理の正当性を東洋思想（井筒俊彦のいう〈存在＝空名〉）が支え、俳諧とは本質的に心の問題であり、心を扱うのにもっとも適した思想であるという俳諧観の本質を、「諷諫」という滑稽釈義が根拠付けていたのである。そしてそれらを結びつけているのが「虚実」という支考独特の用語であった。

言語表現が、受け手の心（情）をめがけてなされるという表現理論は、何も俳諧に限らず、現代一般に文学と呼ばれているもの全てに当てはまると思われるかも知れない。しかしそれは支考俳論の独創性を否定することではない。逆だ。そのことによって、支考の俳諧の理論が、広く文学の理論、思想の理論へと通じる普遍性への道が開けた可能性がある、と考えるべきであろう。

注

（1）引用は佐佐木信綱編『日本歌学大系　第壱巻』（昭和三十三年十一月　風間書房）による。

（2）栗山理一『俳諧史』（昭和三十八年八月　塙書房）、同「滑稽の機構――史記と芭蕉――」（「連歌俳諧研究」三十号　昭和

四十一年三月）、堀信夫「俳諧――その貫道するもの――」（「日本文学」昭和四十一年一月）、同「俳諧と新しみ」（『近世文学論叢』昭和四十五年四月　桜楓社）、同「滑稽」（『日本文学における美の構造』前掲）、江藤保定「宗祇から芭蕉に至る道」（「鶴見女子大学紀要」第五号　昭和四十三年三月）。

（3）『奥義抄』では「談笑」は「談咲」と表記されている。

（4）これまで支考著とされてきた『古今集誹諧歌解』と『二十五箇条注解』にも用例は見えるが、前者は簑田将樹「『古今集誹諧歌解』の出版と懐徳堂」（「近世文芸」九十四号　平成二十三年七月）で支考著ということが否定されているし、後者も支考色は強いものの、そのものが支考著とは断言できない。

（5）例えば栗山理一は、「以上年次を追って列記してみたが、ほとんどは『奥儀抄』よりの引用であり、『史記』を直接読んだと思われるのは支考など僅かの例外があるだけである」（「滑稽の機構――史記と芭蕉――」）と指摘している。

（6）『滑稽――古代中国の異人たち――』（昭和五十年十月　評論社）。

（7）支考の俳論中に、『一貫抄』の他、『白馬経』や『二字録』などといった書名がしばしば登場し、そのトピックがそこで詳しく論じられている体裁をとる。しかしおそらくは架空の書であり、世には出なかったと思われる。もっとも自分の手控えとしてある程度まとまった内容を支考がもっていたと思われる。

左の引用に「山崎の先老」とあることから、『一貫抄』が支考著という想定だったかどうか断定はできないが、おそらくはその想定だったと考えられる。なお、『為弁抄』同様支考の十論講の講義録である『俳諧十論弁秘抄』（九州大学附属図書館蔵）に「先師が『論語の先後抄』をあらはし、『一貫抄』を綴り、『茶話禅』を作し、今又此『十論』を説出せり」とある。（中森康之・永田英理「美濃派道統系の『俳諧十論』注釈書・『俳諧十論弁秘抄』〈翻刻と解題〉（一）」（「雲雀野」三十二号　平成二十二年三月）参照）。

『為弁抄』での『一貫抄』は、次のような使われ方をしている。

爰に論語の一貫抄より先後抄のおもむきをあはせて（略）

一貫抄の孔孟論に、儒仏の建立を評するとて（略）

白馬ノ教誡訓に一貫抄の大略をひきて（略）

一貫抄の序にも、論語は二程の時にいたりて（略）

山崎の先老も一貫抄の大綱に孔孟の虚実論ありて、其抄の大事となせり。

一貫抄の孔孟論に、孝に信不信の弁義あり。（略）

一貫抄に此論（「仁義ノ好悪」――引用者注）あり。
一貫抄の里仁の評に（略）
爰に一貫抄の説によらば、古論者出孔子壁中たるとや。

（8）現在『白馬経』という名をもつ写本類が存在するが、管見の限りでは全て別ものである。ただし、『秘文』（光丘文庫蔵）所収の「盧元師風話公文通」で盧元坊は、筑紫行脚の時、文考から白馬経・一字録・茶話禅・六一経のおおむねを伝授されたと述べているので、文考の手控えとしてはある程度まとまっており、それを道統継承者である盧元坊に伝授したということは考えられるが、それもおそらくは断片的かつ具体的なもので、一書として纏まったものではなかったと考えられる。なお堀切実が「『白馬経』考」（『近世文学論叢』昭和四十五年四月　桜楓社『蕉風俳論の研究――文考を中心に――』所収）で、写本『白馬経』を論じている。

第四節　時宜

一

本節では、「時宜」について詳しく考察したい。私の考えでは、「時宜」という概念は、非常に大きな可能性を含んでいる。それは、「俳諧は現代において、なぜ文学と言えるのか」という問題である。

私たちは一般に、俳諧は文学だと素朴に考えている。しかし支考の俳諧観からすれば、それは俳諧のごく一部に過ぎないのであって、俳諧は、日常の人間関係を豊かに生きるための思想であった。その中で、俳諧の連歌を考えたとき、何故それが今日にいう文学たり得るのか。

近年、今日の「文学」概念なるものが近代の産物であることが指摘されている(1)。しかしだからといって「近世文学」という呼称が否定されるわけではない。たとえ「文学」概念が近代のものであったとしても、それにも関わらず、まさしくその「文学」を直観させるものが、そしてさらにそれを相対化し認識させるものが、近世のある種の作品群にあるからである。俳諧もそれに含まれる。本節ではそのような関心を底に置きつつ、表現とは何かについて独自の領域を切り開いた二人の表現理論を見てみたい。二人とは支考と御杖、手がかりは「時宜」である。

二

まずは支考の時宜論であるが、始めに確認しておかなければならないのは、支考が「時宜」という語を二通りに使用しているということである。一つは付合の方法である「七名八体」の一つとしての「時宜」であり、もう一つは表現の本質論の中で使用される「時宜」である。これまでは後者の用法には全く気づかれず、ほとんどが前者の意味に受け取られてきた。[2] しかし両者はさしあたって無関係であると考えた方がよい。[3] そして本節でいうところの「時宜」とは、専ら後者の謂いである。

ではそれはいかなるものか。

「我家の俳諧にも時宜の一法を建立して」（『為弁抄』）とか、「俳諧はよし今日の時宜をしりて」（『為弁抄』）などというように、支考の時宜論の要諦は、「俳諧は、時宜を非常に重視した表現行為である」ということである。単に重視するだけではない。支考は、時宜に敏感に対応できることが俳諧の本質であると考えていたのである。既に明らかにしたように、支考俳論の中心は虚実論だが、「虚実の変」「虚実自在」などの言い方からも分かるように、支考の虚実論とは実は、虚実の変化論である。

> 好きは其日の仕合にして、悪きは其時の不運ならん。是を虚実の虚実といひて、十論の畢竟は爰の変化なり。（『俳諧十論』）

「虚実の虚実」が「虚実」と同義であることは第一節第三項で確認した。『俳諧十論』の究極は虚実の変化に尽きる、支考は自らそう断言しているのである。そして別のところで「時によろしきを変化と知るべし」[4] とも述べるように、変化とは「時によろしき」、つまり「時宜」のことなのである。

要するに支考によれば、俳諧の本質は虚実の変化であり、その意味は「時宜」に自在であるということなのである。[5]

ではなぜそんなことが言えるのか。そしてもし仮に「時宜」が俳諧の本質に関わる概念であることを認めたとして、そのことが表現理論として、どのくらいの射程を持つのだろうか。

だがこのことを支考俳論から読み取るのはそう容易ではない。支考の論理構成の筋道を順に辿って行くことにしよう。

三

支考によれば俳諧は滑稽である。これ自体は当時の一般的な認識だったといってよい。しかしそれはしばしば、単に「おもしろおかしい」という意味にしか理解されていない。しかし支考がそのような意味でこの語を使うことは決してない。前節で詳しく見たように、支考にとって、俳諧は滑稽であり、その意味は「諷諌」なのである。ここには「時宜」という視点から見た支考の表現理論上の大きな問題が含まれている。というのも、前節で述べたように、俳諧＝滑稽が諷諌であるという支考の俳諧観は、人間が本質的に情的存在であるという認識を前提としているからである。人を動かしたり、人と人を結びつけるのは、この情動であって、決して真理や理屈などではない。したがって表現行為は、本質的にその情動を目がけてなされなければならない。その意味で表現行為とは、気分・機嫌という情的側面を必ずその契機として持っている。それを知らなければ、俳諧はおろか、社会生活もおぼつかないと支考は述べている。

たとえば、明くれあそびに来る人に、お出か、あがり給へといはむに、いふ人の顔つき、声のすみにごりにて、あがれとおもふ時も有。あがるなとおもふ時もあるべし。いふ人もいはるゝ人もかはらず、詞もおなじことばなるに、得失是非のたがひあるは、是さしあたりたる気変也。しかるを、あがれといふは、いつもあがりて、たばこ吸ふ事とのみおぼえたる人は、俳諧のみにはあらじ、仕官商買の道にも心もとなし。(『続五論』)

要するに言葉を字義通りに受け取らず、その言葉が含み持つ相手の気持ち(気分)をよく受け取れということだが、これを支考は「言語の表裏」という。

文は言外の余情を聞べく、言は言中の表裏を察すべし。(略)畢竟は言語のひゞきより、七情の変をしる事なりとぞ。そもく言語の響とは、口に怒れども意に喜ぶは、親と子のしたしみなり。口に哀めども意に楽むは、婦と姑のねたみ也。しかれば言語の表裏といふは、聖人と佞人との両用にして、愚人は耳に聞えたるまゝ也。(『為弁抄』)

「表」は字義通りの意味である。「裏」は、その言語が含み持つ気分・感情(「したしみ」「ねたみ」=「七情の変」)である。この「言語の裏」への豊かな感性が、言語行為には不可欠なのだ、そう支考はいうのである(相手の機嫌を推し量ることに長けているという点では、聖人と佞人は同じだと言っているところが面白い)。

さて、このように考えてくると、もはやこの問題は、俳諧という一文学ジャンルや、君主を言語巧みに諌めるといった話にとどまらない。事実支考は、これを人間関係、コミュニケーション一般に通用する考えとして展開している。

諷諌ハ俳諧ノ別名ニテ、世情ノ人和ト知ベキナリ。(『俳諧十論』)

「世情の人和」とは、世間一般の人間関係が、本質的に情動によって成り立っているということの支考流の言い方である。当然それを保つためには、その領域に敏感でなければならない。

其日其時の親疎をとゝなへむには、人の機嫌をよくはかりておかしからぬ事はいはぬ筈也。『為弁抄』

人間関係をうまく運ぼうと思えば、他人の機嫌をよく察知して、機嫌を損ねるようなことは言わないのが普通である。もちろんそれくらい誰でも知っている。だがしかし、しばしば人はそのことに鈍感になってしまうのである。正論を説くときはなおさらである。そう、「虚実不自在の家老」のように。文考によれば、俳諧こそが「時宜」という概念を打ち立てることによって、そのことの重要性を初めて顕在化させた。もちろん実践においても、「時宜を行ふ」のは、俳諧の最も得意とするところである。この点については、儒教も仏教も俳諧には遠く及ばない。

是を一口にいふ時は、儒道の大事は仁義礼楽なれど、おこなふてよき時もあれば、おこなふてあしき時もありと世法の変ををしへ給ひし也。（略）其義は宜にして時のよろしきをいへり。『為弁抄』

「世法」はもともと「仏法」に対する語であるが、支考は肯定的意味を込めて、「日常生活の原理、日常生活に適した実践的教え」ぐらいの意味で使う。「世法の変」とは、その教えの正しさが、状況によって変化することを言っている。儒教は絶対不変の真理を説こうとするが、もしそれが現実の状況への配慮を欠いたならば、何の役にも立たないのである。曰く、「世法に時宜の二字ある事を信ずべし」(『俳諧十論』)。ところで支考は、この状況が様々に変化することを、「変」「虚実の変」という(「変化」とも言う)。

言語は其日其人にむかひて、其日其人の変をしるにはしかざらん。(『為弁抄』)
其時にのぞみ、其人にしたがひて、善も善ならず、悪も悪ならず。そこを虚実の変といへり。(『為弁抄』)

このような「虚実の変に達して、時宜に自在の人」(『為弁抄』)、それが俳諧の精神を持った人なのである。もちろん俳諧とは、「爰に虚実の変ある事をしらば、爰に俳諧の世法なる事をしるべし」(『為弁抄』)と言われているように、一文学ジャンルから「世法」へと押し広げられた思想である。そしてそれを媒介しているのが「時宜」なのである。

さてこのあたりで冒頭の問題に決着をつけておこう。なぜ俳諧において「時宜」が本質的な概念となりうるのか。俳諧が滑稽であり、諷諫だからである。「時宜」という概念は、俳諧＝滑稽＝諷諫から、真っ直ぐに出てきたものである。そしてそれは、文学の一ジャンルとしての俳諧のみならず、人間関係、コミュニケーション一般にまで射程を持つ。射程を持つどころではない。そこにおいてこそ、俳諧という表現行為はその威力を発揮する、そう支考は考えているのである。

以上のような支考の考えは、あるいは文学の表現理論としてやや行き過ぎという感じがするかも知れない。しかし俳諧が滑稽の文学であり、座の文学であること、あるいは発句が挨拶であることなどを考え合わせると、俳諧の表現理論として、相当本質的なところまで踏み込んでいるといってよいのではないだろうか。とりわけ同時代、あるいは支考に先行する俳論の中にこれを置いたとき、その突出した原理的思考には驚かざるを得ない。

だが支考俳論には、もう一つ見落としてはならない重要なことがある。それは支考が自らの表現理論に、道理・理屈という構えを持ち込んだことである。

どういうことか。

白馬ノ原道訓に、そも〳〵虚実の変といふは、天地自然の道理にして、儒釈老の三道より、揚墨孫呉はましていはず、風雅に詩哥連俳の道もすべて此変にあづからずといふ物なし。是をしる者を聖人といひ、是をしらざる者を愚人といふ。（『為弁抄』）

『白馬経』は例によって支考俳論中の書であるが、虚実の変は「天地自然の道理」であるというのである。例えば人の気分・機嫌の変化は、誰かが意図的に操作している訳ではない。もちろん本人の自由にもならない。それは本人にとっても超越（彼岸）であり、「天地自然の道理」という他ないのである。そしてこれに敏感な者を「聖人」といい、鈍感な者を「愚人」という。

情とは人間の七情にして、動けば善悪となり喜怒となりて、それにしたがふを道理といひ、それにそむくを理屈といふ。（『為弁抄』）

「七情」とは仏教では「喜・怒・哀・楽・愛・悪・欲」を言うが、ここでは「広く心情の動きの総称」（『日本国語大辞典』）と考えればいいだろう。人間の心情が動くことにより、善や悪といった価値が生じたり、喜びや怒りという感情が生じたりする。

その七情の変化を敏感に察知して柔軟に対応するのが天地自然の「道理」、逆にその変化に鈍感であったり、逆らったりするのが、人間の理屈というのである。ここで注目すべきは、先に「天地自然の道理」を知る者を「聖人」、知らぬ者を「愚人」と言っていたように、この「道理」と「理屈」という図式にははっきりとした価値付けがあるということである。

されば道理と理屈とは、道理は全く善にして、理屈は全く悪なりと思ふべからず。道理には善と悪ありて、理屈はひとへに悪なる物也。まして善悪に善悪の三あらんをや。をのれ十分の道理あれども、君父はあしざまにあらそはれむに、君父にそむかざるも道理なれば、理屈にまくるも道理ならん。しかるにをのれが道理をまげず、君をいきどほり父をうらむるは道理の悪なる物なれば也。爰に道理のせまる時はたちまち理屈となれるをしらん。差別は水と氷とのごとし。（『俳諧十論』）

「道理」が全て善で、「理屈」は全て悪だというのではなく、「道理」には善悪二つあり、「理屈」はいつでも悪であるというのである。「道理」が悪であるのはどういう場合か。例えば自分に十分な「道理」があっても、主君や父親がいかにもこちらが悪いかのように主張してくる場合、その君父に逆らわないことも「道理」なので、君父の「理屈」に負けるのも「道理」である。それなのに自分の「道理」をまげず、主君に憤り、父親を恨むのは「道理」が悪だからである。つまり「道理」が窮屈になれば、たちまち「理屈」となってしまう。そう支考は説明しているのである。「道理」と「理屈」との違いは、水と氷のようなもの、「道理」が流動性を失い凝固すると「理屈」となる、あるいは同じものの状態の違いに過ぎないというのだろう。

以上のように、「道理」には善悪の二つがあると言ってはいるけれども、基本的には「道理」は良く、「理屈」

は悪い、というのが支考の価値観である。そしてこの「道理／理屈」について、支考は次のように述べている。

按ずるに、道理と理屈との差別は白馬のむねとする所にして、俳諧の家の発明也。（『為弁抄』）

「白馬」は例によって支考俳論中の書『白馬経』のことだろう。「道理」と「理屈」という概念で物事を捉え、その違いを論じるのは、俳諧の本質を説いた『白馬経』の中心テーマであり、他ならぬ俳諧（という思想）が見い出したものだというのである。結局支考が言いたいのは、「理屈」に陥らず、「道理」に随順することの大切さであり、俳諧の精神こそがそれを可能にする最も優れた思想なのだということである。

ところで支考は、「道理／理屈」とよく似た言い方で「天理／人理」という言い方もする。この二つは同じ構造をもっており、ほぼ同義で使われていると見てよいのであるが、厳密には支考は使い分けている。

天理の動ざる先は道といふ名もなし。動て後に善悪の道あれば、道とは勧善懲悪の名也。（『為弁抄』）

支考は単に「理」とだけ言う場合もあるが、「天理」が動いて初めて「道」が存在すると述べているのである。（当然朱子学が念頭に置かれている）。次の文章でも同様の使い方がされている。

しかるに其道の理といふは、天理の動く所より、雨ともなり晴ともなるを、人は其理を分別して、きのふは雨にいかり、けふは晴によろこび、ある日は晴をいかり、ある夜は雨をよろこぶ。その喜怒もやはり天理なれど、いかるに疎く、よろこぶに親しめば、其理のせまる所をさして、人間の理屈とはいへる也。（『為弁抄』）

「天理」が動くことによって雨が降ったり晴れするが、人はその「理」を「分別」して、雨に怒り晴れに喜んだり、また逆に晴れを怒り雨を喜んだりする。周知のように「分別」は仏教用語で、対象を分節し意味や価値を与えることを言うが、「「分別／無分別」は「たま〱我家の俳諧は、無分別の所にありといへる故翁の一語」（『俳諧十論』）と支考が述べるように、芭蕉の大切な言葉として支考は認識していた。支考だけでなく、去来も「俳諧は無分別なるに高みあり」（『俳諧問答』）、「徘《（俳）》諧は季《（気）》先を以て無分別に作すべし」（『去来抄』）という芭蕉の言葉を紹介している。

さて、引用に戻ろう。人は同じ天気でも喜んだり怒ったりするが、その感情自体は人間の自然な感情の動きであり、「天理」といって良い。しかし人は怒るという感情を避けようとし、喜ぶという感情に親近感をもつもので、その意味で、「理」が窮屈で融通がきかなくなれば「理屈」となる、と述べているのである。要するに支考が述べているのは、雨に対しても喜怒の感情があり、晴に関しても喜怒の感情があるが、これらは全くの同格で自在だという訳ではなく、人は雨や晴れを「分別」＝価値付けをしてしまう。そうなればそれはたちまち「理屈」に落ちてしまうというのである。

　そも俳諧の徳といふは、道理と理屈との二名より、人理を捨て天理にしたがふをいふ也。（略）しかして此徳をひろむる物は、道理と理屈とのさかひにして、それをさばくは文章なれば、文章の本は言語にありて、つねに言語の変をしれと也。（『俳諧十論』）

俳諧の徳というのは、「道理」と「理屈」という概念装置によって世界を認識することによって、「人理」を捨てて「天理」に従うことができる点にある。しかし今見たように、「道理」と「理屈」、「天理」と「人理」は、一度後者を捨て前者に随えばそれでよいというものではなく、「道理」はたちまち「理屈」となってしまう流動的なものである。その意味で俳諧の徳を広めるのは、「道理」の側だけにあるのではなく、いわばこの「道理」と「理屈」のあわいにあるのである。そしてこのあわいをうまくさばくのは文章、つまり言語表現であるから、重要なのは「言語の変」を知るということなのである。「言語の変」は、先に見たように「言語のひゞきより、七情の変をしる事」、つまり言語の表面的字義的な意味にとらわれず、その時その場でそれがどのような感情を含んで使われたかを敏感に察知することである。言葉をそのように扱うことができるようになると、日常の人間関係も豊かになる、それこそが俳諧の徳、優れた働きというものである。そう支考は述べているのである。

さて、このようにして、「道理／理屈」、「天理／人理」、「無分別／分別」、「言語（の変）」、「七情」などが、「時宜」をめぐって有機的に関係付けられているのである。『俳諧十論』「第二俳諧ノ道」冒頭も、同様に読むことができる。

そも俳諧の道といふは、第一に虚実の自在より、世間の理屈をよくはなれて、風雅の道理にあそぶをいふ也。（略）世にいふ俳諧は荘老の風あり。さるは黄白をしらぬ人のいひ也。そも〳〵荘老の道たるや、心の天遊を先として、聖人の仁義を後とすれば、世情の理非をおしまげて、虚実のはじめにあそばむとす。しかるに俳諧は理非をあつかひて、今日の世情をなぐさむれば、道を虚実の変化におこなひ、法を世情の和説にさばく。爰を一字録のおほむねにして、時宜の一法は立たる也。

やや大胆に意訳してみよう。

俳諧の道とは、状況に対応できる柔軟な精神によって、「世間の理屈」（理性的秩序）を離れ、「風雅の道理」（＝「天地自然の道理」、情的秩序）に遊ぶことをいうのである。俳諧と老荘が似ているという人もいるが大きな誤解である。老荘は現実世界の分別判断、人情を全て否定し、虚実未分化の世界のはじめ（『荘子』では「混沌」、『老子』では「道」）に遊ぼうとする。しかし俳諧は違う。俳諧は決して俗世間を捨てることはない。あくまで現実世界の分別判断としっかり関わりながら、人情を和ませるのである。その意味で、俳諧は、俗世間の中で、状況に敏感に対応することによってその道を実践し、俳諧が何であるかの教えは、「世情の和説」（和説は、和悦に同じで、人々の感情が和らぎ喜ぶこと）として示すのである。『一字録』でもここを一番大事な点としており、以上のような理由で、俳諧では「時宜」という教えを考案したのである。

以上が支考の時宜論の骨格である。この意味をどう考えればいいだろうか。しかしその前に、もう一つの時宜論を見ることにしよう。

四

まずは次の文章を見てみよう。

時宜といふもの．もと一方なるものにあらず．たとへばほめてよろしき時あり．叩りてよろしき時あり．つゝしみてよろしき時あり．みだれてよろしき時あり．これ時宜のつね也．さればほむるをよしとたのむ時は．叩るべき時にかなはず．つゝしむをよしとたのむ時は．みだるべき時にかなはざるべし．（『真言弁』(6)）

一読して、先に引用した支考の「おこなふてよき時もあれば、おこなふてあしき時もあり」や「其時にのぞみ、其人にしたがひて善も善ならず、悪も悪ならず」を思い出させる。あるいは、御杖には次のような文章もある。

ある御方御かたはらの人に、寒きほどにその障子たてよと仰られけるを、父君きかせたまひて、さやうの詞にては哥よみえむ事おぼつかなし。障子たてよとあらば寒からんといふ心はしるきものをと、仰られけるとぞ。これは境の出たるといふものにて候。その時節早春か、又は暮秋の比か、またはさなくても雨風などのしめ〴〵しき折か、又はその人やまひなどあるかなどの時をかけてみ候に、いかにも障子たてよとあらば、障子のあけたるがいとはるゝ裏にて、寒き故也といふ境は明らかなる事にて候。さま〴〵に変化すると申すは、此御詞もその人物などをかき居たまはんやうの折に、風などふく時ならば裏は障子のたちてくらきは好まねどもといふ心となり、紙などがふきちらさるゝ事のくるしければといふ境となり候べし。（『歌道非唯抄稿本』）(7)

これも先の支考の「お出か、あがり給へ」の例と似ている。(8)「障子たてよ」という言葉に「時をかけてみ」る、すなはち「時宜」を考え合わせると、その言葉がどういう意図、文脈で使われたか、という含意が見えてくる。支考はこれを「言語の表裏」で説明した。御杖は「表裏境」で説明している。今、この違いは問題ではない。重要なのは言葉に意味を与えるのは、字義ではなく「時宜」であるという、語用論的直観を二人が共有していたという点である。それ以外にも、二人の表現理論には、時代、ジャンルの相違を越えて驚くほど類似点がある。しかしながら最後の最後で、二人の表現理論は全く別の場所に辿り着くのであるが、それはともかく、御杖の考えを辿っていこう。

五

文考の時宜論の時と同じ言い方をすれば、御杖の時宜論の要諦は、「哥は．時宜やぶるべからずひたぶる心おさふべからぬ時によみて．ひたぶる心時宜ふたつながら全うする道にて候．」（『真言弁』）ということである。(9) しかしこれも支考同様、御杖の論を順に辿っていかないと、その意味は見えてこない。

まず御杖は和歌について次のように述べている。

もとより私情欲情を発するが歌の本体なり。（『歌道解醒』(10)）

もと歌文つくるべき根は私情なればなり。（『脚結玄義』(11)）

詠歌は（略）わが欝情を托するを要とす。（『真言弁』）。

何気ない一節のように見えるが、非常に重要である。ここに示されているのは、和歌という表現行為の根本動機に対する御杖の認識だからだ。すなわち、御杖によれば、和歌とは「私情欲情」（＝欝情）を動機とする表現行為なのである。

さて面白いのは、この「私情欲情」に対する御杖の独特の考え方である。

神ひとの体内にかよひては私情欲情となりたる事思ふべし。（略）私思欲情を偏に尊きものとするにはあらず。これを幽におけばいと尊く、これを顕におけばいと卑しきものなり（略）畢竟は顕にあらば私欲といふべし。幽にあらば神といふべきなり。（略）私思欲情はかへりて人道をうむ母なる事たとへば草木の根の

ごとし。（『古事記燈巻一』(12)）

今度は、人間存在の根本に関する御杖の認識が述べられている。すなわち、人間は本質的に「私情（私思）欲情」存在であるという。だから「私情欲情」を持つこと自体は悪だとは言えない。むしろ「神」であり、「人道」でさえこの「私情欲情」を根本としているというのである。ただこれを外に出したとき、「私欲」となって問題が発生する。なぜか。自分が「私情欲情」存在であるということは、他者もそうだということだからである。そしてこの「私情欲情」同士は、通常反発し合う関係にあると御杖は考えているのだ。

人情おほよそ白しといへば白からじと思ひ・黒からずといへば黒からんと思ふ事つねなり。（『真言弁』）

おほよそ言はわが情のまゝをいふ時は直言なれば、其情すなはち其人に通ずべき事なれど、しからず。（略）すべて我思ふ情には戻りそむく事おほかた人情の常也。（『歌道挙要』(13)）

一方が「白い」といえば他方は「白くない」と思う。あるいは、「直言」は、自分の感情をそのまま表現するので伝わるはずなのだが、事実はそうではない。自分の情をストレートに出せば、反感を買うのが人情の常なのである。

人間は本質的に「私情欲情」存在であり、それを外に出せば相手は反感を持つ。ならば外に出さなければいい。だがそう単純にはいかない。この「私情欲情」は、時として「偏心」「一向心」という激情に姿を変えるからである。

おほよそ人．所思のまゝを為《ワザ》にいだす時は〔為にとは．言行ともにつかねていふにて候〕かならず宜しきにたがふものなり．此故に．所思のまゝを為にいでじがために．つねに神道によりてその源たる偏《ヒトヘ》心を制すべきなり．〔（略）此故に邪もひたぶるにうちたのまざれば．偏心となる事なし．正といへども．うちたのめば．すなはちひとへ心なり．されば邪正によらず．たゞ一すぢにうちたのむ所あるをば．ひとへ心とはいふ也．（略）さてまた．ひたぶる心といふは．畢竟そのひとへ心のおさふるに激したるなり．神道にまつろひてをさまるばかりの心をば．偏心とし．神道にもまつろはぬばかりなる心をば．一向心とす．人の心におそるべきものは．此ひたぶる心なりかし．〕もと神道は．ことはりもてをさめがたき偏心をば．こしらへすかす道にしあれば．おほくはこれにてのどめ得つべし．しかれども猶．その偏心のおさふるに激して．一向《ヒタブル》心となれるは．すかすにもすかされずして．ほと〱為《ワザ》にいで時をやぶりつべきものなり．（〔　〕内は割注。以下同じ。『真言弁』）

人が思いのままを表現したり、行動で表したりすれば、必ずよくない結果を招くことになる。これは先に見た通り。だから人は、神道によってその所思の源たる「偏心」を押さえねばならない。「偏心」は内容には関わらない。柔軟さを失って頑なになってしまった心のことをいう。

さて、この「偏心」は、通常、神道によってなだめすかすことができる。しかし時として、神道では手に負えないほど強烈な「一向心」になることがある。そうなってしまえば、もはやなだめることは叶わない。押さえるに押さえられず、「為」（言行）に出さざるを得ないのである。しかも厄介なことに、そうすれば必ず「時宜」を破ってしまうというのである。

では「時（時宜）を破る」とはどういうことか。

言語には時やぶれ．詠哥には時全し．〔たとへば言語にて人を譏るは．人の心にあたる事勿論なり〕（『真言弁』）

ここで使われている「言語」という語には注釈がいる。これは一般名詞ではなく、特殊な御杖用語である。「言語には時やぶるといふは、所欲をやがて言にいづるを云也」（『北辺随脳』(14)）というように、感情をそのまま直言することを御杖は「言語」というのである。だから〔　〕内の「言語にて」も、単に「言葉を用いて」という意味ではなく、「直言という表現方法で」、という意味である。それは「人の心にあたる」、つまり反感を買う。これが、御杖の言う「時宜を破る」の意味である。

ここでもう一つ注意すべきは、御杖がこの「言語」と「詠歌」とを、対で考えているということである。「言語」も「詠歌」も「私情欲情」を動機に持つ表現行為であるという点では同じである。言葉を使う点も同じ。ではどこが違うか。「言語」は「時宜」を破り、「詠歌」は破らないのである。なぜか。詠歌は、ある特殊な仕方で表現行為を行うからである。それを「倒語」という。

されば言挙とは直言をいふなり。言挙せぬとは不言なるにはあらで、倒語するをいふなりとしるべし。かく私情のまゝを言挙せずして思はぬすぢに詞をつくるがゆゑに、倒語とはいふなり。（稿本『万葉集燈序并大旨』(15)）

「言挙」は「直言」であるから、「言語」と同じである。これをしないことを「倒語」という。だがそれは言葉を使わないことではない。「倒語」とは「思わぬすぢに詞をつくる」こと、つまり比喩などのレトリックを使うことである。これ自体はどういうことはないが、面白いのはこの「倒語」によって何が起こるかである。

倒語する時は、神あり、これ言霊なり。（『古事記燈大旨　上』[16]）

「倒語」を用いれば、そこに「神」が立ち現れる。それを「言霊」という。では、「言霊」とは何か。

言霊とは．言のうちにこもりて活用の妙をもちたる物を申す也．（略）言に霊ある時は．その霊おのづからわが所思をたすけて．神人に通じ不思議の幸をもうべき事．わが国詠歌の詮たる所なり〔此不思議の幸といふは．すべて所欲のすぢは．かなふべき理なき事なるに．猶かなふ事あるをもていふ也．〕古今集の序に．「ちからをもいれずしてあめつちをうごかし云々とかゝれたるは．すなはち此言霊の妙用．人の力のをよびにあらぬよしをのべられたる也．（『真言弁』）

御杖の言う「言霊」は、何も神秘的なものではない。和歌が持つ表現の力をそう呼んでいるにすぎない。それが、通じるはずのない「私情欲情」を通じさせてしまう「妙用」を持っており、ある意味で人間の能力を超えているからである。

では「言霊の妙用」とは何か。「感通感動まったく言霊の妙用なれば」（『真言弁』）というように、「感通感動」である。単に「感」ともいう。

感とは両方おなじものなるが、時ありておもひかけずゆきあふを申候。（『歌道非唯抄　稿本』）

「両方おなじもの」とは、「私情欲情」のことである。普段反発しあっている自分と他者の「私情欲情」が、ある特別な時、つまり「倒語」する時だけ、通じ合うという不思議が起こる。

ではなぜ「倒語」すれば「言霊」が生まれるのか。

さて、その霊となるはいかなる物ぞといふに、所欲のすぢは為にいづべからぬ時宜の、その時宜にかなへむことのかたさに、せめて哥によみて、ひたぶる心をなぐさめむとする心これなり、さる心より歌のなり出たるなれば、言のうちに、その時やむことをえざると、ひたぶる心のやむことをえざるさま、おのづからとゞまりて霊とはなるにて候、（『真言弁』）

「倒語」自体が「言霊」を生むのではない。「倒語」せざるを得ない原因である葛藤する心が「言霊」を生むのである。「所欲」をそのまま言葉に出せばからならず時宜を破ってしまう。だから出せない。しかしせめて歌に詠んで「ひたぶる心」を慰めようとするのである。この、時宜を破るまいとする心と、抑えきれない「ひたぶる心」が二つながら自己の内部に矛盾となってとどまる。そこに「霊」が生まれるというのである。つまり、御杖は、決してなだめられない一向心と、「時宜」を破るまいとする態度を「私心」「公身」というが、その「私心」と「公身」とに引き裂かれた心身をこそ「神かならずこれを貴び給」い、「言霊」を生む（『真言弁』）と考えているのである。(17)

哥も公身にして私心なるがうちあふ間に、霊は出来て、言語の道たえたる時をも感通せしむる妙用はもたるべく候。（『真言弁』）

以上が御杖の和歌についての考えである。まとめる。

人間は「私情欲情」存在である。これが「一向心」になると、慰めることも、外に出すのを止めることもできない。しかもそれは個人的（私）なものなので、外（公）に出すと必ず反感を買う。つまり「時宜を破る」。しかし唯一つだけ、「私情欲情」を他者（公）の中で生き延びさせる方法がある。詠歌である。「私情欲情」に形を与え[18]、「倒語」によって「言霊」を作りだし、感通感動を生む詠歌という表現行為だけが、「一向心」と「時宜」を二つながら全うする道なのである[19]。

ここには和歌という表現行為が、何を動機とし（私情欲情）、何を目がけて（時宜）、どういう方法で（倒語）なされるのか、そしてその結果何が起こるのか（感通感動）、ということに対する御杖の洞察がある。そしてそれは人間の存在本質に基礎をもっている。ここまで深く踏み込んだ表現理論を御杖が持っていたことは支考同様、十分評価されなければならないのではないだろうか。

六

以上見てきた二人の時宜論をどう考えればいいだろうか。まずは「時宜」という概念[20]を、状況論として、見事に表現理論の中に取り込んだ点にこそ、二人の最大の功績があると言っておかなければならない。「時宜」という概念が、二人の表現理論に何をもたらしたのか。この点は日本の表現理論史を考えるとき、不用意に見過ごされるべきではない。なぜならこれによって、二人の表現理論は、単なる表現の仕方、表現方法の分析を越えて、表現者と享受者の内面にまで踏み込んだ表現行為のメカニズム（表現の状況論）になり得ているからである。

さて、「時宜」という概念を導入したことによって、二人の表現理論はぎりぎりまで近寄った。人間が情的存在であるという洞察。だからこそ表現行為においては、様々に変化する状況（相手の気分・機嫌）を敏感に察知することが重要であるという認識。しかもそれが通常、言語の表面上の意味に隠れている（裏・裏境）という言語観。あるいは、表現行為の動機、目的、方法、結果に対する分析。このぎりぎり近寄った場所が、今日私たちが俳諧が文学であり、和歌が文学であると言いうる場所なのである。もちろん御杖が支考の論を直接参照した形跡はない。二人は「俳諧とは何か」「和歌とは何か」をそれぞれの立場から掘り進めていって、殆ど同じ場所に出たのである。[21]しかしそこから二人の表現理論は、別の道を進んでゆく。御杖は「時宜やぶるべからず」と否定形で言う。支考は「時宜を行へ」「時宜に遊べ」と肯定形でいう。二人の差はこの言い方に象徴的に表れているのである。どういうことか。

御杖の時宜論は、一言でいえば、止むにやまれぬ私的内面（私情欲情＝鬱情）をどう処理するか、という問題である。私的内面を他者に感動を与えるような表現で生き延びさせる（昇華する）。こういう考えは近代のロマンティックな文学観に近いものである。そのため私たちには、これが文学論、あるいは文学の表現理論であることがよく納得できるのではないだろうか。[22]

さて、その横に支考の論を置いてみると、奇妙なことが見えてくる。支考にはこの私的内面（鬱情）の問題が全くないのである。それはある意味で当然と言えば当然である。俳諧は滑稽であり、座の文学なのだから。そしてもう一つ、時代が違ったのである。次節で詳しく見るが、俳諧において「私」の問題が明確に出てくるのは、蝶夢においてであった。支考にはまだその問題は存在せず、専ら世法を生きる心を問題としたのであった。支考は寛文五（一六六五）年生まれ、蝶夢は享保十七（一七三二）年生まれ、御杖は明和五（一七六八）年生まれである。

さて、ともかく支考の関心は、日常生活を豊かに生きるための人間関係を支える思想であった。支考はその可能性を、俳諧＝滑稽に見た。滑稽人はいかに巧妙弁舌を駆使し、その場を和ませ他者を楽しませるかにしか関心がない。自分の内面などどうでもよいのである。

だがでは、なぜそれが文学表現なのか。

もちろん支考は、俳諧の表現動機の問題に無関心だったわけではない。御杖の和歌と違って支考の俳諧は、やむにやまれぬ表現行為ではなかった。支考にとって俳諧表現の動機は、否定的《ネガティブ》なものではなく、表現することそれ自体が楽しいものであり、結果としてもより人生が豊かで楽しくなるという肯定的《ポジティブ》なものであった。世法や「道理／理屈」なども、俳諧という表現行為の動機を支考なりに求める試みだったのであり、「俳諧は何のためにするのか」、俳諧にはどんな「徳」があるのかを熱心に説かなければならなかったのも、そのためであった。

二人の理論の限界を指摘するのはたやすい。御杖の論は、和歌全体から見ると、やや限定され過ぎているという印象を否定できないし、(23)支考の表現理論は、美の問題をあまり深めない。表現動機の問題も、表現すること自体に表現動機（欲望）を持つ表現行為として展開出来れば、もっと面白い論になったはずである。だがこれらの点で二人を批判するのは当たらない。逆である。二人が「時宜」を手がかりにそれぞれの表現理論を突き詰めていったからこそ、その先にどんな課題があるかがはっきりしてきたのである。

冒頭でも述べたが、私たちは、俳諧が文学であることを漠然と信じている。しかしながら、なぜそうなのか。私的内面（鬱情）を動機としない表現行為である俳諧を文学と認めるのならば、そのことを基礎付ける文学概念、あるいは表現理論を私たちは持つ必要があるのではないか。

支考と御杖が見据えていた問題、そして提出した課題。これらは現代でも決して解かれてはいないのである。

注

（1）鈴木貞美『日本の「文学」を考える』（平成六年十一月　角川書店）、『日本の「文学」概念』（平成十年十月　作品社）など。
（2）南信一『総釈支考の俳論』（前掲）など。
（3）「時宜」に限らず、支考は方法論と本質論で同じ語を使うことがある。例えば「虚実」という語にも、本質論としての「虚実」（いわゆる虚実論）と、『つれ〴〵の讃』などで使われる文体分析用語としての「虚実」がある。これらを混同してしまうと、支考俳論は見えなくなってしまうので注意が必要だ。
（4）『俳諧新式二十五箇條』（早稲田大学中村俊定文庫蔵）など私にⅡ型と分類した『二十五箇条』（拙稿「支考伝授の『二十五箇条』――諸本の整理と考察」）。ただし版本『二十五箇条』は該当個所が「変化は虚実の自在よりとしるべし」となっている。
（5）支考俳論中の書『一字録』には、俳諧が「時宜ノ変化ニ一門ヲ構ヘ」たこと、つまり、「時宜ノ変化」に対応できる点こそが、俳諧の旗印だったことなどが述べられているという（『俳諧十論』）。
（6）引用は『新編　富士谷御杖全集　第四巻』（昭和六十一年二月　思文閣出版）による。
（7）引用は注6に同じ。ただし句読点、濁点を私に付した。また『日本歌学大系　第八巻』（昭和三十一年七月　風間書房）を参照した。
（8）このエピソードについては、大谷俊太「近衛信尋・尚嗣父子の歌道教育」（『南山国文論集』平成九年三月）参照。
（9）御杖の歌論について、森重敏が「成元（御杖）は、『真言弁』上下二巻に独自の表現論を展開しているが、外見上の奇特さにもかかわらず、その論旨の大概は富士谷歌学の正統としてすこぶる傾聴に値する」と述べている（『発句と和歌――句法論の試み――』（昭和五十年十一月　笠間書院））。
（10）注6に同じ。ただし濁点を私に付した。
（11）引用は『新編　富士谷御杖全集　第七巻』（昭和五十四年八月　思文閣出版）による。ただし濁点を私に付した。
（12）引用は『新編　富士谷御杖全集　第一巻』（平成五年八月　思文閣出版）による。ただし句読点、濁点を私に付した。
（13）注6に同じ。ただし句読点、濁点を私に付した。
（14）注6に同じ。ただし句読点を私に付した。
（15）引用は『新編　富士谷御杖全集　第二巻』（昭和五十四年五月　思文閣出版）による。ただし句読点、濁点を私に付した。
（16）注12に同じ。

(17) 御杖は「公」と「私」の葛藤から「真」が生まれると考えている。「公」や「私」の一方に偏った心には、「真」がない。例えば直言は「私」に偏っているので、「直言にはこの言霊なしとするべし」(『歌道挙要』)ということになる。
(18) 御杖は定型の問題にも触れ、「言霊」を生かしておくためには「形」が必要だとも述べている。(『真言弁』)
(19) ということは「一向心」さえ起こらなければ和歌は不要なのか、という問いには、御杖は、そんな人間は一人も存在しないと答えている。(『真言弁』)
(20) 佐藤進一「時宜(一)」(『言葉の文化史[中世1]』網野善彦・笠松宏至・勝俣鎮夫・佐藤進一編　昭和六十三年十一月　平凡社)にも「時宜」の考察があるが、本節とは直接関わらない。
(21) その一因として、神道、易、論語など、二人が共通して持っていた思想背景も忘れてはならない。また興味深いことに、支考の和歌論、御杖の俳諧論は、ともに極めて貧弱なものである。
(22) しかも、「公身私心」などは、「心身問題」「固有と一般の問題」「他者問題」など、現代の言語論や文学論にとっても実に興味深いものである。
(23) 全ての和歌が、「鬱情」を表現動機としているとは言えない。それについても御杖は少し説明してはいるが、それほど説得力はない。

第五節　世法

一

延宝八（一六八〇）年、小田原町から江東深川村に居を移した[1]芭蕉は、翌天和元（一六八一）年、「乞食の翁[2]」をしたためた。

窓含西嶺千秋雪《まどにはふくむせいれいせんしゆうのゆき》
門泊東海万里船《もんにははくすとうかいばんりのふね》

泊船堂主　華桃青

我其句を職（識）て、其心ヲ見ず。その佗をはかりて、其楽をしらず。唯、老杜にまされる物は、独《ひとり》多病のみ。閑素茅舎《ぼうしや》の芭蕉にかくれて、自乞食《みづからこうじき》の翁とよぶ。

櫓声《ろせい》波を打《うつ》てはらわた氷る夜や涙
貧山《ひんざん》の釜《かま》霜に鳴《なる》声寒シ
買ㇾ水《みづをかふ》
氷にがく偃鼠《えんそ》が咽《のど》をうるほせり
歳暮

暮《くれくれ》ゝてもちを木玉《こだま》の侘寐《わびね》哉

「乞食」は、隠喩《メタファー》である。労働により対価を得、周囲のひとたちと関係を結びながら生活するのが社会的存在であるとするならば、「乞食」という存在は、その社会的営みから自由になった非社会的存在である。「乞食」がもつ絶対自由の精神は、社会一般に通用している常識、価値観、美意識などから一切の制約を受けない。しかしそれとひきかえに、社会からの庇護も手放すことになる。

「乞食」は社会の規範を守らないかわりに、社会も「乞食」を守ってはくれない。人間が、他者との関わりの中で相互承認をしつつ秩序の中で生きる存在であるとすれば、それを失うことは自己の存在根拠の喪失、つまり虚無の深淵に身を投じることと同義である。もちろん芭蕉は、自らの意志でそこに身を置いた。なぜならその「はらわた氷る」世界は、虚無の深淵であると同時に、創造の源泉でもあったからである。芭蕉はそのような場所から、それまでにない全く新しい俳諧を創造しようとしていたのである。

しかしそこはあくまで創造の源泉であって、行為の場所ではなかった。なぜなら芭蕉がこだわった俳諧は、俗なる他者との関係の中でのみ実現される表現行為であったからである。そこで芭蕉は、一旦社会の外に出て絶対自由の境地に達し、再び俗なる人間関係の中に戻ってくるという往復運動の中に、新しい俳諧の可能性を見いだそうとしたのである。それを端的に表したのが、有名な「高悟帰俗」、「高く心を悟りて俗に帰るべし」という言葉である。

師末期の枕に、門人此後の風雅をとふ。師のいはく「此みちの、我に出て百変百化す。しかれども、その境、真・草・行の三つをはなれず。その三つが中にいまだ一二をも不尽」と也。生前、おり〳〵の戯れに俳諧いまだ俵口をとかずともいひ出られし事度〳〵也。

　高く心を悟りて俗に帰るべしとの教也。つねに風雅の誠を責悟りて、今なす（ところの）俳諧にかへるべしと云る也。常風雅にいるものは、おもふ心の色物と成りて、句姿定るものなれば、取物自然にして子細なし。心の色うるはしからざれば、外に言葉を工む。是則常に誠を勤ざる心の俗也。誠を勉るといふは、風雅に古人の心を探り、近くは師の心よく知るべし。其心を知らざれば、たどるに誠のみちなし。その心をしるは、師の詠草の跡を追ひ、よく見知て則わが心のすじ押直し、こゝに赴いて自得するやふに責る事を、誠をつとむるとは云べし。（『三冊子』(3)）

　最初のトピックは、今後の俳諧について述べたものである。質問した門人に対し、芭蕉は、自分がこの世界に足を踏み入れて以来、俳諧は何度も何度も変化したが、それでもまだ俵口を解くところにまで至っておらず、俳諧の可能性はまだまだ無限大だと答えたのである。

　それに続いて述べられているのが、「高く心を悟りて俗に帰るべし」という芭蕉の教えである。これは、常に風雅の誠を責め、高い悟りの境地に心を置きながら、現に今、俗なる人間関係の中で行われている言語行為としての俳諧においてその心は生かされなければならない、と説明されている。

　しかしこれはそれほど難しいことではない。俳諧を志す者は、ただ心を風雅に置くことのみを求めればよい。風雅に至った心に映るものは、おのずと意味を成し、句となるからである。逆に俗なる心を持つ者は、恣意的に言葉を操ろうとするというのである。

　この、心のあり方によって目の前の物や風景が全く違って見えるということは、例えば『笈の小文』でも、次のように述べられている(4)。

しかも風雅におけるもの、造化にしたがひて四時を友とす。見る処花にあらずといふ事なし。おもふ所月にあらずといふ事なし。像花にあらざる時は夷狄にひとし。心花にあらざる時は鳥獣に類ス。夷狄を出、鳥獣を離れて、造化にしたがひ、造化にかへれとなり。

「造化にしたがひ、造化にかへれ」とは、常識的な価値観や美意識、概念から自由になって、天地自然の運行に自分の心を同調させることを意味する。つまり「高く心を悟」ることとほぼ同義である。その、造化に従って造化に帰った心、高く悟った心で目の前のものを見ると、見えるもの全てが花であり、思うところ全てが月であるように見え、目の前の全てのもの、風景がそれまでとは違った美をもって目の前に立ち現れてくる。そう芭蕉は述べているのである。そのような境地に心を置くことが俳諧にとって最も大切なことであると芭蕉は考えていたのであった。

ちなみに、先に引用した『三冊子』では、そのような境地に心を置く方法も説明されていた。それはすなわち、古人や師の心をよく追究し、自分勝手な心の運びを改めるということである。それは、この引用のすぐ後に有名な「松の事は松に習へ、竹の事は竹に習へと師の詞のありしも、私意をはなれよといふ事也」という文章がおかれていることからもよく分かる。

以上のように、芭蕉にとって俳諧とは、心は一旦社会から出て自由になり、その自由な心を俗なる人間関係の中で生かそうとする行為であった。ただしそれは、人々の心、精神に新しい創造的な意味を与えるものであって、社会的に有用なものを生み出す生産性がある訳ではない。そのことを述べたのが、芭蕉の有名な次の文章である。(5)

予が風雅は夏炉冬扇のごとし。衆にさかひて用る所なし。（「許六離別詞」）

狭い功利主義的な視点からみると全くの無用、人間存在の意味といった大きな視点からみると欠くべからざる精神活動、それが芭蕉にとっての俳諧であった。

この半分無用で半分有用というのが、芭蕉（俳諧）と社会との関係のあり方であった。完全に社会との関係を断ってしまうのでもなければ、完全に社会の中に埋もれてしまう訳でもない。半僧半俗という芭蕉の姿が、この半分半分という存在を象徴していた。

さて、芭蕉にとって俳諧と社会とは以上のような関係にあったが、これは何も芭蕉に限ったものではなかった。実は俳諧はその誕生以来芭蕉に至るまで、非社会的かつ社会的という一見矛盾した存在本質を抱えていたからである。

既に述べたように、日本文学史において、初めて本格的な滑稽（俳諧）釈義が行われたのは、平安時代後期、清輔の『奥義抄』においてである。清輔は、俳諧を滑稽と同義とし、「滑稽のともがらは非レ道して、しかも成レ道者也。又誹諧は非二王道一して、しかも述二妙義一たる歌也。故に是を准二滑稽一」と釈義した。この清輔の釈義は、現在私たちが「俳諧」と略称する「俳諧の連歌」ではなく、『古今集』巻十九に収められた誹諧歌を対象としたものであるが、この俳諧釈義が、以後俳諧の連歌に至るまで連綿と受け継がれてゆくことになったのである。

俳諧は、誹諧歌の時代から芭蕉に至るまで、その存立条件として「非レ道してしかも成レ道」という矛盾律を抱えていた。それが俳諧＝滑稽の本質だった。このことは、かつて栗山理一や堀信夫によって、何度も論じられた。[6] しかしその後の俳諧研究において、栗山や堀の主張は、きちんと受け止められ深められることはなかった。おそらく、俳諧と滑稽が同義であることは自明のこととされ、それ以上の意味本質については関心が払われなかったからであろう。しかし研究者が関心を払おうが払うまいが、それが俳諧の本質であることに変わりはない。そして俳諧と社会の関係は、この本質を外して考えることはできない。今見たように、芭蕉が考えた俳諧と社会の関係は、「非社会的かつ社会的」というものであった。この矛盾的存在は、そのまま俳諧の本質である「非ㇾ道してしかも成ㇾ道」という矛盾律と同じ構造をもっているからである。もちろん「高悟帰俗」や「半僧半俗」も同様である。つまり芭蕉の社会に対する態度は、恣意的なものではなく、俳諧の本質そのものに由来していたのである。

さて、ここまで芭蕉のことを縷々述べてきたのには、もちろん理由がある。その一つは、時代に左右されない俳諧の本質とは何かを考えるためであり、そしてもう一つは、第三節で詳しく見たように、その本質を踏まえた上で、それまで連綿と続いてきた「非ㇾ道してしかも成ㇾ道」という俳諧釈義を、支考が新しいものに変更したからである。支考は俳諧の本質を、ただ「諷諫」とだけ規定した。しかしこれはよく言われるように、支考が芭蕉の教えを曲解したのでも、自分の都合のいいように恣意的に変更したのでもない。支考は芭蕉の俳諧観をしっかりと受け継いでいた。ただ時代が変わったのである。

二

十七世紀を生きた芭蕉（寛永二十一（一六四四）年〜元禄七（一六九四）年）。十七世紀後半から十八世紀にかけて生きた支考（寛文五（一六六五）年〜享保十六（一七三一）年）。年齢にして二十一歳の差である。しかしこの差が世紀をまたぎ、俳諧と社会との関わりを全く別様に規定させることになったのである。

そのことを詳しく論じる前に、もう一つだけ確認しておきたい。それは支考が芭蕉の何を受け継いだかということである。

これも本書においてこれまで何度も述べてきたが、支考が芭蕉から受け継いだ俳諧は、「心の俳諧」であった。支考が芭蕉から受け取った俳諧の核は、五七五七七の作品を作ること（文芸としての俳諧）ではなく、心（精神）の問題であること（思想としての俳諧、俳の精神）、人情に通じ平常の人間関係を豊かにするもの（世情の人和）であるということだつた。

周知のように、芭蕉はこれを強調して展開することはしなかった。しかし、多くの文学・思想を遍歴し芭蕉に行き着いた支考には、これこそが自分を救ってくれる「日常を生きる思想」だと思えたのであった。

ではそれは、具体的にはどのような思想なのか。高く悟った心、風雅の誠を責めた心とはどういう心をいうのか。人はどのようにしてそれを獲得する事ができるのか。これが芭蕉の俳諧を心の俳諧として受け取った支考が直面した難問だった。支考は芭蕉と出会ってからそのことを考え続け、『俳諧十論』において一つの完成をみた。

既に明らかにしたように、支考は『俳諧十論』において、それまでの滑稽釈義のように、俳諧を「非レ道してしかも成レ道」「非二王道一してしかも述二妙義一たる」とは説明しなかった。それまで連綿と続いてきた滑稽釈義を断ちきり、ただ「諷諫」とだけ言ったのである。

このとき、俳諧と社会の関係に何が起こったのか。芭蕉以前の俳諧が本質的にもっていた社会との矛盾的関係性が消滅したのである。というより、俳諧にとって「社会」という意識そのものが消滅したと言ってよい。なぜなら「諷諫」という概念は、社会を前提としないからである。支考にとって社会とは、肯定したり否定したり、内にとどまったり外に出たりするという意識の対象ではなく、みずからが生き、人間関係を成立させる場であり、意識の対象とはならない自明の場となっていたのである。時代はすでに十八世紀に入っていた。

三

徹頭徹尾、社会の中にどっぷりとつかったまま、俳諧の実践はいかに可能となるか。またその意義は何か。これが支考が抱えた十八世紀における蕉風俳諧の課題であった。支考はその問いに答えるべく、芭蕉は決して言わなかった言葉を持ち出した。それが「世法」である。

支考は主著『俳諧十論』やその自注書『為弁抄』において、「世法」という言葉を盛んに使用している。

誠に此段（第四虚実ノ論——引用者注）は十論の大綱にして、爰に虚実の変ある事をしらば、爰に俳諧の世法なる事をしるべし。（『俳諧十論』）

支考は端的に「俳諧は世法である」と断定する。世法とは、辞書的には、仏法に対する俗世間の法則の意である。その場合、世法は抜け出すべき現実（迷い）の法則であり、仏法は到達すべき理想（悟り）の法則という意味を含んでいる。しかし支考が「俳諧は世法である」というとき、そのような否定的な意味は持たない。むしろ世俗こそが人間が生きる場であり、俳諧が生きる道であると考えた。俳諧こそが世俗の人間関係に非常に役立つ実践的思想であると考えたのである。

芭蕉の死後、支考は蕉風俳諧を広めることこそが自分の使命だと考えた。そのとき支考が主として普及の対象にしたのは、地方の素人だった。かつて野田千平が指摘したように[7]、美濃派は大量の素人を取り込むことによって勢力を一気に拡大した。しかしそれは、俳諧に限ったことではなく、多くの人が学問に興味をもち、諸芸を学ぶようになった時代だったのである。諸芸におけるいわゆる「家元制度」が確立するのもこの頃である[8]。特に恵まれた才能や環境がなくても精神的な余裕と高い知的好奇心をもつことができる人が増え、抽象度が高く難解な俳論や伝書が多く書かれた。支考自身の『俳諧十論』なども非常に難解なものだが、逆にその難解さが人々の興味関心をひくことにもなったのである。このようなことをまとめて「成熟」というのであれば、まさしく個人が、そして社会が成熟しようとしていた時代であった。

　さてそのような社会において、支考は蕉風俳諧の何をウリにしようとしたのか。それが「世法」、つまり「現実の社会を生きる上で、俳諧はとても役に立つ」ということであった。支考は「何のために俳諧をやるのか」「俳諧は何の役に立つのか」「俳諧をやるとどのようなよいことがあるのか」という問いを繰り返し立て、繰り返しそれに答えた。その答えの眼目は二つ。一つは、「俳諧をやると自分自身の感性や心の状態がよくなり、楽しく豊かな人間関係をもつことができる」ということであり、もう一つは、「そんな素晴らしい俳諧は、その気になりなさえすれば誰にでもできる」ということであった。

　支考や美濃派に惹かれた大量の素人たちは、俳諧を始めたからといって、芭蕉のように隠遁したり旅に出たりすることなどできない（あるいはしない）人がほとんどであった。ましてや人生をかけて「風雅の誠」を責めるなどということとは、ほど遠い人がほとんどである。普通に日常生活を送りながら、日々の人間関係の中で一喜一憂する人々に対して、俳諧は日常生活の中で学ぶことができ、それによってちょっとした楽しみが増え、人生の充実感も得られるようになると支考は説いたのである。

　支考によって、俳諧と社会の関係は大きく変容させられた。俳諧は社会に対して大上段に構えて対峙するものではなく、社会の中にあって人間関係、ひいては人生をちょっとよくするプチアイテムとなったのである。例えば支考は、前に見たように、日常生活における次のような例をあげる。

たとえば、明くれあそびに来る人に、お出か、あがり給へといはむに、いふ人の顔つき、声のすみにごりにて、あがれとおもふ時も有、あがるなとおもふ時もあるべし。いふ人もいはるゝ人もかはらず、詞もおなじことばなるに、得失是非のたがひあるは、是さしあたりたる気変也。しかるを、あがれといふは、いつもあがりて、たばこ吸ふ事とのみおぼえたる人は、俳諧のみにはあらじ、仕官商買の道にも心もとなし。(『続五論』)

普段からこのようなシーンはいくらでもある。また俳諧をやらなくてもこのくらいの心得があるのがむしろ大人というものであろう。しかしもしこういうことが苦手な人でも、俳諧をやっていれば、うまく対応できるようになるし、それは仕事にも役立つ素晴らしい能力なのだと支考は説いたのである。

ところで、なぜ俳諧を学ぶことが日常生活に役立つのか。先の例で「気変」と言われていたことからも分かるように、世法の根本には人間の気分・感情・機嫌があると支考が考えていたからである。この気分・感情・機嫌は理屈で割り切れない上に、ころころと変わる。したがって人間関係をよくするためには、それを敏感に感じ、柔軟に対応しなければならない。それを支考は次のように説明している。

変は世法のつねにして、それが先後をしるにはしかず。(『為弁抄』)
そも俳諧の変化とは、世法に今日の心得にして万物の不定をさばくため也。(『俳諧十論』)

変化は世法の常である。一方の俳諧は、やはり不断に変化する天地自然に同調する心を養うものである。そうであるならば俳諧が世法に役立たないはずがない。それが支考の考えである。

ところで、俳諧を世法として説こうとしたとき、ひとつの大きな問題があった。それは、世法として非常に有力な思想が既にあったということである。いうまでもなく、儒教であり、仏教であり、老荘思想であった。支考はこれらの思想よりも俳諧の方が世法として勝っていることを説かなければならなかったのである。

四

儒仏老荘思想よりも俳諧が世法としてまさっている点として文考があげるのも、やはり「変」である。支考の理屈はこうである。

もともと儒教も仏教も老荘も、その元祖である孔子、釈迦、荘子、老子は俳諧と同様、すぐれた世法を説き、自らそれを実践していた。なかでも孔子は「風雅の太祖」といってもよいほど優れており、『論語』は「俳諧の鑑」ともいうべきものである。

> 風雅の中にも俳諧の学者は論語一部を鑑として、第一に世法の和節をしるべし。（『為弁抄』）

しかしそれを伝えた後世の者は、彼らがもっていた柔軟さを失い、「教え」を固定概念化してしまった。例えば儒教なら、いつでもどこでも、誰にでも、「仁義」が正しいといってそれを振りかざすようになってしまった。つまり思考が硬直化し、「世法の変」を見失ったのである。

> 是を一口にいふ時は、儒道の大事は仁義礼楽なれど、おこなふてよき時もあれば、おこなふてあしき時もありと世法の変ををしへ給ひし也。（『為弁抄』）

「世法の変」とは、要するに人情や気分は、その時々で、時々刻々と変化することを言ったものである。

白馬ノ教誡訓に我家の一大事は世法に返心の二字ある事をしるべし。それを儒書には遠慮といひ、仏経には機嫌といひ、俳諧には合点といふ。たとひ儒仏の大道といふとも、今日の人情を合点して、世法の急用にたつものは、俳諧のをしへにはしかざらん。（『為弁抄』）

一般に通用している儒仏老荘思想は、その時その場の人情というものに対処できないのに対して、俳諧はよくそれを行えるというのである。俳諧は時と場合に応じて、儒にも仏にも老荘にもなれる、その点が他の思想より俳諧が勝っている理由である。

そこを俳諧には媒して、儒仏老荘の糸筋をつたへば、虚実は我家の一大事にして、道に一字の信を忘べからずとぞ。誠に此段は十論の大綱にして、爰に虚実の変ある事をしらば、爰に俳諧の世法なる事をしるべし。（『為弁抄』）

支考は以上のように俳諧を説いたのであった。

五

芭蕉は、俗世間と距離をおき、社会との矛盾的関係性において俳諧を実践した。支考は、俗世間の中にどっぷりとつかり、日常の人間関係の中でこそ俳諧は生きると説いた。支考の俳諧観に惹かれた人たちは、日常の社会生活を十全に送りながら、心を風雅に遊ばせる楽しみを知った。そのような人たちの中には、俳諧そのものよりも、俳諧を介して他人と交流できることを喜びとする人達もいた。もちろんそれでよいと支考は考えていた。

支考は、「俳諧は老後の楽しみ」という芭蕉の言葉を、次のように説明している。


若き時は友達おほく、よろづにあそびやすからんに、老て世の人にまじはるべきは、たゞ此俳諧のみなれば、是を虚実の媒にして、世情の人和とはいへる也。（『俳諧十論』）

年を取って仕事もしなくなれば他人との交流もなくなるが、俳諧をやっている人はそれを通じて他人とのコミュニケーションを楽しむことができ、老後を豊かに過ごすことができる、というのである。これは明らかに芭蕉の意図とは違っていただろう。しかしそれは、俳諧の本質から見れば、些細なことである。蕉風俳諧の本質は「心」にあり、それは何ものにもとらわれない、天地自然と同調した自在な心である。そしてその心によってなされた行為こそが俳諧なのである。これが支考が芭蕉から受け取った俳諧の本質であり、支考は自らが生きる時代において、それを現実的に展開したのである。

芭蕉は芭蕉個人の個性と生きた時代の特質によって、俳諧の本質を具現化した。具現化された事象ではなく、その本質そのものを継承した支考は、やはり支考個人の個性と生きた時代の特質によって、芭蕉とは違った形でそれを具現化させたのである。そしてそこには多くの人が集まった。美濃派の勢力が大きくなったのは、その時代の多くの人を惹きつける魅力があったということである。

しかしもちろん全ての俳人が支考と同じ俳諧観を持っていた訳ではない。むしろ支考の俳諧観を真正面から批判した俳人もいた。支考に遅れること三十七年、元禄十五（一七〇二）年に生まれた也有である。

六

元禄十五（一七〇二）年に生まれ、天明三（一七八三）年に没した也有は、全ての人生を十八世紀に生きた俳人である。也有は師系的には巴静門であり、美濃派に極めて近い俳人であるが、若い頃から支考を批判し続けた。例えば、支考が没して二年後、享保十八（一七三三）年三月成立の『短綆録』（原『非四論』）で、次のように述べている。

そも〳〵（『十論』といふ物は例のあだ口のかな双紙也と）無風雅の儒者共は俳諧の二字に油断して手にもとらず。蟻の穴からそろ〳〵と水のはいる事をしらず、果は千丈の堤も覚束なし。しかるを菽麦もわきまへぬ獅子門の文盲どもが、理論は役者評判も手に叶はねば大きに理論に驚きて、先生の理論は天下に敵もなしなどわけなしにあがめて、昔は逸物の鷹がそろ〳〵と毛をかへて梟と成たる事をしらず。今は松桂の枝に高ぶり不祥の声をなけども、やっぱり昔の鷹とこゝろへ、『五論』も『十論』も同じ人の口からいひたれば、一貫の道理と思ふは誠に歎くべしいたむべし。(9)

昔『続五論』を書いた頃の支考は「逸物の鷹」であったが、『俳諧十論』の時には「梟」になってしまった。同じ人物が書いたのだから一貫性があると考えるのは大間違いであるのに、獅子門の連中は、支考「先生」の理論をただただ崇め奉っている、そう也有は批判しているのである。この文章から分かるように、也有は『続五論』を高く評価し、『俳諧十論』（と支考を崇め奉っている美濃派）を厳しく批判しているのである。

ではなぜ『続五論』はよくて、『俳諧十論』はだめなのか。

さて『続五論』と『十論』の邪正相違といふ事は、『五論』は全く俳諧風雅の上を論じて詩歌連俳と隣をなし、『十論』は忠孝世法の道をこなして儒仏老に混ぜんとす。俳諧かつて世法にあづからず。されば『五論』には仕官・商売・日用の道はわづかに風雅のたとへにしていへり。（『非四論』）

『続五論』が論じているのはあくまで「俳諧」という文学（詩歌連俳）の領域の問題である。確かに『続五論』にも世法（「仕官・商売・日用の道」）への言及が見られるが、それは譬喩として用いられているに過ぎない。それに対し、『俳諧十論』は、世法の道として、俳諧を儒仏老荘思想と同じ領域で論じている。しかし俳諧と世法は全く無関係なのだ。これが也有の言い分である。

此時代の支考が文は邪説なく誠に翁の口うつしなるべし。もっぱら俳諧言語の上の教也。（『短綆録』）

しかればとかく俳諧は俳諧也、世法は世法也と、道は二筋に心得てこれに付ても『五論』を見るべし。（同）

「享保の後、蓮二といふ比よりは文躰大きにかはりたり」（『くだ見草』）と指摘するように、也有は享保以降、支考が蓮二を名乗るようになってからその論じるところの内容も文体も変貌したと考えていた。引用の前者は『続五論』の少し後、宝暦元年「陳情ノ表」に言及した文章であるから、当然「此時代」は『続五論』の時代と見てよい。

也有にとって『続五論』は芭蕉の教えを遵守した「俳諧」の論であり、『俳諧十論』は支考が勝手に自己増殖させた「世法」論なのであった。それはもはや「俳諧」の領域を逸脱しており、也有は決して受け入れることができなかったのである。

されば蕉翁信仰の人は支考が『五論』を俳諧の鑑とすべし。真偽も合点のうへ、蓮二が新製を信仰の所ある人は全く翁をはなれて『十論』を学ばん人は勝手次第たるべし。(『非四論』)

芭蕉の俳諧を信じる人は『続五論』に学べ。芭蕉を離れて、支考の新しい世法論を信じたい人は勝手にどうぞ、という訳である。この也有の基本姿勢は後々まで変わらない。『短綆録』は二十七年後の宝暦十（一七六〇）年に『非四論』として改稿されるが、主旨は全く変わっていない。

西華坊支考曾て『続五論』を著す。夫は元禄十一年にして祖翁の滅後遠からず、正風の確論にして此道の至宝なり。同門の古老も敢てこれを間然せず。此『十論』の家とは表裏矛盾せり。『十論』に所謂「俳諧の道」、「俳諧の徳」など、虚実のせんぎは蓮二房が享保以来思ひ付たる新作也。たとひ其理は偶中有とも専ら経学を相手とし、殊には宋儒を謗て放言なれば、人はたこれにめをとゞめて、今迄天下に憎まれざる俳諧に、始て敵を求め争のはしを起すといふべし。よしそれも『つれ〴〵草の讃』の如く有やうに、一己のはつめいとせば是非は其身にとゞまりて、誉事も毀事も他のはいかいにあづからず勝手次第の事といふべし。などや世法をいろはざる蕉翁の名を售りて、『十論』むほんの大将として其褒貶を負せたる。師恩の冥加爰に至て尽なん事恐るべし。(『非四論』)

『続五論』は蕉風俳諧の「至宝」であるのに対して、享保以降に支考が考え出した虚実論を展開する『俳諧十論』は「むほん」と手厳しい。さらにここでは、『つれ〴〵の讃』のように、支考独自の発明と言うならまだしも、俳諧＝世法論、虚実論をあたかも芭蕉の教えであるかのように説くことをも批判しているのである。

重要なのは、也有が、例えば支考が生前論争を繰り広げた越人や露川のように、支考の論を誤解して批判しているのではないということである。也有が支考の文章をよく読んでいたことは、例えば次の指摘でもよく分かる。

しかれ共「俳諧地」より末五段はもつぱら俳諧の論にして少づゝの毒あれ共『五論』の旨にたがはず、俳諧修行に甚益あり。人これをもて遊ぶべし。しかるを別に書をも仕立ず、俳諧のむま味にまぜて、件の世法へ引入れんとす。こゝにおそろしきたくみあり。毒ある事をわきまへてゐらみて是を愛すべし。（『短綆録』）

『俳諧十論』は「第一俳諧ノ伝」「第二俳諧ノ道」「第三俳諧ノ徳」「第四虚実ノ論」「第五姿情ノ論」「第六俳諧地」「第七修行地」「第八言行論」「第九変化ノ論」「第十方式ノ論」から成るが、後半の五段は、『続五論』と矛盾せず、「俳諧修行」に大いに有効であると述べているのである（ただし、同じ書物の中に、俳諧＝世法論と、俳諧論を混ぜてあるのは、後者の俳諧論を餌に、読者を世法論に引き入れようとする恐ろしい企みであるとも付け加えることを忘れてはいない）。この点については、後に『非四論』として改稿された時には、その書名からも分かるように、前四段を批判し、第五段以降は「はいかいに益あり」とされ、「第五姿情ノ論」の扱いが変更されているが、主旨は同じである。也有は、『俳諧十論』もきちんと読んだ上で、批判すべき点と評価すべき点をきちんと整理していたのであった。

ところで、也有が支考を批判するのは、個人的な経験が大きく関わっていた。

我いやしくも正風の俳諧をしたひ、新古邪正の眼力をひらく事は、志学の比はじめて『続五論』を見て祖翁の道を知る故也。しかればそれは誰が陰ぞや。全く西花坊支考が恩也。（略）蓮二は昔の支考にあらず。

（『短綆録』）

也有が芭蕉の俳諧を知り開眼したのは、他ならぬ支考の『続五論』によってであった。也有にとって支考は、自分を芭蕉の俳諧に導いてくれた恩人だったのである。その支考が、享保以降豹変したように也有には見えた。裏切られたと強く感じたのだろう。それ故、享保以降の支考の豹変と、その豹変後の支考を盲信する美濃派連衆が許せなかったのである。

左はいへ蓮二房俳諧は名人也。天下無双といふのみならず古今に独歩すともいふべし。正風蕉門の光をかゝげたるも此人の功少からず。老後世法の偽作はいかなる天魔の入かはりたるや。おしむべし、歎くべし。

（『短綆録』）

也有は、越人や露川と違って、支考の論を誤解したのでも、感情的に批判したのでもない。俳諧から逸脱した俳論を展開するとはいえ、「俳諧は名人」であることも認めている。認めるどころか、「天下無双」「古今に独歩す」とまで評価しているのである。さらに蕉風を広めた功績も決して小さくはないことも認めている。だがしかし也有には、支考の「世法」論だけはどうしても認めることができなかったのである。

もちろん二人の間には、個人的な好みや思考の違いもあっただろう。しかし本節の関心に引きつけていうならば、やはりそこには時代の差があったのである。

支考の初めての俳論『葛の松原』は芭蕉生前の元禄五（一六九二）年刊、也有が絶賛する『続五論』は元禄十一（一六九八）年跋、すなわち十七世紀がまさに終わろうとしていたときに出版されたものである。支考はその後俳諧観を劇的に深化させ、時代を先取りするかのように「世法」という概念を前面に打ち出して俳諧を論じるようになる。それは享保四（一七一九）年跋の主著『俳諧十論』で全面的に展開されている。時代は十八世紀に入ってすでに二十年がたとうとしていた。

十七世紀後半から十八世紀前半に生きた支考は、否応なく十八世紀という時代を強く意識せざるを得なかった。それに対し、生まれたときすでに十八世紀になっていた也有にとって、十八世紀という時代はただその中を生きるものであって、強く意識するようなものではなかった。そのような也有には、十七世紀後半の支考と十八世紀前半の支考は全くの別人に見えた。十八世紀に入って、支考は良からぬ方向に進んでしまったと思えたのである。いずれにせよ、支考は支考なりの必然で俳諧を世法と結びつけ、也有は也有なりの俳諧観と時代感覚によってそれを批判したのであった。

七

さて、ここまで「世法」をめぐる也有の主張を見てきたが、芭蕉、そして支考の俳諧観の本質を正統に継承しながら十八世紀を生きたもう一人の俳人にも触れておきたい。支考が没した翌年、享保十七（一七三二）年に生まれ、蕉風復興運動を牽引し、そしてまさに十八世紀が終わろうとしていた寛政七（一七九六）年に没した俳人、蝶夢である。

蝶夢の俳論や文章をよく読むと、支考の俳諧観の本質を正統に継承していることが分かる。(10) しかし蝶夢自身はそのことを明言してはいないし、支考俳論の批判もしていない。蝶夢にとって重要だったのは、芭蕉の教えであって、それを誰が伝えたかではなかったからである。内容から芭蕉の教えと判断できるものは珍重し、そうでないものは捨てた。

蝶夢はただ芭蕉の俳諧を正統に継承し、普及させたいと願っただけである。普及といっても、支考と違って蝶夢は素人を俳諧の世界に引き入れることに腐心した訳ではない。蝶夢は、既成の俳人にむけて正しい芭蕉の教えを説き、彼（女）らを正しき道に導こうとしたのであった。蝶夢にとって芭蕉の正しい俳諧とは、支考が看破した「心の俳諧」であった。そして蝶夢にとってその心の意味とは、「まことの心」であった。

そのとき蝶夢にとって、支考が必死に説いた「世法」という概念は、也有同様、継承すべきものではなかった。しかし也有と違って、蝶夢はそれを批判したりはしなかった。也有より三十年あとに生まれた蝶夢にとって、それはもはや批判するほど強く意識せざるを得ない概念ではなかったのである。蝶夢にとって俳諧とは、誠の心を得る道、ただそれだけでよかったのだ。

さて、そのような蝶夢の「心」に対する意識は、やがて新しい表現理念へとつながってゆく。蝶夢の表現理念については、近年田中道雄が「感情の内発性の絶対的尊重」[11]という言葉で的確に描き出した。田中によると、蝶夢は、「発句を詠むという行為は、何よりも作者個人の表現の喜びとして営まれる」ものであり、「本来的に私生活中の営為の一つとしてある文芸様式である、と認識していた」という。つまり蝶夢にとって発句は、「自己の楽しみ」のために詠むものであり、自己の楽しみとは「内からこみ上げる感情を表出すること」なのであった。前節でみた、御杖にあって支考になかった内面の問題。それが蝶夢にきてその兆候を示し始めたのである。

そのような蝶夢の意識は、当然のことながら、ただ「内発する情」にのみ向けられた。そしてそれを言葉巧むことなくありのままに表出することこそが、蝶夢にとっての俳諧表現の意味であった。もちろんこれは「事実に忠実にそのままを詠む」という蝶夢のもう一つの主張と表裏である。俳諧と社会の関係は、それが可能になるまでに変容、あるいは成熟してきていたのである。

ところで、田中によると、蝶夢のこの表現理念からもっとも影響を受けた俳人は、江戸を中心に活躍した加舎白雄（元文三（一七三八）年〜寛政三（一七九一）年）であるという。白雄もまた人生の全てを十八世紀中後期に生きた俳人であった。

芭蕉から支考へ、そして蝶夢へと受け継がれた俳諧観。それをもとに蝶夢が足を踏み入れた新しい表現理念。それはさらに白雄たち次の世代へと受け継がれていった。白雄は十九世紀を知らなかったが、表現理念という点では、もう近代はすぐそこまで来ていたのであった。

八

支考が打ち出した「世法」をめぐって、芭蕉、支考、也有、蝶夢と、十七世紀後半から十八世紀の最後までを生きた俳人を見てきた。芭蕉と支考の差は二十一年、支考と也有の差は三十七年、也有と蝶夢の差は三十年である。芭蕉が切り開いた蕉風俳諧の道を、支考と也有と蝶夢は、それぞれの仕方で継承した。そしてそこには彼らの個人的な差異と同時に、それを越えた時代の差異があったのである。

もちろんこの時代を生きた俳人は他にも大勢いるが、それでも支考が「世法」を打ち出した理由、その俳諧史的意義は十分解明できたのではないかと思う。

注

（1）　今栄蔵『芭蕉年譜大成』（平成六年六月　角川書店）

（2）引用は、井本農一他校注『校本芭蕉全集』第六巻（平成元年六月　富士見書房）による。
（3）引用は宮本三郎他校注『校本芭蕉全集』第七巻（平成元年七月　富士見書房）による。
（4）注2に同じ。
（5）注2に同じ。
（6）第二章第三節の注2参照。
（7）「美濃派歳旦帳――獅子門の誕生」（平成三年初出『近世東海俳壇新放』若草書房所収）。
（8）西山松之助『家元の研究』（昭和三十四年　校倉書房『西山松之助著作集』第一巻（昭和五十七年六月　吉川弘文館）所収）参照。
（9）也有の引用は『名古屋叢書三編　第十七巻　横井也有全集　中』（昭和五十八年三月　名古屋市教育委員会）による。
（10）田中道雄・田坂英俊・中森康之編著『蝶夢全集』（平成二十五年六月　和泉書院）「解題俳論篇」参照。
（11）「発句は自己の楽しみ――蝶夢の蕉風俳諧理念の新しさ」（「文学」第十五号第五号　平成二十六年九月　岩波書店）

第三章　支考俳論のゆくえ——蝶夢と支考

一

支考俳論の本質は、「心の俳諧」を日常の人間関係を生きる思想として論じたところにあった。この支考の俳論は、美濃派を通じて普及するのであるが、第Ⅲ部で見るように、それは、道統美濃派と傍流美濃派といういわば二重構造をもっていた。それについては後で詳しく論じることにして、ここでは、道統美濃派でもなく、傍流美濃派でもない俳人で、支考の俳論の本質を真正面から受け取った俳人について見てみたい。五升庵蝶夢である。本章では、これまで見てきた支考俳論を蝶夢との関係において捉え、むしろ蝶夢の側から照射することによって、第Ⅱ部のまとめとしたい。

二

一読して蝶夢の句は平凡でやや月並な感じがする、そう荻田釉子が述べている(1)。その最大原因は題材がありふれているためである。極くありふれた素材をごく自然に詠じているためである。さらにこう続ける。

しかし蝶夢の句が単に平凡で月並で素朴卒直、非芸術的な句のみかと言うとそうではない。一歩深く味わってみると月並さは消えて純粋な詩心を感じさせる句が相当に多いのである。

その通りである。もちろん「純粋な詩心」については見解の分かれるところであるが、蝶夢の自選句集『草根発句集』には、次のような句が並んでいる。

夕がすみ都の山はみな丸し
菜の花や行きあたりたるかつら川
水落て田面をはしる鼠かな
うづみ火や包めど出る膝がしら
雪のくれ馬も一つはほしきもの

「夕がすみ」句が和歌の伝統を踏まえているなど、全くの印象句、写生句という訳ではないけれども、基本的にはこれらの句は、自分が目にした眼前の景や、折りに触れた心情の動きを繊細に捉えたものであるといってよいだろう。

荻田はこの句法について、次のように説明している。

蕉風俳諧に於ける「造化にしたがひ造化にかへる」或は「松の事は松に習へ。竹の事は竹に習へ」との句法、即ち自己を空しくして自然の懐に参入し、私意を去って無心の中に句を作るといった句法を、蝶夢は身をもつて会得していた。

本章では、まずこの句法を支える蝶夢の俳諧観を明らかにし、それが文考の俳諧観と深いところで通じていることを明らかにしたい。鍵概念は、「道」・「まこと」・「心」である。さらにこれによって、晩年の芭蕉から文考、そして蝶夢へと続く、俳諧における「まことの心」の系譜を提示したいと考えている。

三

「俳諧に名誉利欲を求めようとするものは門人として認めなかったのだろう[2]」という蝶夢は、風葉の入門に際し、「句の拙きをはづべからず。心の誠なきこそはづかしけれ」と語ったという。また、「蝶夢の姿に俳諧の師としてだけでなく人として惹かれていった[3]」という蝶夢の弟子、飛驒高山雲橋社の加藤歩簫は、その弟子石露宛書簡の中で、「口のはいかゐハ止て心のはいかゐ、真の蕉風に御遊び可被下候」と述べている。

このように、蝶夢が弟子に説いた俳諧は、「心の俳諧」であった。句の巧拙よりも、その人の「心」を重視していたのである。そしてその理想的な「心」の状態を、蝶夢は「まこと」と呼んだ。心に「まこと」があれば、そこから生み出された句は「まことの句」である。これが蝶夢にとっての「真の蕉風」俳諧なのであった。

では、このような「真の蕉風」観を蝶夢はどこから得たのだろうか。もちろん一つには、芭蕉顕彰活動の中で触れた、数々の芭蕉の言葉と作品からである。中でも蝶夢三回忌に出版された『芭蕉翁三等之文』は、元禄五（一六九二）年曲翠宛芭蕉書簡に蝶夢が詳細な注を加えたものであるが、ここに蝶夢が諸書に何度も引用する、非常に大切な芭蕉の教えがあった。それは、「これよりまことの道にも入べき器なり」という一節である。周知のようにこの書簡で芭蕉は、世上の俳諧に遊ぶ者を三等に分けて批評しているが、次の一節は、上等の俳諧師について述べたものである[4]。

志をつとめ情をなぐさめ、あながちに他の是非をとらず、これよりまことの道にも入べき器なりなど、はるかに定家の骨をさぐり、西行の筋をたどり、楽天が腸をあらひ、杜子が方寸に入るやから、

俳諧を「まことの道」に入るべき手だてと考えて、定家・西行・白楽天・杜甫の心（精神）を求める者こそが理想の俳諧師であるという芭蕉の言葉を、蝶夢は真摯に受け止めたのである。問題はその受け止め方である。この箇所に蝶夢はかなり詳細な注を付している。例えば「これよりまことの道にも入べき器なりなど」についてはこう述べている。

此「まことの道」ぞ、神儒仏はいふに及ず、かりそめの詞花言葉の上にも究竟は「実」の一字にとゞまりぬ。

俳諧は「まことの道」に入る手だてである、そう芭蕉は述べている。ではその「まことの道」とは何か。これは、神道、儒教、仏教はいうまでもなく、俳諧などにおいても、普遍的に存する「まこと」である。このように蝶夢が述べるとき、もはや「俳諧」は文芸としての限定をなくし、人の生きる道を意味した。俳諧における「まこと」も、神道における「まこと」も、儒教における「まこと」も、仏教における「まこと」も皆同じである。それは畢竟、「まことの心」に他ならない。

これが蝶夢が芭蕉から受け取った蕉風俳諧の核であった。「芭蕉翁文集序」「芭蕉翁俳諧集序」「芭蕉翁発句集序」などで蝶夢が述べている芭蕉俳諧の特質は、おおよそ次の五点に集約できる。

①それ以前の無心体の狂句ではなく、専ら有心体の句を詠んだ。
②それによって、初めて俳諧を「道」たらしめた。
③芭蕉の作品は、全て「まこと」を述べたものである。
④それによって俳諧の風体が定まり、後の人はこの「正風」を慕わないものはいない。
⑤芭蕉の俳諧は「炭焼き男」「潮汲み女」「あやしの女童べ」にも理解でき、浸透している。

ところで、蝶夢はなぜ芭蕉をこのように理解し得たのであろうか。もちろん芭蕉の文章は、そのように読めば確かにそう書いてある。しかし実際は芭蕉をそのように理解しない者も多かったのである。私はここに支考の強い影響を考えている。しかしそれについて論じる前に、少しだけ蕉門俳人について見ておきたい。

四

俳諧を「まことの心」であると考えた蝶夢の目に、蕉門俳人たちはどう映ったのだろうか。基本的に蝶夢は、誰に対しても固定的な偏見を持たない。蝶夢の唯一の本格的な俳論『門のかほり』で、次のように述べている。

嵯峨の去来の曰、「我、蕉門に久しく遊びて虚名ありといへども、句に於て静なる事は丈草に及ず、はなやかなる事其角に及ず、軽き事は野坡におよばず、句のほどけたる事支考に及ず、化《あだ》なる事土芳・半残に及ず、働あること許六に及ず、奇なる事正秀に及がたし。曲翠・野水・越人・洒堂の輩、この道にほこらずといへども、をの〳〵ゑ〔撰〕るべき一すじあり。常に此人〴〵を予が師とし侍る也。もし芭蕉翁の流を学び給ん人は、この人〴〵を用ひ給はゞ、よき階梯ならんかし」と云々。実にめで度教なるべし。

流派にかかわらず、それぞれの俳人の学ぶべきところを学ぶことの大切さを言っている。しかし、それでも蝶夢がとりわけ親近感をもった蕉門俳人がいる。一人は去来、そしてもう一人は丈草である。蝶夢は二人の発句集を刊行しているが、その序文で次のように述べている。

　さるを去来・丈草は、蕉翁の直指のむねをあやまらず、風雅の名利を深くいとひて、たゞ拈華微笑のこゝろをよく伝へて、一帋の伝書をも著さず、一人の門人をもとめざれば、ましてその発句を書集べき人もなし。この寥々たるこそ、蕉翁の風雅《（正風）》の骨髄たるべけれ。

蝶夢にとって去来・丈草こそは、師芭蕉の教えを誠実に守った「まことの心」を持った蕉門俳人なのであった。去来が残した『去来抄』は、土芳の『三冊子』とともに、蝶夢に与えた影響は大きく、『蕉門俳諧語録』にも多く採録されている。また、丈草については、蝶夢が再板した天明三年『ねころび草』の支百の序文に蝶夢の言葉が引かれている。

　わが蝶夢幻阿大徳の曰、世に風月をもて遊ぶに、詩歌のうへはしらず、発句口ずさむほどの人のさまを見るに、たゞ芸能とのみ覚えて、徒らに詞花言葉に耳目を悦ばしむるを事とし、あるは上手とほこり下手と譏り、あるは名をもとめ利をむさぼるをむねとして、かりにも七情の起るを句になして心をなぐさめ、まことの道に入べきためになす人はあらず。

世上に行われている俳諧は、ただの「芸能」と考えるのみで、「七情」の動きを繊細に言葉に表し、心を慰め、それによって「まことの道」に入ろうとしている人はいない、と批判しているのである。しかし丈草はその限りではない。

こゝにこの『寐転草』といふは、（略）もはら世人を教ゆるの文なり。かの蕉翁の、真の道にも入べき器なりと称し給ひけるも、これらの古人をやいふ。わぬしごときかたくなに風雅の信あるもの、是を読ばかならず風雅によりて得脱せんものをやと見せられけるに、げにも勧善懲悪の文句に微妙の理をふくみていと尊し。

丈草こそは、芭蕉が「真の道にも入べき器なり」と説いた心をもった蕉門俳人だと蝶夢は述べているのである。周知のように、芭蕉没後『寝ころび草』（元禄七（一六九四）年成）を書いた丈草は、三年間の喪に服した。また元禄十四（一七〇一）年には、禁足三年の誓いを立て、芭蕉追善に千部の法華経読誦と、一石一字の法華経を書写した経塚建立を決意し、同十六（一七〇三）年にそれを果たした。

その丈草は、元禄十五年四月十五日付潘川宛書簡で「腹中から淋しければ、句もさびたりけり」と述べている。これは、心を「まこと」にすれば「まことの句」となると考える蝶夢と、通じるものと考えてよいだろう。

五

さて、去来や丈草の篤実な心に蝶夢が親近感をもったことは、現在の私たちにも理解しやすい。しかし、蝶夢が強い影響を受けたと考えられる蕉門俳人がもう一人いる。それが支考である。支考は、去来や丈草とは対照的に、卑俗な心を持った野心家と見られがちである。確かに蝶夢も支考のその側面に関しては厳しく批判している。

それにもかかわらず、蝶夢の俳諧観の核心は、支考のそれと深い部分で通じているのである。蝶夢の支考と美濃派観は複雑なので、順を追って考えたい。

まず蝶夢は若い頃、伝書の収集に努めた。

今はむかし、京極わたり中河の寺に住けるころより、此道にこゝろざし有ければ国々よりとひ来る人の多かりしに、其人にあふ度にかならず道のことはりを尋しに、「これなん蕉門の面授口決の秘書、俳諧の直指相伝の切紙よ」と口々にいふをひたぶるに求て、をろかにも恐しき誓ごとをたてゝ伝へ写し置しその書の数、やゝ二十余部になれり。（『もとの清水』序）

しかし明和三（一七六六）年に住職を辞し、東山岡崎の五升庵に入った頃から、伝書に対する態度に変化が表れる。

何れも風雅の道の為にあらはせし書ならず。たゞ人をあざむきて名利のためにするいつはりごとにして、「風雅の道をそこなふのよしなしごとよ」とはじめて感悟し、かゝるものかいやり捨なば、〔もし落ちりなんを〕初学の人の見たらむは人をまどはすの罪ありと心うくて、ことぐく焚捨ぬ。

必死になって収集した伝書類はいずれも芭蕉の真意を伝えず、おのが名利のために邪見を述べているだけで、むしろ初学の人の害になると考え、全部焼き捨てたというのである。この伝書類を多く伝えていたのが、他ならぬ支考と美濃派（を名乗る俳人）であった。ここで蛇足ながら述べておくと、支考は『白馬経』『一字録』など伝書の名をしばしば口にするが、実際には支考が伝えた伝書は『二十五箇条』の他、それほど多くはない。伝書を多く伝えたのは、自ら「獅子門」や「蕉門」を名乗る俳人たちであった。もちろん蝶夢にはそのような区別はなかっただろう。「芭蕉翁に伝書なし、白馬訓その他、支考の偽書なり」（安永三年七月二十一日付白輅宛書簡[5]）と述べているように、支考も美濃派俳人も、ありもしない伝書を売り歩く俳人と見ていたのである。

さらに『俳諧十論』などのいかにも大仰な文体も、蝶夢は認めない。「蓮二（支考――注）は無きことを用あり気に書き、俗人を威しをれり」（安永四年正月二十一日付白輅宛書簡[6]）というように、厳しく批判している。

さらには物語風に自己の俳諧観を述べた『双林寺物語』では、「支考と申せしゐせ法師」、「この支考と申せしもの、己がさかしきほんしやうにまかせて、あらぬ事ども書つゞりて候事ども多し。これ道をひろむるを名として、己が世わたるたつきのための利となせし、いやし人にて候へば」と芭蕉に語らせて、さらには、石碑を並べ権威を誇る美濃派に対して、批判的な言辞を連ねている。

以上のように、伝書を伝授したり、大仰な論を展開したり、それによって自分の勢力を拡大したり、誇ったりといった点については、蝶夢は支考と美濃派を厳しく批判しているのである。

しかしその一方で、蝶夢は支考に深い理解を示してもいる。『双林寺物語』の先の引用のすぐ後で、支考が建立した仮名碑について次のように述べている。

　其かなに書し心を思ふに、天竺の梵字を唐土の漢字にうつし、其字をこの国の大和がなに書得て、人の読やすからんためになせしものならん。

支考が創案した仮名詩は、誰でも読めるようにとの意図からなされたものであろうと、深い理解を示しているのである。これは慧眼と言わねばならない。事実支考は、「門前の姥にも聞合せて合点をせぬは俳諧にあらず」（『俳諧十論』）というように、誰にでも理解可能であり、誰でも俳諧の道に入ることができる点を、蕉風俳諧の重要な特質の一つと考えていたからである。そしてここで思い出されるのが、先に示した蝶夢による芭蕉俳諧の特質⑤である。すなわち、

⑤芭蕉の俳諧は「炭焼き男」「潮汲み女」「あやしの女童べ」にも理解でき、浸透している。

おそらく蝶夢は、これを『俳諧十論』などから受け取ったのであろう。というのは、蝶夢は、支考自身による『俳諧十論』の講義をもとに春波が著した『俳諧十論発蒙』を、明和元年と同六年の二回に渡って『去来抄』などと校合し、門人に与えているからである。(7) 蝶夢は『俳諧十論』を『去来抄』などと通じる蕉門俳論として熟読し、深く理解していたのである。

さらに『蕉門俳諧語録』には支考俳論も多く採られている点、支考著と信じていた『古今集誹諧歌解』に序文を寄せている点などからも、支考の俳論の内容に関しては、蝶夢は肯定的な点も多かったと考えてよいだろう。

以上のように、蝶夢は、支考の活動や文体については批判的だったが、教え自体については、評価すべきは評価していたのである。いや、それどころか、蝶夢の俳諧観の本質は、多くの部分で支考のそれと通じるものであった。次にそれを確認したい。

六

『門のかをり』の他、『芭蕉翁三等之文』『双林寺物語』『蕉門俳諧語録』、その他序文などから読み取れる蝶夢の俳諧観の要点は、およそ次の五点に絞ることができる。

①俳諧は「道」である。

②「俳諧の道」は、文芸に限定されず、人間の生きる道である。
③俳諧の「心」が大切である。
④「俳諧の心」とは、「まことの心」である。
⑤「俳諧の道」は、「まことの心を得る道」である。

支考俳論を読んだことのある者なら誰でも分かるが、このうち①〜③は、支考と全く一致する。①は、『俳諧十論』「第二俳諧の道」で説かれている。②の「思想としての俳諧」は、『俳諧十論』『為弁抄』などで展開される支考の基本概念である。③は、『俳諧十論』「第一俳諧の伝」で、それまでの俳諧は滑稽の心を伝えず、芭蕉に至って初めてそれが具現したと述べている。これらをまとめて、『俳諧十論』などで支考が説く俳諧観を要約すると次のようになる。

芭蕉の俳諧は、それまでの「おかしみ」主体の俳諧と隔絶しており、幽玄（風雅）の俳諧である。それは芭蕉以前の俳諧に欠けていた「俳諧の心」の具現であり、それによって初めて俳諧は「道」となった。その意味で芭蕉の俳諧は「心の俳諧」である。「俳諧の心」とは「虚実自在」の心（囚われない自由自在の心）である。そしてそれは、文芸に限定されず、「日常を生きる人間の心」である。それは、時宜に応じて状況に自在に対応できるという点で、儒仏老荘思想以上の「日常を生きる人間の生きた思想」（世法）なのである。

これが『俳諧十論』で支考が展開している俳諧の本質である。さらに支考は、『為弁抄』などで、日常生活における「俳諧の心」の効用を、「人情」を基にした「人和」を成立させるものとして具体的に説いている。

このような俳諧観は、早くに『続五論』で引用された芭蕉の言葉に象徴されていた。

俳諧はなくてもありぬべし。たゞ世情に和せず、人情に達せざる人は、是を無風雅第一の人といふべし。

そして自身の言葉として、端的にこう述べている。

言葉はかりのものなれば、心のをき処風雅ならんこそ風雅の人とはいふなれ。

文芸作品や活動としての俳諧はなくてもよい。ただ人情に通じ、人和を保つ心、そこに心をおくことができる人が「風雅の人」だと述べているのである。

このような支考の考えが、蝶夢の俳諧観（特に①〜③）と通じるものであることは明らかであろう。冒頭で紹介した蝶夢が風葉に語った言葉をもう一度思い出しておきたい。

句の拙きをはづべからず。心の誠なきこそはづかしけれ。

支考が深く共鳴し、展開した芭蕉の俳諧観を、蝶夢も深く受け止めていたのである。支考が決して「まことの心」と言わず、蝶夢が決して「虚実自在」とは言わないにも関わらず、二人の俳諧観は深いところで通じていた。ではなぜ二人が用いる俳諧用語が全く違っていたのだろうか。次にそれを考えてみたい。

七

蝶夢と支考の違いは何か。それは「俳諧の心」の説き方である。端的に言えば、用語が違う。支考は「まことの道」とか「まことの心」とは言わない。支考が一貫して説く「俳諧の心」は、「虚実自在の心」である。一方の蝶夢は、「虚実自在の心」とは決して言わない。蝶夢は「まことの心」というのである。この違いは二人の資質にもよるが、最大の理由は、二人の置かれた時代とその状況によるものだろう。

先に見たように支考は、芭蕉俳諧がまだ十分普及していない時代に、それを喧伝、普及させることを使命としていた。したがってまず支考が説いたのが、俳諧を何のためにするのかということ（『葛の松原』）、蕉風俳諧の本質が何でありどういう利点があるのか（『俳諧十論』）ということであった。もちろん答えは、蕉風俳諧は心の俳諧であり、その心は、日常を豊かに生きる心であるというものであった。しかし人間の心の教えとしては、既に儒教も仏教も老荘思想もある。支考は、俳諧の心がそれら以上の「人間の生きた思想」を実践する心であることを説かなければならなかったのである。そのため、「まこと」のような、既に儒教や仏教で使われている言葉ではなく、全く新しい俳諧独自の用語を必要とした。それが「虚実自在」という用語だったのである。もちろん「虚」も「実」も文学用語として既に使われていたが、俳諧の心を虚実自在の心として論じたのは支考が初めてだったし、そこに込められた「虚」「実」の意味は、それまでとは全く違うものであった。

一方の蝶夢が生きた時代は、既に蕉風俳諧が既に世に広く行われていた時代である。もはやそれ以上普及させる必要もない。したがって門派も形成する必要がないし、俳諧が何の役に立つかを説く必要などなかったのである。ただ、世上に行われている俳諧は、誤った方向に進んでいるので、それを是正すべく、「真の蕉風」を説けばよかったのだ。

もちろん蝶夢には、儒仏老荘より、俳諧の心が優れていることを示す必要もなかった。というより蝶夢は、俳道と仏道も、同じ「まことの道」に入るべきものだと考えていた。したがって蝶夢の願いは、蕉風俳諧が「まことの道」であることを示し、自らと人々を「まことの道」に入らしめることだったのである。

おそらくこのような事情が、二人の用語違い、心の説き方の違いとなったと考えられる。

さらに付言するなら、支考が「七名八体」などの作句法を説いたのに対して、蝶夢はそれにほとんど関心を払わなかったということである。

俳諧の句案じ方の事、芭蕉翁没し給ひて後に、門人の誰かれ、をの〳〵その門をたて流をわけて教ゆる著述の書、まことに牛も汗し棟までも充るがごとし。これみな、かたみに彼をそしりわれを賛て、風雅のこゝろざしをうしなふ事、血を以て血を洗ひ、汚るゝ事益《ますます》はなはだし、（『門のかほり』）

蝶夢にとって、「案じ方」などは、むしろ流派意識を生む元凶に見えたのである。

古老もおもひよりてにや、其角に八条目、嵐雪に拾七ヶ条、露川に名目伝、支考に七名八躰、許六に三躰、野坡に二十一品、土芳に『わすれ〔水〕』等の教かたの書、数ゆるにいとまなし。皆己〳〵のこのむ所にして、さまで是非の論なかるべし。（『門のかほり』）

今日残っている美濃派伝書の多くは、発句や付句の案じ方、七名八体や、切字のことなどまさに「俳諧の句案じ方」を説く。句の巧拙ではなく「心のまこと」を重視した蝶夢には、それらは無用のものだったのである。(8)さて、以上のように、蝶夢と支考は、表面上は説くところに様々な違いがあり、俳論においても用語も全く違い、何より蝶夢自身が支考の影響を全く明言せず、むしろ厳しく批判しているけれども、蝶夢の芭蕉観、そして蝶夢自身の俳諧観の核心は、深いところで支考のそれと通じていたのである。それどころか、これまで見て来た通り、蝶夢はその俳諧観の核心を、支考から受け継いだとさえ言ってよいのである。ただし、支考が素人をこの道に入らしめんとして多くの言葉を費やし、美濃派を拡大し蕉風の普及発展に努めたのに対し、ただ「まことの道」とだけ説き、門派を形成しなかった蝶夢は、支考から俗臭を取り除き、より洗練した形で「俳諧の心」を説いた、と言うことが出来るのかも知れない。

八

支考の芭蕉入門は元禄三（一六九〇）年、芭蕉晩年である。この時期の芭蕉は、文芸としての俳諧ではなく、もっと大きな人生観（世界観、宇宙観）を説いていた。それは、「造化にかへれ」や「風雅の誠」などの教え、「眼前」や「軽み」の手法などを発展させたものであったが、支考がそこに惹かれて入門したことは既に見た通りである。

しかし支考が特異な存在だったという訳ではない。本章でも触れた丈草、「飾り無く巧み無く、突然として頓に出て、思慮を煩はさざる」（『二葉集』原漢文）と説いた惟然、「其場を迯《のが》さず其儘《そのまま》」（『許野消息』）と説いた野坡などは、みなそのような晩年の芭蕉に引き寄せられた門人たちであった。それを各人が各様に会得して実践したのである。支考もその中にいた。そしてその中で支考は、自分が受け止めた「蕉風」を俳論として論じ、美濃派を形成し蕉風俳諧を普及させた。その時の鍵概念が「俳諧の道」と「俳諧の心」であり、それを「虚実」という用語で展開した。その鍵概念を「まこと」という用語で受け止めたのが、蝶夢だったのである。蝶夢は支考が使わなくなった芭蕉の「まこと」という語を使用することによって、芭蕉から晩年の芭蕉に共鳴した門人たち、とりわけ支考を媒介して蝶夢へと連なる、俳諧における「まことの心」の系譜を逆に浮き彫りにしてくれているのである。

注

（1）「蝶夢研究」（お茶の水女子大学国語国文学会「国文」二号　昭和二十九年六月）

（2）田坂英俊「風葉作『蝶夢訪問記』」（「連歌俳諧研究」八十三号　平成四年七月）

（3）小林時造「『蘭亭遺稿』に関する一考察——加藤歩簫と五升庵蝶夢との関わりを中心にして」（岐阜市県歴史資料館報二十五　平成十四年三月）

（4）引用は『蝶夢全集』（前掲）による。ただし芭蕉の文章箇所を続けて引用した。なお、本書における蝶夢の引用は全てこれによる。

（5）高木蒼梧『義仲寺と蝶夢』（義仲寺史蹟保存会　昭和四十七年十一月）

（6）注5に同じ。

（7）岐阜県図書館本が明和元年写の系統、佐々醒雪旧蔵本が明和六年の写本本文を伝えるものである（俳文学会第六七回全国大会（平成二十七年十月十一日）にて「蝶夢校『俳諧十論発蒙』二種」と題して口頭発表した）。

（8）ただし『門のかほり』には、「七名八体」のうち「時宜」を除く七体（「天相」は「天象」とする）があげられており、「右の数条は、芭蕉門の俳諧の道に遊ぶ童子の指南の為に、管見を書つくる物にして、他門の人の見ん事をはづ」と述べられている。

第Ⅲ部　美濃派の研究

ここまで、第Ⅰ部で支考という人間、第Ⅱ部で支考俳論を私なりに論じてきた。これまでの先入観や誤解を解き、実像に近い支考と支考俳論を描けたのではないかと思う。そこで第Ⅲ部ではその支考が創始し、蕉門最大勢力を誇り、現代まで続く美濃派について見てみたい。

一口に美濃派と言っても、様々な観点から様々な分析が可能である。ここでは、美濃派を創始するにあたって支考が作り上げた仕組みに注目したい。美濃派はたまたま勢力が大きくなった訳ではないし、たまたま長く続いたのでもない。大袈裟に言えば、そこには支考の周到な戦略があった。日常を生きる人和の心を求めた支考にはやはり人間の心というものが、よく分かっていたのであろう。

第一章　美濃派の教え――支考のメソッド

一

これまでの論述の中で、支考は一方で極めて抽象度の高い本質論をもち、また他方で極めて卑近なたとえ話や具体的な方法を提示していることに気付かれたと思う。それが支考の方法なのである。

例えば『俳諧十論』は非常に抽象度の高い本質論である。それに対して、十論講（支考自身による『俳諧十論』の講義）を基にした『為弁抄』には、『論語』における孔子の言動など、具体的なエピソードが満載である。抽象度の高い本質論は、今でこそ衒学的だと批判されているが、当時はむしろ多くの人々の知的好奇心を大いに刺激するものであった。しかしそれだけでは多くの人の心を惹き続けることはできない。その抽象的で難解そうなことが自分にも出来たという達成感が必要である。支考はそれがよく分かっていた。だから、例えば連句の初心者用に、誰でもすぐに使えるマニュアルを作り出した。それが「七名八体」である。評判の悪い支考にあって、これだけは高く評価されており、現代でも十分使える優れたものである。

ここではそのような支考が作り出したマニュアル・コツ・ノウハウについて明らかにしてみたいと思う。既に詳しく考察したものも含まれるが、支考が作り出したマニュアル・コツ・ノウハウを一通りまとめることに意味があると考え、省略せず採り上げた。

二

支考はコツを教える名人だった。コツとは、意識を置くべきポイントであり、そのポイントとポイントを結ぶ道筋である。そして優れたコツは、特殊な個性や才能に限定されない普遍性を持つ。

美濃派が勢力を拡大できた理由の一つに、巧みな組織作りとその運営方式が挙げられるが、それについては次章以降で見るとして、もう一つ忘れてはならないのが、支考が提供した数々のコツなのである。もし俳諧に高い文学性や芸術性だけを求めるのであれば、コツや初心者用ハウツーものは不要である。むしろ害があるといってよい。もちろん支考は、そんな価値観をもってはいなかった。支考にとっては、どんな人でも誰でも十分楽しめることが大切だったのである。例えば連句を巻くとき、初心者は「自分の思うように自由に作っていいですよ」と言われても、どうしていいか分からず戸惑う人も多いだろう。そこで支考は、七名八体というコツ（マニュアル）を発明した。これは前句のどこに目をつけて、そのように付け句を作ってゆけばよいかを具体的に教えてくれるものである。初心者にしてみれば、自分がうまくできなくて、その場が滞ってしまうことが恐ろしい。この七名八体は、そういうときの大きな助けとなるのである。

七名八体をはじめとする支考が考案した数々のコツは、才能も知識も教養もない大量の素人が、俳諧の世界に足を踏み入れる第一歩のハードルを非常に低くした。これは、美濃派が大量の素人の取り込みに成功した大きな理由の一つである。俳諧を文学性・芸術性の頂点からではなく、裾野からみる俳諧観を提示し、そこから生み出された誰でも使えるコツを開発し、大量の素人を俳諧の世界へと誘った支考の試みは、もっと評価されてよいのではないだろうか。なぜなら、そのような視点が、従来の近代的文学観・芸術観によって構築された頂点中心主義の俳諧史を、普通の人が日常生活を生きる力を支える思想、文化史としての俳諧史への再構築を可能にするものだからである。従来の俳諧史では、現在でも大量に残っている美濃派の俳書、月並俳諧、明治の旧派の俳諧は、評価されない。芭蕉、蕪村、一茶、子規、虚子といった頂点から見ると、文学性、芸術性に乏しいとみられてしまっているからである。しかし、それほど多くの人が俳諧を嗜み、膨大な作品を残しているということは、俳諧にはそれだけの人を惹きつける力があったと考えることもできるはずだ。日常生活の中で俳諧を嗜むことが、どれほど多くの人の人生を豊かで楽しいものにしたか。そのように考えるとき、美濃派の俳書や月並俳諧は、俄然これまでとは違った価値を帯びてくるのである。

三

芭蕉は、弟子を指導するときに、一般に待機説法といわれる指導法、つまりひとりひとりの個性やレベルをよく見て、それに合った指導をしていたことを去来が証言している。

去来曰、「先師は門人に教給ふに、或は大に替りたる事あり。譬《たと》へば、予に示し給ふには、「句〳〵さのみ念を入るゝものにあらず」。又、「一句は手強く、俳意慥《たしか》に作すべし」と也。凡兆には、「一句僅《わづか》に十七字、一字もおろそかに置べからず。はいかいもさすがに和歌の一体也。一句にしほりのあるやうに作すべし」と也。是は作者の気姓と口質に寄りて也。悪敷《あしく》心得たる輩は迷ふべきすじ也。同門のうち、是に迷ひを取る人も多し」。（『去来抄』）

ときに人によって正反対のことを教えることもあるこの指導法は、お互い信頼関係が構築されている少人数で、かつ師匠も弟子も相応のレベルに達しているときは、非常に有効な指導法である。しかし、大人数を相手にしたときや、それほど関係が深くない多くの弟子を相手にしたときには有効ではない。去来が「同門のうち、是に迷ひを取る人も多し」と言うように、不特定多数の門人に対する普遍性を持たないからである。もちろん芭蕉はこれでよかった。しかし支考はそうはいかなかったのである。

支考が美濃派の勢力を拡大していったのは、各種芸道が大量の素人弟子を取り込むべく、徒弟制度から家元制度へと変貌を遂げた時代である。支考もまた大量の素人弟子を巧みに取り込んでいった。そんな支考に求められていたのは、個性に応じた特殊な指導法ではなく、誰にでも当てはまる普遍的な指導法であり、誰にでも利用可能な普遍的なコツだったのである。

四

現代から見ても支考の作り上げた普及と上達のメソッドは、実によく考えられている。

支考は俳諧作品そのものの美的価値についてはほとんど触れない。これには功罪あるが、ここでは触れない。美的価値の代わりに支考が強調するのは、俳諧活動の人生における意味である。

支考は俳論において、俳諧とは何か、俳諧が何の役に立つのか、俳諧は何のためにするのか、俳諧にはどういう徳があるのかなどを繰り返し問う。答えは実にシンプルなものである。曰く、俳諧をやると人間関係が豊かになり人生が豊かになる。さまざまな言い方で難解な印象を与えるが、俳諧の意味はこれに尽きる。支考俳論に日常生活の具体例が豊富に用いられているのもそのためである。

支考は「俳諧をやるとあなたの人間関係、人生が豊かで楽しいものになりますよ」というメッセージと併せて、俳諧はそれほどすばらしいにも関わらず、誰でも参加可能であるというメッセージを送った。

それだけではない。そのメッセージに誘われて俳諧の世界に足を踏み入れた人々に、十分な満足感を与えるべく、組織作りと指導内容を工夫したのである。

まず支考は、美濃派に属する俳人達に、「あこがれの感覚」と「つながりの感覚」を与えた。齋藤孝も「上達を根底から支えるのは、「あこがれ」である」(1)と述べているが、支考も、美濃派俳人のあこがれの存在として芭蕉を置き、それと自分が繋がっているという感覚を与えるシステムを作り上げた。この点については次章で詳しく見るが、このシステムは同時に、横のつながりの感覚を強く与えるシステムでもあった。このあこがれとつながりの感覚が、美濃派発展の大きな要因だったのである。

さらに支考は、俳諧に参加した誰でもが簡単に句を作れる数々のコツを提供した。

これまでほとんど注意が払われたことがないが、発句でも連句でも、何に注意して、どのような順序で、どういう道筋を辿っていけば句が作れるかに関する、整理された方法論は支考以前にはなかったのである。あったのは過去の作品であり、先の芭蕉のような師匠の直接指導であり、断片的な俳話だった。誰でも利用可能なコツがありうることを支考が初めて示し、かつそれを提供したのである。

それぞれ個別にはこれまで取り上げたものもあるが、以下本書の関心から順に見てみたい。

五　俳諧は何のためにするのか――俗談平話を正す

支考は「俳諧は何のためにする事ぞや」(『続五論』)という問を繰り返し、俳諧という行為の意味付けを行った。基本的な答えは、これまで見てきた通り、俳諧をやると人間関係が豊かになり、人生が豊かになるというものだった。この答えは『二十五箇条』では、端的に標語化されている。

ある人問曰「はいかいは何のためにする事ぞや」。答曰「俗談平話をたゞさむがためなり」。

俳諧の目的は「俗談平話を正す」ことにある。実にシンプルな目標設定である。『二十五箇条』は美濃派を中心に広く普及した芭蕉伝書であるが、これにより全ての美濃派俳人は、同じ目標を持つことになったのである。当然のことながら、これは美濃派一世の芭蕉の目標でもあった（と信じられた）。(2)

第Ⅱ部第一章第三節で述べたように、「俗談平話を正す」には表裏あるが、簡単にまとめると、普段より少し繊細な感性を働かせてものを見るということであり、普段使っている言葉に少しばかり多く意識を向けるという事であり、人情の機微に敏感になるということである。これを日々の目標とする人とそうでない人とでは、言語感覚はもちろん、ものの見方や人間関係の質も自ずと違ってくるだろう。これら諸々の人生を豊かにする諸契機を、日常語に代表させて標語化した点が、支考の優れた点である。

よく美濃派は、「俗談平話を正す」の「正す」を怠り低俗に墜ちた、と批判されるが、どのくらい目標が達成できたかということはどうでもよい。芭蕉ほどには「正せない」ことは本人が百も承知である。重要なのは、具体的で分かりやすく、誰にでも実践可能で、しかもその成果が実感しやすい努力目標が設定されたということなのであり、しかもそれがあこがれの芭蕉と同じ努力目標であったということである。そしてそれが美濃派の人々に、俳諧という表現行為を実践することの意味を与えていたということなのだ。

六　誰でも実践可能というメッセージ——下学上達

次は、俳諧は誰でも実践可能であるというメッセージについてである。

しかるに俳諧といふ物は、中品以下口伝に風雅をひろめむと、中品以下の言行をもて中品以下の人をみちびかむに、何かは学びがたからむ。(略) かへすぐ〳〵も我門の学者達は、門前の姥にも聞合せて合点をせぬは俳諧にあらずと、をのが心の行過を恥べし。(『俳諧十論』)

支考は『為弁抄』で「中品以上とは或は武家の人〴〵をいひ、或は出家隠遁の人をいふべし」と説明しているので、「中品以下」とは、身分、知識、教養のない一般庶民と考えればよいだろう。和歌や連歌と違い、もともと俳諧はそのような人をこそ、風雅の世界へ誘おうとするものであり、そのためそういう人々の普段用いる言葉や振る舞いを基礎としているものである、したがって、誰にとっても難しいはずがない、というのである。流行の俳諧の中には、難解さを競うかのようなものもあるが、自分たちの俳諧はそうではない、「門前の姥」でも誰でも理解できるのでなければ俳諧ではないのだ、と。これは先に見た「俗談平話を正す」ということと見事に呼応している。

そしてこのような俳諧の基本姿勢を、支考は「下学上達」という。

此故に我翁は論語の下学上達より、中品以下に一道をかまへて、与平三蔵に風雅を導むとす。(『為弁抄』)

「下学上達」は『論語』の「下学して上達す」(「憲問第十四」)で、「低いところから学問をはじめて、より高次なものへの到達を求める」こと。(3)『新釈漢文大系一　論語』(吉田賢抗著　昭和三十五年五月　明治書院)にも「手近なことを学んで、だんだん高遠なことまで悟り得ること。孔安国は、「下、人事を学び、上、天命を知る」と注した。朱注も、「およそ下、人事を学び、便ち是上、天理に達す」といった。」と注されている。『論語』を持ち出すことによって、俳諧が「俗談平話」を扱うものであり、誰にでも実践可能であるというメッセージが、単なる人寄せのための宣伝文句ではなく、思想的な根拠を持っていることが示されているのである。以上のように、俳諧の目標（「俗談平話を正す」）と呼応する形で、それが誰でも実践可能であるというメッセージが送られたことは注目しておいてよいだろう。

七　ルールの根拠と整理——其故

さてそのような魅力的なメッセージに誘われて俳諧の世界に足を踏み入れた人々に対し、支考はまず俳諧全般の学び方を教えている。キーワードは「其故」である。これは「十論一部の大本なり」（『為弁抄』）と言われるくらい重要な概念である（「論語一部」とは『論語』一冊、つまり『論語』全体のこと）。

あなかしこ、若き人〴〵は始に五七の字数をならひて、発句の切字も附合の八躰も、さし合はかくのごとく、去きらひはかくのごとくと、例の師をえらびて其故を学べし。（『俳諧十論』）

稽古事ではまず良師を選ぶというのが基本中の基本であるが、支考はその良師から、種々のきまりやルールについて、それ自体よりも、その根拠をよく学ぶ必要を説いているのである。俳諧の式目は初心者には難しい。書物により内容も異なる。しかしそもそもなぜそのようなルールが設けられているかという、その根拠をよく知ってさえいれば、必要以上に迷うことはないというのである。

今按ズルニ、俳諧ノ式目ハ、新式ニ拠ラズ、古抄ヲ逐ハズ。今日ノ世法ニ違ネバ、其座ニ臨ミ其時ニ従ヒ、其故ヲ諭シ其為メヲ明メテ、自己ノ理屈ヲ究ザランハ、其所《ソコ》ヲ一世ノ衆議ト知リ、其所ヲ百世ノ明監ト知べ

キナリ。(『俳諧古今抄』(4))

俳諧のルール(式目)も人間社会のルール(世法)も同じである。もともとそれを円滑に運ぶためのものであるはずなのに、もしルールに囚われる余り、かえって人間関係が悪くなったり、俳諧が楽しくなくなるとすれば、本末転倒もいいところだろう。人間関係ではしばしばルールより人情が優先され、その時その場に応じた対応が求められる。俳諧とて同じことなのである。

当然宗匠はそれをよく弁えていなければならない。

詞のさし合も、物の去きらひも、其場にしたがひ、其人によりてとがむるもあり、とがめぬもあり、新式のかけたるをおぎなふ時あり、古式のかたくなるをためる時あり。これらをおほやけの私といひて、其才にたえざれば人も感ぜず、其和をそなへざれば人も信なし。さらば此理を先につたへて其式を後にまなびなば、はじめて宗匠の名はよびぬべし。(『俳諧十論』)

俳諧の本来の目的、意義をよく知っていれば、優先順位はおのずと決まってくる。最も重視すべきはその場の「和」である。「時宜」をわきまえずルールを絶対視して「和」を壊すようでは、宗匠失格である。もちろん支考は、『二十五箇条』をはじめとした伝書類や『俳諧古今抄』において、蕉門の式目を分かりやすく整理している。その上で、それに囚われないこと、あくまで「其故」をよく知って、運用は臨機応変であるべきことを強調しているのである。

依るべき規範の整理とその運用法を併せて提示している支考の方法は、学ぶものを迷わせないための方策として、非常に有効であったといえるだろう。

一般的な俳諧の学び方の次には、さらに具体的なコツが用意されている。

八　作品作るコツその一――姿先情後、趣向先／句作後

まず発句や付句を作る時、何にどういう順序で意識を向けるかという、意識の操作法（発想の手順）である。これを「先後」という。既に明らかにしたように、支考は「先後」という発想法を発明していた。「先後」というのは、本来一つのものを敢えて二つに分け、さらにそれに優先順位をつけることによって、うまく事を運ぼうとする発想法であった。これは何にでも利用可能な発想法であるが、発句（付句）に当てはめると、有名な「姿先情後」の教えとなる。

そも俳諧の風姿・風情とは、其躰に古今の差別あれば也。古風は耳に其情を聞て、言語の上の姿をとゝなへず。今様は目に其姿を見て、言語の外の情を含む。しかれば古は情のみにして、今は姿の論とするべし。

これは『俳諧十論』「第五姿情ノ論」の冒頭である。古風の俳諧と今風（＝蕉風）の俳諧の違いを「風姿・風情」で説明しているのであるが、この「風姿・風情」というのは、既に明らかにしたように、支考の発明である。もちろん「風姿」も「風情」もそれまでに使われていた言葉であり、支考の造語ではない。しかし去来が指摘したように、発句や付句を詠むときに、それまで漠然と「風情」と言っていたものを、「風姿」と「風情」の二つに分けて考える視点を持つとよいということを初めて言ったのが支考なのであった。

ところで、支考はこの「風姿」「風情」を単に「姿」「情」とも言うのだが、この「姿」の意味については、誤

解が非常に多い。これも既に明らかにしたが、少なくとも『俳諧十論』において支考が言う「姿」は、言語によって形成された概念（意味）によって現前するもののことであって、客観物の像《イメージ》ではない。そして「情」はその「姿」によって生じ、「姿」を通して感得されるものなのである。

支考の「姿」が客観物の像《イメージ》であるという誤解を生んだのは、おそらく『二十五箇条』の次の文章のためだと思われる。

発句は屏風の画と思ふべし。己が句を作りて目を閉、画に準らへて見るべし。死活をのづからあらはるゝものなり。此ゆへに俳かいは姿を先にして、心を後にするとなり。都て発句とても付句とても、目を閉て眼前に見るべし。心に思ひはかつてするは、見ぬ事の推量なり。

確かにここで、発句は屏風の画と思へ、発句でも付句でも目を閉じてイメージせよ、と述べられている。『二十五箇条』の時点では確かに支考はこのように考えていたのだろう。そしてこの時の支考には、「言語の姿」という概念はまだない。『二十五箇条』にはそのような言語観は示されてはいない。ということは、『二十五箇条』の後、『俳諧十論』を執筆する頃までに、支考の言語観が深化し、それにともなって「姿」の意味も変容したと考えられるのである。したがって、支考の「姿情論」あるいは「姿先情後」の説を、『二十五箇条』的にのみ解し、客観描写や写生に通じる概念であるとすることには、十分慎重でなければならないのである。

さて、それはともかく、支考は、発句や付句を作るときに、ただ漠然と考えたり、直感的に作ろうとするのではなく、「姿」を先に、「情」を後にするという発想が役立つと教えたのであった。

これによく似たものに、「趣向先／句作後」という教えもある。

発句も附句も趣向は先にして、句作は後の変なる事をしるべし。（『為弁抄』）

これらの教えが有効なのは、漠然としていて捉え難く、直感に頼りやすい句作過程に、一つの道筋を付けた点である。何からどのような順序で考えていけばよいかよく分からない初心者などには、大きな助けになるだろう。支考は、漠然と直感的に作りかねない発句（付句）に対して、意識を向けるポイントが存在すること、そしてそれには優先順位があることを示した上で、誰でも簡単に句が作れる実践的な教えとして、「姿先情後」「趣向先／句作後」という道筋を示したのである。

これは、教えられるまではなかなか気づき難いが、教えられてみれば、誰にでも簡単に実践可能という意味で、まさしく優れたコツというに相応しいものである。

九　作品作るコツその二――執中の法

次は付句を付けるコツである。今見たように、基本は「趣向先／句作後」である。これを別に「執中の法」という。

附句は趣向をさだむべし。其趣向といふは、一字二字三字には過べからず。是を執中の法といふなり。（略）此法は第一に、変化のためなりと心得べし。（『二十五箇条』）

「執中の法」とは、まず最優先に意識を集中すべき最小ポイントを見つけるという教えである。もちろんそれは、一番の中心でなければならない。付句を付ける時は、一番中心となる趣向を定めることがまず肝要である。さらにその趣向は、三字以内とされる。これによって、より意識の焦点が絞れるからだろう。

されば芭蕉門に一大事の師伝あり。（略）されば、その一大事といふは趣向を定る事也。是を執中の法とはいふ也。物その中をとつて前後を見る時は、千万の数だも前後はちかゝるべし。是を暦作る家の法にはさだめおきぬ。

さればその趣向といふ時は、初鮭・有明・尾花などいひつゞけて、歌仙の三十六句より、百韻の百句に趣向を定るに、聞人は一碗の茶をも飲つくさゞるべし。しかれども、その趣向を置て、前句に対して我句を作るに、或はてにはのさし合あり、或はをのれが前の句姿を見あはせ、或は句法の死活をおもへば、句ごとにくるしき所ありて、眉をもひそめ、腸をもさきて、かくは俳諧にくるしめりとしるべし。その趣向をのみ定おきて、前句を捨て、我句の姿をつくらば、作は瓢単に駒をもおどらせて、俳諧に何のかたき事か是あらん。

（『夏衣』(5)）

「執中の法」を用いて三字以内の趣向をまず定めれば、誰でもたちどころに付句を付けられる。逆にそれをせず、前句全体を漠然と眺める人は、意識が散漫になり非常に苦しむことになる、という訳である。「趣向先／句作後」と趣向が三字以内であることを教えるのに、「執中の法」などとはいかにも大げさである。しかしそのような大げさな標語こそが、まさしく仲間内での「趣向」として場を盛り上げ、連帯感を強めることもまた、しばしばあることなのである。

十　作品作るコツその三——七名八体

さて、連句製作のコツの二つめは「七名八体」である。これは非常によく知られているものなので今更説明するまでもないが、本書の文脈に位置付けておきたい。

「趣向先／句作後」や「執中の法」は、まず趣向を定め、その後に句作を考えるという教えだったが、では具体的にその趣向をどのようにして定め、句作はどうするのか、ということが次の課題となる。それに答えたのがこの「七名八体」である。『俳文学大辞典』「七名八体」（堀切実執筆）の項で次のように解説されている。

支考の説いた連句付合の方法論。このうち案じ方の「七名」は、前句に付けてゆく趣向（構想）の立て方に関するもので、有心（略）・向付（略）・起情（略）・会釈（略）・拍子（略）・色立（略）・遁句（略）の七つを指す。また付け方の「八体」（付合八体）は、付句の句作（構成・表現）のねらいどころを示すもので、其人（略）・其場（略）・時分（略）・時節（略）・時宜（略）天相（略）・観相（略）・面影（略）の八つを指す。

引用からも分かるように、この「七名八体」も、これまで見てきた種々のコツ同様、何をどう考えてゆけばよいかという道筋を示すものである。そしてその普及を見るとき、このコツが実に有効なものであったことは、間違いない。現在でもその有効性は決して失われていないといっても過言ではないだろう。

支考の発明した手引きといえば、この「七名八体」がしばしば取り上げられるが、これはあくまで本書で見てきた種々のコツと有機的な関係を持つものである。その意味で「七名八体」も、支考の普及と上達のメソッドの中にきちんと位置付けられなければならない。「七名八体」は決して偶然の思い付きではないのである。

十一　文章を読むコツ——褒貶他

次は少し上級編を見ることにしよう。日常生活におけるコミュニケーションでは、言語の表の意味にとらわれず、裏の意味をよく知ることが重要であると支考が考えていたことは既に見たが、それは文章を読むことにおいても同様である。支考にとっては、表面上の意味に惑わされず、筆者のどのような「情」からその言葉が出たのか、その文章が意味することは何か等を柔軟な精神で読み解くことが、俳諧的な読みなのである。それを自ら実践したのが、『つれ〴〵の讃』や『論語先後鈔』である。例えば『つれ〴〵の讃』では有名な『徒然草』冒頭について、次のように注釈している。(6)

起語

「つれ〴〵なるまゝに日ぐらし、硯にむかひて心に移行よしなし事をそこはかとなくかきつくれば、あやしうこそ物くるおしけれ

注曰

此段は序分也。諸抄にさま〴〵の説あれども、すべて文字の論にして、つれ〴〵の趣意にはあらざるべし。作者は今日のさびしきまゝに此草紙など書あつめて見れば、我ながら何の埒もなくあやしう物狂ひのやうなるはと、世にいふ卑下自慢の辞なりと見るべし。作者はかく次第なきさまにいひながら、殊の外一段〳〵に次第ある事也。断続虚実の文法は殊につれ〴〵の趣なる事をしるべし。

まずこの段は『徒然草』の「起語」であると規定している。「起語」については次のように説明している。

此序は狂の一字より作者みづから君臣の道を棄て、発心の素懐をとげぬれば、人は物狂ひともいへ、心なしともいへ、たゞ此生涯の一大事をこそと、つれ〴〵一部の趣意を定たれば、序にはあやしうこそ物くるおしけれと、一部の言語を会釈したる也。世に人ありて、我は狂人なりといはむに、誰かは君臣の不忠をたゞし、言語の不当をにくむべきや。狂の一字は文章の楔《クサビ》也。

おおよそ現代語訳してみると、次のような感じだろう。

自ら君臣の道を捨てて発心の本懐をとげたことは、他人が何と言おうと、自分にとっては生涯の一大事なのであり、それが『徒然草』の趣旨であることをこの序段で規定しているのだ。人は、「私は狂人だ」というものに対して君臣の不忠を糺したり、言葉の不適切なことを非難するだろうか、そのことが分かっていて、兼好はこの「狂」の一字を文章の「楔」として打ち込んだのである。

文考はここで、『徒然草』全体における「序段」の意味付けを行い、さらに「狂」の字が非常に効いていると指摘しているのである。そして一つ前の引用、序段に対する注釈では、これまでの注釈書が全て語釈であって、『徒然草』の趣旨を説き明かせていないこと、ここの「あやしうこそ物くるおしけれ」は、卑下自慢と受け取るべきこと、兼好は「心に移行よしなし事をそこはかとなくかきつくれば」と順序が無意味であると言っているが、本当は一段一段の順序には意味があることを述べている。

以上のように、文考は、それまでの注釈書と一線を画し、章段全体の意味、章段の『徒然草』での役割と位置づけ、文章中で作者が言わんとしていることを読み解くような注釈書をひとりで完成させたのである。

『つれ〴〵の讃』はこのような調子で、『徒然草』全章段を注釈してゆく。しかしこのような文章の読み方は、何の手がかりもなく誰でもできるという訳ではなく、注釈者の力量にかかっている。そこで支考は、文章分析に役立つ十三個の分析用語を編み出した。すなわち、「起語」「結語」「趣意」「諷詞」「褒貶」「賊意」「模様」「あやかし」「ちらし」「遁場」「断続」「虚実」「変化」である。

例えば「褒貶」について支考は次のように説明している。

　褒貶は作者の意也。（略）物にむかしをほむる事あらば、かならず今をそしれりとはしるべし。おほむね一部の褒貶は結語の手尓波を見とがむべし。或は西行の鳶のごとき、或は資朝の犬のごとき、一段〳〵の抑揚をしるべし。諷詞と褒貶のさかひは殊に注者の眼力也。

当該の文章で昔はよかったと述べていれば、単に字義通りの意味だけではなく、今は良くないということを含意しているということを読み取らなければならない、というのである。その手がかりになるのが、「手尓波」や「抑揚」などであるという。

このような形で支考なりの俳諧的読みを示しているのが、『つれ〴〵の賛』なのである。独特の分析用語を用いた読みは、そうは言ってもこれまでのコツとは違い、誰にでも簡単に利用できるものではない。しかし文章の読みというものに方法があることを示し、それを十三個の分析用語によって実践して見せた点で、これまでの支考の方法と軌を一にするものである。ただこれは、その後利用するものが誰も現れなかったほどに、上級編なのであった。

支考独自の分析用語は、残念ながらその後だれにも継承されなかったが、『つれ〴〵の賛』は、従来の考証とはまったく違った、自分の「読み」を示す注釈方法があるのだということ、そして文章には読み方があるのだということを多くの人に教えたのであった。

最後に、俳諧を嗜む者の日頃の心がけについて見ておきたい。

十二　日頃の心がけ

始めにみたように、俳諧が「中品以下の言行」を基礎とし、「俗談平話を正す」ことを目標とするものであり、俳諧をやると人生が豊かになるとする美濃派では、日常生活そのものが俳諧であると考える。人間関係や、日常の会話にも繊細でなければならない。これまで何度か引用した次の文章などは、俳諧を嗜む者の日頃の心構えを説いたものとして読むことができる。

たとえば、明くれあそびに来る人に、お出か、あがり給へといはむに、いふ人の顔つき、声のすみにごりにて、あがれとおもふ時も有。あがるなとおもふ時もあるべし。いふ人もいはるゝ人もかはらず、詞もおなじことばなるに、得失是非のたがひあるは、是さしあたりたる気変也。しかるを、あがれといふは、いつもあがりて、たばこ吸ふ事とのみおぼえたる人は、俳諧のみにはあらじ、仕官商買の道にも心もとなし。(『続五論』)

俳諧上達のために日頃から注意が必要なのか、日頃の会話や人間関係を豊かにするために俳諧をやるのかは別として、俳諧を学ぶ者は、言葉の表面的な意味にとらわれず、その真意を読み取る繊細さがなければならない。そのためには人情に精通する必要があるというのである。

『為弁抄』などで支考が繰り返すように、俳諧においても人生においても最も重視すべきは「人和」であり、その根本である「人情」なのである。このようなメッセージにより、俳諧を学ぶ者は、人情に敏感であろうとし、言葉に繊細であろうとするだろう。常日頃から俳諧を意識し、それを学ぶ者としてふさわしい態度を取ろうと努力するのである。常々それを意識するのは、何事においても上達を助ける有効な手段である。

俳諧をやると人生が豊かになるという俳諧の大きな目的を、日々の小さな出来事の中で実感できることは、非常に重要なことなのである。

十三　おわりに

以上のように支考の提示したコツを見てくると、支考がシステマチックに普及と上達のメソッドを考えていたことが分かる。

それは俳諧という行為の意味に始まり、具体的な努力目標を設定し、かつそれが誰でも参加可能であることを示し、俳諧の学び方、発句を作るコツ、付句を作るコツ、文章を読むコツを教え、日常生活のすごし方に示唆を与える。そして美濃派という組織は、あこがれとつながりの感覚が得られるシステムになっている。

美濃派というシステムと支考が作り上げたメソッドは、多くの人々の興味を俳諧に向け、かつ参加者には十分な満足感を与えるものだったのである。

もちろんそこで作り出される作品は、芸術作品という視点から見れば、ほとんど評価に値しないものも多かったのかもしれない。しかしそれを俳諧活動という文化的視点から見れば、一部の才能有る人に限定せず、誰でもが俳諧に参加し楽しめるシステムとメソッドを作り上げた意味は大きいと言わなければならないだろう。

注

（1）『「できる人」はどこがちがうのか』（平成十三年七月、筑摩書房）

（2）『二十五箇条』は支考が伝えた美濃派伝書であるが、実際には芭蕉の教えを端的に述べた書として、美濃派以外にも広く普及した。

（3）吉川幸次郎『論語　中』（前掲）。

（4）引用は架蔵の版本による。

（5）引用は愛知県立大学図書館蔵の版本（027/150/1）による。

（6）引用は架蔵の版本による。

第二章　美濃派を支えたもの――美濃派とつながりの感覚

一

元禄七（一六九四）年十月芭蕉が逝った。死の床で彼は、「芭蕉」亡き俳壇が如何なる展開を見せると予想したのだろうか。

師末期の枕に、門人此後の風雅をとふ。師の曰「此道の我に出て百変百化す。しかれども、その境、真草行の三つをはなれず。その三つが中にいまだ一二をも不尽」と也。生前おり〳〵のたはむれに俳諧いまだ俵口をとかずとも云ひ出られし事度〻也。（『三冊子』）

病床で今後の俳諧について問われた芭蕉は、俳諧にはまだまだ未知の可能性が残されている、今後の変化など誰にも分からない、そう答えたのである。常に新風を求め、次々と俳風を変え、俳諧の新しみを追求し続けた芭蕉にしてみれば、蕉風が完成したという意識もなかったし、今後のことなど全く分からなかったのである。ただはっきりしていたのは、「新しみは俳諧の花」（『三冊子』）、俳諧が俳諧である限り、常に新しみを求め続けなければならない宿命にある、ということだけだった。(1)

二

事実、芭蕉の死後三年にして、早くも新風が旗揚げされる。主役は其角一派。岩翁『若葉合』（元禄九（一六九六）年）、其角『末若葉』（同十（一六九七）年）が相次いで刊行されたのである。これは約二十年前の芭蕉一門の江戸での旗揚げの書『桃青門弟独吟二十歌仙』（延宝八（一六八〇）年）に倣ったものである。(2)

さて、その其角一派と沾徳一派が交流を深め、洒落風と呼ばれる新風が江戸俳壇の主流となる。其角、沾徳没後はそれが、比喩俳諧を標榜する沾洲へと受け継がれるが、もちろんこれらの主役交代が平穏に進んだ訳ではない。宝永四（一七〇七）年に其角が没した時は、江戸俳壇復権を目指した調和一派（化鳥風）が洒落風を批判し、沾徳没後も、沾洲と沾涼の主導権争いが演じられた。彼らの特徴は、新しみ、変化を求め、有力な俳人を中心としたグループを形成しては分裂再編を繰り返すというものであった。(3)

このような江戸俳壇の動きに対し、地方にあってただ一人、彼らと正反対の動きを見せた男がいた。支考である。江戸の俳人達がポスト芭蕉の新風を求めた時、支考の心は、芭蕉俳諧の説明普及と芭蕉追善にあった。支考は、未来ではなく、芭蕉という過去を志向していたのである。

また、江戸俳壇がグループの再編を繰り返し、組織作りにも後継者育成にも関心を示さなかったのに対し、支考は、確固とした組織を作り、後継者の育成に積極的に取り組んだ。

もちろん、それまでの俳諧史や冒頭で述べた俳諧の宿命から言って、江戸俳人達の動きこそが至極当然のものだったのである。支考が逆行したのだ。だが、時代の理は支考にあった。

三

西山松之助によれば、十七世紀後半に成立した諸芸道の世界は、十八世紀に入ると大きな変革を迎える。家元制度の成立である。[4]熊倉功夫は、この家元制度成立の条件として、大量の素人弟子の存在と、型の文化として規格化、商品化されることをあげ、十八世紀にまさしくこの条件が整ったとしているが、[5]美濃派という組織も、まさしくこの二つの条件を見事に満たしているという意味で、時代を生きていたのである。[6]

野田千平は、支考の俳壇経営の手法に、既成俳壇の再編と新俳壇開拓の二面があったことを指摘し、後者にこそ支考の「出番があった」としている。[7]また野田は、本拠地美濃において、素人同然の「新人」を結集して獅子門が誕生した様も明らかにしている。[8]

支考は見事に素人を取り込んだのである。素人取り込みに際し支考が巧みだったのは、まず、蕉風俳諧（美濃派）が、誰でも参加可能だというメッセージを送ったことである。蕉風は才能を選ばない。人を選ばない。いやむしろ身分も知識も教養もない普通の人をこそ風雅の世界へ誘うのが、蕉風俳諧の優れた点であると主張したのだ。曰く「下学上達」。

また支考は芭蕉の言葉として、「俳諧は老後の楽しみ」という言葉を伝えている。

さらに支考は、メッセージだけでなく、そのマニュアルも提供した。その代表が「七名八体」である。連句製作において、現代でもこれほど便利なマニュアルはないだろう。これを使えば、誰にでも最低限合格の作品が作れてしまうのである。

自由に自分の個性を発揮し、過去を乗り越えた優れた作品を作り上げてゆく一部の才能を除いて、多くの素人達は、ある種の規範性を必要とする。「型の文化」である。西山松之助は、型について次のように述べている。(9)

芸の道というものが、多くの人たちによる文化社会として成立してくるときに、芸道という文化社会が成立してくる。そこにこの型というものが大きく確立されて、そして規範性を持ち、拘束性を持つ文化にまで定着してくることになったと考えられる。

四

美濃派も芭蕉を権威とし、その境地に通じる道を型の文化として創出していた。例えば床飾りに始まり、俳席での種々の決まりごとがある。とくに正式俳諧においては、作品の出来よりも、これらの儀式性が重視される。それだけではない。美濃派では実に多くの要素が、美濃派文化創出に寄与しているのである。

まず美濃派の俳書は、一見してそれと分かるほど似ている。字体も支考を真似たものである。また彼らが使う「虚実」や「俗談平話」などの語は、支考（美濃派）用語といってよい。実作の場においては、みな「七名八体」を用いる。

つまり彼らは、同じ字を書き、同じ言葉を使い、同じ体裁の本を出した。また、同じマニュアルによって作品を作り、同じ儀式性を共有した。そして同じ価値観を持っていたのである。これが美濃派という文化を支えていたのであり、そこにはある種の共同体意識、「つながりの感覚」があったのである。

今、同じ価値観といったが、同じ価値観とは芭蕉である。これが縦のつながりの感覚（あこがれの感覚）を支えている。地方俳人がその地の地方宗匠と繋がっているのは当然だが、重要なのは、その地方宗匠が確実に中央道統と繋がっているということである。それは俳風といった抽象的なものではなく、三点セット（文台、三類図、伝書）の伝授により、誰にでも目に見える物によって、正式に宗匠位を印可されているということである。[10] しかも道統は、しばしば地方へ行脚してくれるという念の入れようである。さらにその道統は、正当な道統継承者であることによって、支考へと繋がり、芭蕉へと繋がっている。つまり美濃派というシステムは、地方宗匠から道統―支考―芭蕉へという繋がりの感覚を与えるシステムになっているのである。

また先に述べたように、美濃派は芭蕉追善興行を盛んに行う。これに参加することは、とりもなおさず、自分が芭蕉と繋がっているという感覚を持つことに他ならない。

美濃派の勢力拡大を考える時、いわゆる傍流美濃派と言われる俳人達を忘れてはならないが、彼らが受け入れられたのも、彼らの俳話や秘伝が、芭蕉や支考を理解することに繋がると信じられたことが大きい。

これはそのまま横の繋がりにもなる。例えば芭蕉追善集の出版にあたって諸国から句を集めたり、例えば越後の葉圃の五十歳を賀して『とし祝』が出版された折には、道統廬元坊の周旋により、諸国の美濃派俳人が祝儀の句を送っているのである。[11] あるいは、地方同士の直接の繋がりもあったようである。[12]

以上のように、美濃派という文化は、あこがれと連帯感によって支えられた、繋がりの世界だったのである。もちろんこのような世界が圧倒的な支持を得たのは、支考の巧みさと同時に、先に見た、素人弟子の大量発生という時代背景があったからに他ならない。

五

もう一つ重要なのは、美濃派が、人を生かし育てるシステムを持っていた点である。

美濃派は、それぞれの地方ごとに地方宗匠を置き、美濃派という看板、経営ノウハウ、伝授内容がきちんと伝えられる。その上で歴代道統の行脚や書簡による、きめ細かな指導がある。だからこそ、作風やレベルに多少の違いがあっても、どの地方へ行っても「美濃派」なのである。その前提の上で、あくまで地方俳壇の経営は、地方宗匠に任されているのである。

同様のことは、本拠地美濃についても言える。例えば『国の花』について野田千平は次のように述べている。[13]

本集は美濃十一郡四十一ヶ所を十二人の編者が分担して各一巻ずつまとめたもので、支考自身もその一人であると同時に監修者でもある。各巻は統一された構成ではなく、俳壇の勢力と編者の腕にまかされているので内容はさまざまである。

美濃派という文化において、この懐の広さを忘れてはならない。

また支考は、まだ自分の影響力の強いうちに、盧元坊を自分の後継者に指名し、強力にバックアップしている。支考には、道統としてふさわしくなるためには、自分のバックアップと共に、それ相応の時間と経験が必要であることが分かっていたのだろう。ここにも、支考の後継者、指導者を育てようとする姿勢を見てとることができるのであり、この姿勢はきちんと盧元坊にも受け継がれてゆく。

六

享保十六年、江戸俳壇に一つの事件が起こる。柳居らの『五色墨』刊行である。楠元六男はこの書を、「江戸における特殊なプロ俳人グループに所属していない」素人俳人たちによるものであり、「一定した作風でもって、俳壇刷新をねらうような俳書ではなかった[14]」とした上で、「素人の側から、俳壇の秩序を相対化した俳書として」その俳諧史的価値を強調している。[15]もはや新風争いは限界に来ていたのである。この書、とりわけその中心の柳居を「かなめ」（楠元）として、江戸と美濃派が繋がる。そして古文辞学派の影響等による復古の機運にも乗って、全国に蕉風復興運動が巻き起こってゆくのである。

おそらく美濃派・伊勢派が地方俳諧としてのみ存在したとするなら、それだけで終わったものと考えられる。美濃・伊勢両派ともに、都市とつながることによって、爆発的な影響力を手中にすることができたのである。[16]

俳諧史に逆行した支考、美濃派であったが、決して時代に逆行した訳ではなかったのである。かくて美濃派が俳壇を席巻するに至る。

注

（1）　堀信夫「俳諧と新しみ」（前掲）。
（2）　石川真弘「元禄後期の江戸蕉門の様相――享保俳諧史序章――」（『橘茂先生古稀記念論文集』（昭和五十五年十一月）『蕉風論考』（平成二年三月　和泉書院）所収）。
（3）　芭蕉死後の江戸俳壇の動きについては、注2の他、楠元六男『俳諧史のかなめ　佐久間柳居』（平成十三年十月　新典社）など参照。
（4）　『家元の研究』（前掲）参照。

(5)『日本の近世11』(平成五年二月　中央公論社)。
(6)注4によると、「諸流家元鑑」に美濃派の名も挙がっているという。
(7)「伊勢の支考か美濃の支考か」(「金城学院大学論集・国文学編」三十一号　平成元年三月『近世東海俳壇の研究』(平成三年一月　新典社) 所収)。
(8)「美濃派歳旦帳――獅子門の誕生」(「金城国文」六十七号　平成三年三月『近世東海俳壇新攷』(平成十四年十一月　若草書房) 所収)。
(9)『芸の世界――その秘伝伝授――』(昭和五十五年三月　講談社)。
(10)道統から直接伝授されない場合でも、地方宗匠継承には、道統からお墨付きが与えられた。
(11)注3『俳諧史のかなめ　佐久間柳居』。
(12)井上隆明『東北・北海道俳諧史の研究』(平成十五年六月　新典社)。
(13)注7に同じ。
(14)注3『俳諧史のかなめ　佐久間柳居』。
(15)『五色墨』と時代」(「都留文科大学国文学論考」二十七　平成三年三月『享保期江戸俳諧攷』(平成五年五月　新典社) 所収)。
(16)注3『俳諧史のかなめ　佐久間柳居』。

第三章　美濃派の継承と断絶――何を伝え何を伝えなかったか

一

俳諧史における支考の功績は二つある。一つはそれまでの誰よりも踏み込んだ俳諧本質論を展開したことである。これは第Ⅱ部で見た通り。もう一つは、美濃派という俳諧史上最大の勢力を築いたことである。これについては第Ⅲ部で今考察しているところである。もちろん両者は密接な繋がりをもつが、むしろ興味深いのは、それぞれの側面における支考が、非常に違った特徴を見せることだ。

本稿では、二つの側面をもつ支考から盧元坊、盧元坊から五竹坊へと道統が継承され、美濃派の基礎が形成されてゆく中で、何が伝えられ、何が伝えられなかったのか、そしてそのことが俳諧史に何をもたらしたのかを明らかにしたい。

二

まずは支考の俳諧本質論の特徴を確認しておきたい。三つある。

一つは、これまで詳しく見てきたように、支考の説く「俳諧」は「文芸としての俳諧」ではなく、「思想としての俳諧」であったということである。その本質は「心の俳諧」ということであり、それは、ごく普通の人が日常の人間関係を豊かに生きる力としての「虚実自在の心」として展開された。それまで誰も語ったことがない俳諧の本質を、誰もが知っている言葉を使い、さらには「論」の文体を駆使し、儒仏老荘を引き合いに出しながら構築されたその本質論は、非常に難解なものとなってしまった。これが特徴の第一である。

支考の俳諧本質論の第二の特徴は、大西克礼が指摘したように(1)、「不易流行」を全く論じないということである。『俳諧十論』や『為弁抄』には、一度も不易流行が出てこないのだ。もちろん偶然ではない。詳しくは別の機会に譲る他ないが、第Ⅱ部で明らかにしたように、支考の本質論は、虚実の変化論を「道理／理屈」の構えで論じるという構造をもっており、原理的に不易流行が入り込む余地がないのである。ともかくここでは、支考の本質論には不易流行の問題が出てこないという事実を確認しておきたい。

支考の本質論の第三の特徴は、それに触れる機会が多くの俳人に与えられていたことである。本質論は公開されていたのだ。『続五論』も『俳諧十論』も版本として出版されている。『俳諧十論』に至っては、支考自らが各所で講義を行っている。この十論講の聴講も特別な俳人に限定されたものではないし、何より『為弁抄』として出版されているのである。もちろん出版されたからといって、誰でも読めたというわけではないが、それでも『二十五箇条』の伝授やその口伝が特別に選ばれた俳人に限定されていたのと比べると、格段の差があるといってよい（その『二十五箇条』も、写本としてかなり広く読まれたし、支考の死後出版もされた）。

以上述べたように、支考の本質論は、思想として展開されたため、抽象的で難解なものとなった。それは虚実の変化論を中心とし、不易流行を全く問題にしない本質論であり、多くの読者に向けて公開されていたのである。

三

ではもう一方の、最大勢力美濃派を作り上げた俳壇経営者としての支考はどうか。ここでの支考は、今見たのと正反対の特徴を見せる。すなわち、徹底して発句や連句作品を巡って具体的であり、不易流行も語った。しかもそれらは、ごく限られた特別な俳人に限定されることもあったのである。

既に明らかにされているように、支考の俳壇経営の手法は三つある。[2] 一つめは、地方の有力俳人に、文台、三頫《ちょう》図、伝書の三点セットを伝授するということである。これにより、美濃派はいわばフランチャイズ制を確立することになる。ここでフランチャイズ制というのは、美濃派の看板（権威）と、経営ノウハウ（三点セットや口伝の伝授など）を地方の有力俳人に伝授し、その俳人を中心に地方俳壇が運営されるという意味である。[3] 美濃派はこのような方式をとることによって、全国組織を築くことが可能になった。もし支考が、自分の俳諧観をよく受け継ぐ者だけを宗匠として認可していたら、今日の美濃派はなかったと言っても過言ではあるまい。

このような経営方式が、後で取り上げる酒田美濃派のように、道統以外から伝授された三点セットによって運営されるという現象を生み出すことにもなるのだが、それは後で述べることにして、支考が作り上げた美濃派の経営システムは目に見える具体的システムであったということを確認しておきたい。

さらに伝書の内容も、これまた抽象的でもなければ本質的でもない。次に引くのは秋田県由利美濃派（梅林舎）に伝来する『俳諧如省式』である。[4]

第十　道理ト人理

梅が香にのつと日の出る山路かな

菊の香や庭にきれたる沓の底

梅は旭の場に向て仁徳を発し、菊は陰をやしなつて徳をかくせり。是を天地の道理とは云へり。

ここで注目したいのは、支考の解説が具体的な句を巡ってなされている点である。例えば「風雅ノ道理」を

「そも〳〵道と徳との名は、天命の理の躰用にして、此理をもて道のおこる所をしり、此理をもて徳のよる所をしれば」云々と解説する『為弁抄』と比較すると、その差は歴然としている。

あるいは、支考が有力俳人に伝授した『二十五箇條』の口伝も実に具体的な内容を持っている。

第十一ケ條　糸桜ノ事

右は猿みの集に糸さくらを花の座に出せり。例のさくらにあらず、桜にあらざるにもあらずといえる花の意と推すべし。

但撰集などの曲節にして、一座の俳諧のなどにはすべからず。

第十三ケ條　淡雪ノ事

右は古式に春といひ中古には冬とす。今の新式には春とすべし。(5)

以上のように、特定の有力俳人に与えた伝書や口伝では、支考はあくまで文芸としての俳諧にこだわって、具体的なのである。

式目作法といってよい内容である。

同じことは、俳壇経営の二つめの手法、行脚による夜話と連句の座にも言える。連句の座はいうまでもないが、夜話も次の如くである。

今宵理屈の論あり。「先師、柳固片荷は涼し初真瓜といへるは、初真瓜の大切なれば片荷といへるか」。法師が曰。「しからず、なにがし実相院などいへる山伏の、旦那もどりのさまなりと見て置べし」。次の夜ある人のとふ。「風雅の理屈といふはいかに」。法師曰。「風雅に理屈なし。理屈はおのれ〳〵が心の理屈なり。たとえば理屈あるものは、柳固の句を理屈に見なし、理屈なきものはたゞ其まゝに見て置なり。はいかいは心をまなぶべし。人の句をまなぶべからず。」（『東西夜話』）

ここでもやはり「理屈の論」は、例句を巡って展開されていることが確認できる。俳壇経営と直接関わる行脚の夜話でも、支考は本質論ではなく、句に関わる具体的言説を語っていたのである。

さらに注目すべきは次の文章である。

　洛　陽

うかれ出て山替するかほとゝぎす　去来

　梅津かつらの竹の子の雲　支考

六十の賀をあやかりに樽さげて　正秀

（第四〜八省略）

第一　不易の真也。しのぶ山のあとふりて、又ことかたの道たづぬといへる人の、世に住うかれたるさまも、いはゞ此句にしらるべし。

第二　其場也。（以下省略）（『東華集』[6]）

本質論では決して不易流行を口にしない支考が、ここではそれを語っているのである。これはどういうことか。本質論にないことを行脚夜話で語るということは、支考の行脚での話（出版された行脚記念集や夜話も含む）は、自己の本質論を具体的句評の次元に咀嚼したものではないことを意味する。ここにはある種の断絶があったと見てよい。

支考の経営手法の三つめは、墨直しなどの追善興行であるが、これも美濃派の組織運営上の目に見える具体的な行為であることはいうまでもないだろう。

さて以上のことを確認した上で、支考から道統を継承した三世盧元坊を見ることにしたい。

四

盧元坊は支考から美濃派道統三世を継承し、美濃派の基礎を固めるべく尽力するのであるが、彼が精力的に行ったのは地方行脚であり、追善興行、追善集の刊行である。そして彼が決して行わなかったのが、本質論の展開であり、俳論書の刊行である。

そして行脚での盧元坊は、次のようなことを語っている。まずは盧元坊聞書(7)の目次から確認しておきたい。

不易流行　曲節地　趣向句作　姿情前後　上手名人　道理〻屈　雅俗　温故知新　切字　雑発句　恋追善句　画讃発句　等類　脇　第三　四句目　筆句　挙句　月華　附句　七名八体　延句別名　繋しほり　虚実死活　見聞之法　二句一意　畳字畳語　翻転之法　附句二句之姿　附不附論　句之変化　前句のこなし　無用之用　三段案様　三句之味合　撰集之句　前句一字附　平句哉留　季移　恋句　旅句　尓留　表句裏句素春素秋　撰集　附合雑話　会式執筆　文法　点式

本稿の文脈からまず注目されるのは、不易流行が冒頭におかれていることである。『三顔合』「留別詞」でも盧元坊は積極的に不易流行を説いている。

では内容はどうか。支考の夜話と比較してみよう。

不易有、流行あり。不易にくはしきものは流行に手をはなつ事あやうく、流行にとりひろげたるものは、不易のたへなる処をしらず。**誰は流行をしり、彼は不易をしる。おほくはかたつ〱なり。**その役者あつまりて、しかして俳諧一芝居といふべし。しからば我が翁の風雅における、**ふたつのものをつばさにして、**天下に独歩せる人ならんか。（『梟日記』(8)）

不易流行

不易流行は俳諧の両翼にして何連かかたつ〱ならん。きのふ不易を捨て、けふの流行に遊ばんには、けふの流行は明日又古からん。流行〱と云て其流行の果はいかん。夫らは小哥浄留理の沙汰にして曾て我家の論にはあらず。

不　易

古池や蛙飛こむ水の音

不易にして地也。

御命講や油のやうな酒五升

景清も華見の座では七兵衛

流行にして曲也。

前者が支考、後者が廬元坊である。支考の命をうけて行脚した廬元坊は、その言説についても、見事に支考の行脚継承者としての役割を果たしているのではないだろうか。

さらに他の項目にも目を向けてみたい。この目次に並んでいるのが、本質論でも展開される支考用語であることはいうまでもないが、問題はその内容である。支考本質論の中心である「虚実」について見てみよう。

虚　実

一、虚実は一巻の変化の為也。附合にも此心得有べし。

錦の店に塩ものもない

朝起をするも一つの孝行じや

妹背の中にさへあんなうそ

前句の実に附たる所は虚に付る也。前句を動かけとも言ふ。

立仏蓮花をおりて木煡哉

河豚のすゝめに集銭講

此句論前に出たり。前句の虚を実に付る也。又北国にてこまいかくとやら壁ぬるとやらの説前の句に、

和尚の顔を頓て見る筈

めがねやらまだ小豆飯喰たがり　廬元

これらを俳諧の虚実と言ふ也。前句を虚に見て付たり。(9)

これで全文である。廬元坊は本質論を一切説かず、虚実を「附合の心得」だけに絞って説いていたのである。

さて、以上のように見てくると、廬元坊が支考の何を継承し、何を継承しなかったかはもはや明らかだろう。これまでは、難解な支考の教えを具体的に語り得た点に廬元坊の功績があると言われてきた。(10)しかし実際は、廬元坊が支考に欠けていた具体性を補足展開したのではなく、支考の本質論を切り捨て、俳壇経営者としての支考を十分継承したということだったのである。いや、廬元坊が支考の一部を切り捨てたのではない。支考自身が切り捨てさせたのである。

もちろん支考がそう明言している訳ではない。しかし、廬元坊が支考の後継者となるにあたり、行脚を最優先させたのは、他ならぬ支考の意志だったのであり、そこでの言説は今見た通りである。(11)逆に支考が廬元坊に本質論を継承させようとした形跡は全くない。事実、廬元坊は一冊の俳論も刊行せず、本質論も展開しない。これらの事実から、支考の二つの側面における特徴が全くの偶然で、道統継承者がこれまた偶然その一方だけを継承したなどとは到底考えられないのである。支考自身が、本質論を説くことと、美濃派を発展存続させるために必要なことを意識的に使い分けていたのであり、全国展開した美濃派道統の役割が何であるかを、はっきりと意識していたのだ。そして道統継承者である廬元坊もそれを十分に自覚していたと考えざるを得ないのである。

例えば、もし支考が、自分の本質論の継承を道統継承者に強く望んだのであれば、道統にだけ『俳諧十論』を講義し、口伝を与えるという方法もあったはずである。しかし実際は、十論講も『為弁抄』も一般公開された。その十論講を廬元坊が引き継いだということもない。それどころか、廬元坊は、汻虹（画一庵）に『俳諧十論』の講義を依頼されたにもかかわらず、それを断っているのである。

むかし我師廬元房、奥羽行脚の駕を画一庵にとゞめし時、我党に十論の講習を窺いけるに、師の曰、十論は本文の明なる、伝といゝ解といゝ、まして為弁抄の委曲なる、今さらに言の加ふべきなし。若シ熟読して会セざる所あらバ前輩に衆議すべしとなり。

此言深意あり。畢竟ハ十論をよますべき為なれバと我党衆議して例の紙筆をつゐやすもの若干におよべり。

（『俳諧十論衆議』序[12]）

汻虹は廬元坊の拒否について、師の深い思いやりだと言っているが、どうだろうか。今更付け加えるべきものはないという廬元坊の言葉は、正直なところだったのではないだろうか。支考自身による「伝」、「解」、『為弁抄』といった公開された解説以上のものを、廬元坊は持っていなかったのではないだろうか。

それに対して、乙語の次の文章は、道統廬元坊の役割を象徴的に語っている。

二十四歳ノ比、白馬ノ十論出板シテ是ヲ見ルヨリ、兼テ思ヒヨリタルニ符合シテ言〻皆心ニ透通シタルニ、又為弁抄・古今抄並ニ出板シ、同ジク和漢文操・本朝文鑑ニ益道ヲ修シ得テ、終ニ独学ニ俳諧ノ理ヲ窮尽シヌ、サレドモ曲節地ノ三昧未ダ至ラザル所アル故ニ、廬元坊ニタヨリテ又曲節地ノ句躰ヲ知リ、附合ノ死活ヲ得、姿情ノ先後ヲ弁ズ。[13]

出版された『俳諧十論』を読んで得心するところがあった。続いて『為弁抄』『俳諧古今抄』なども読み俳諧の理を極めた。しかし残すところがあって廬元坊の教えを乞うたというのである。汻虹と違い乙語が求めたのは「曲節地」「附合ノ死活」「姿情ノ先後」。いずれも先の聞書に項目としてあがっている。似た内容だったと見ていいだろう。乙語は公開された本質論は自ら極めた上で、直接教えを受けなければならない句作上の具体的事柄についていて、廬元坊から指導を受けたのである。

五

次に道統四世、五竹坊についても見ておきたい。事情は盧元坊と同じである。五竹坊も、盧元坊の後を継ぎ地方行脚を行い、追善集を刊行した。そして「五竹坊ほど、門人の聞書の多い人は少ないと思われるが、それは、彼の句評添削の才が門下を納得させたことを意味する(14)」とされる五竹坊の聞書は次の如くである。

道理と理屈を論じ給ふとて
　なま長い諷誦に談義の隙を取
　　こたへ〳〵た空がばらつく
此句付たるやうなれども甚理屈なり。
　　下駄の入る程降はせなんだ
同じあんばいなれども是道理なり。（『十二夜話(15)』）

五竹坊もやはり「道理と理屈」を本質論としてではなく、句評として語っているのである。五竹坊聞書は、支考の伝書や夜話、盧元坊聞書の系譜に見事に連なるといっていいだろう。なお鈴木勝忠は、五竹坊の聞書を整理した上で、次のように述べている。

　彼の評全般を通じて感じられるのは、付合を重んじ、三句の渡りを忘れず、助詞助動詞の使用に細心の留意をしていること、それは、当然、前句の解釈——読みの深さに連なると思うのだが、それを具体的に説明し得たことにあると思う。支考の俳論が、五竹坊の出現によって、その作品の実行に裏付けされた。この理論と実践の融和の姿を、彼の指導の場において、はっきりと認めなければならない。(16)

支考自身にも具体的言説があったことは先に述べた通りだが、道統の役割という点で、正当な評価だと言える。つまり、地方行脚する支考自身がそうだったように、抽象的で難解な本質論を具体的句評のレベルで語って見せること、これが道統継承者の役割だったのである。

さて、以上をひとまずまとめてみよう。

支考には俳諧を思想ととらえ、その本質を抽象的に語る側面と、美濃派という組織運営上有効な活動（伝授・行脚等）を通して、文芸作品に限定した俳諧を具体的に語る側面がある。道統を継承した盧元坊や五竹坊は、俳諧指導において、前者は継承せず、後者を十分に受け継いだのである。

では前者は一体どうなったのか。道統継承者の役割が、支考自身も意図したものであるとするならば、支考は自己の本質論の継承を断念したのだろうか。もちろんありえない。既に述べたように、支考は『俳諧十論』に代表される俳論を次々と刊行し、多くの俳人に向けて積極的にそれを語っていたのである。ということは、支考はその不特定多数の俳人の中から、本質論を継承する者が現れるのを期待していたと考えられるのである。

ここに浮かび上がってくるのが、もう一つの美濃派、いわゆる傍流美濃派と呼ばれる俳人たちである。彼らは道統同様、行脚や俳諧伝授で勢力を拡張した。しかし決定的な違いがある。それは彼らが『俳諧十論』を講義した、つまり、支考の本質論の注釈を積極的に行ったという点である。二人ほど取り上げてみたい。

まずは安楽坊春波。彼については大内初夫『近世九州俳壇史の研究』に詳しい。

六

元文初年筑紫において全く局所的な点の存在に過ぎなかった美濃派をして、線から面への一大勢力たらしめたのは、まさに前掲書（『蝶のむれ』『笈塵集』――引用者注）に指摘するように安楽坊春波の十年余りに及ぶ九州行脚の成果であった。

その際春波は芭蕉翁三世を名乗り「『俳諧十論』を講釈したり、獅子門秘蔵の要語として『金毛伝』などを伝授」したという。芭蕉翁三世というのは、芭蕉―支考―春波ということだが、それはつまり「道統を継承している美濃派と全く無関係の（略）傍流獅子門」ということである。

この春波は、伊勢山田で支考の十論講を聴講したと自ら述べている。

『十論』の梓行は享保四己亥年也。猶其時も伊勢に住居ありて、子丑両年山田におひて『十論』の御演説は三ケ所にてありしこと、予を先として上之郷連中は山田八日市場町横橋の閑居において、梅花仏の御膝下に侍座して『十論』を聴聞し口訣相伝せり。同席同学の人、桃如・森枝其余あまた活残るなり。右梅花仏に謁し奉りて『十論』を面授せし事北野天神幷祖翁梅花仏御照覧也。（『誹諧さゝめごと』）[17]

後にこの時の筆記を基に『俳諧十論発蒙』が春渚によって纏められるのだが、春波自身その俳諧活動において、支考から直接『俳諧十論』の講義を受けたことを誇示していたのである。

七

さてもう一人は玄武坊である。彼は始め宗瑞に師事したが、のち獅子門四世を名乗った。芭蕉―支考―盧元坊―玄武坊である。この玄武坊が美濃派普及に果たした役割は非常に大きい。例えば、酒田美濃派の基礎を作ったのは玄武坊である。(18)

天明五年、玄武坊は酒田の百合坊（以文）を訪ね、「十数日を同家ですごし、日夜俳論をたたかわせ、すっかり玄武坊に心酔した以文は、同好の士をあつめては句会を催し玄師の教えを乞うたという」(19)。その後玄武坊は百合坊に、文台、三頫図を伝授するが、これらはもちろん支考や盧元坊から伝来したものではない。また、酒田美濃派宗匠には代々『二十五箇条』が伝授されているが、これも支考が越後の鷺洲・此柱に与えたものを、江西坊経由で手に入れた玄武坊が、百合坊に伝授したものである。(20)

また同じ山形県金山町の西田李英も、玄武坊から俳諧伝授と羽長坊の号を授かっている。羽長坊には俳論『鶖山夜話』、『十論解』(21)があり、先に見た『俳諧十論衆議』の著者汴虹とも交流があった。汴虹も北は秋田から南は九州まで行脚し、『俳諧十論衆議』の他にも『俳諧衆議』、『鑑草』(22)などを著し、興味深い動きをしている。注目すべきは、彼らの共通の関心事として、支考の本質論があったことであり、彼らはそれを積極的に理解、展開しようとしていたことである。

さて玄武坊であるが、彼は支考創始の仮名詩を引き継ぎ、和詩を創作した。(23)そして支考同様俳論書も刊行した。『一茶百話』である。

さて又虚に居て実にあそぶとは、虚は応無所住也。実は而生其心也。是則禅には六祖の悟入のはじめと聞べし。金剛経の文にして翁祖二師の一門建立の大元根本とするべし。(24)

支考の本質論同様、抽象的文言が並んでいる。事実玄武坊は「俳諧指南所十論講釈の看板をかけ、人を誘」っていたという。(25)彼も積極的に『俳諧十論』を講釈していたのであり、それが人々の興味を惹くものであると考えていたのである。そしてそれは盧元坊や五竹坊と違って、抽象的な支考の本質論をそのまま抽象的なレベルで語るものだったのである。

ところで玄武坊には、俳論ともいえる内容をもつ書簡が多数残されているが、中でも注目すべきは「奥羽文通」と呼ばれるものである。その中に次のような一節がある。

一、俳諧ハ何の為にする事ぞと問ふ時に、俗談平話を正さんが為也と、是則風雅の雅の字の心なり。口伝我祖の詩にも俳諧ハならでもあるべし、世情に和せず、人情ニ達せざる、是を無風雅第一の人といふべしといましめ申され候。爰が今日の俳諧の道とする所にて御座候。東花坊廿八歳より六十五歳迄四十年の著述ハ皆其事にて御座候。(26)

ここには本書でこれまで見てきた支考俳論の本質が凝縮されている。もちろん『二十五箇条』と『続五論』を読めばこれらのことが書いてある。しかし他に誰が、支考俳論の膨大な記述の中からこれらを取り出し、支考四十年にわたる著作全ての根本にこの俳諧観があると断言できるだろう。

もちろん玄武坊や春波が、どれほど正確に支考の本質論を継承したかについては、個別かつ詳細に検証しなければならない。しかし少なくともここに、支考の本質論の継承展開の系譜を見ることができるのである。それが正当な道統継承者でない者の、勢力拡大の手段という面があるとしても、である。

八

支考は俳壇経営上必要な伝授内容と、自らが切り開いた蕉風俳諧の本質論とを分けて考えていた。前者は、道統、地方宗匠に伝授され、後者は、出版、講義という形で広く公開されていた。その意味で支考は、自分の俳諧本質論が道統継承者や地方の有力宗匠に受け継がれることを、ある意味諦めていたのである。美濃派発展存続のためだ。そして本質論継承の方は、言ってみれば、それに触れた全ての俳人に期待していたのである。このような支考の戦略によって、美濃派は、正当道統継承者の系譜と、傍流美濃派の系譜という二つの流れを持つことになった。このことは俳諧史を考えるとき、決して看過できる問題ではない。というのは、このあり方が、そのまま蕉風復興運動のあり方へと繋がって行くからである。田中道雄は次のように述べている。(27)

この蕉風復興運動で熱っぽい推進役を担ったのは、右の都市系俳壇の人々でも、美濃派でも伊勢派でもなかった。いわば、美濃派や伊勢派の傍流ともいうべき人々が主体で、どちらかというと、伊勢派の色が濃い。

さらにその中心課題についても、田中は次のように指摘している。(28)

このように考えてくると、「情」乃至「人情」の追求が、復興運動の中心的課題であった、という理解に導かれる。

道統は道統で、あくまで組織の存続発展に励む。ここからは決して「情」「人情」の追求といったテーマは出てこない。その一方で、支考の本質論の延長線上に、つまり傍流の流れの上に、新たな運動の波が起こってくる。もちろん支考の本質論、俳諧観がそのまま継承される必要はない。時代の思想的背景の問題もあるし、個々の俳人の問題もあるだろう。しかしながら重要なのは、「諷諫」「世情の人和」を俳論の中心に置く二柳[29]が出、心の俳諧を説く麦水、支考の伝書を多く伝え平淡な句をよくした闌更、蝶夢が出て来て、それぞれの俳諧本質論を展開できるような土壌が、支考によって切り開かれ、傍流美濃派によって培われたという点である。

美濃派は、この二つの流れが相補って俳諧史に大きな影響を与えながら、今日まで存続することとなったのである。

注

（1）『風雅論』（前掲）。
（2）小瀬渺美『俳文学諸考』（昭和五十九年六月　芸風書院）など参照。
（3）注2に「蕉風俳諧の伝播者、俳壇統合者としての支考は、例えば蘇守・山隣の争いも、俳諧上の意見の対立、君子の争いであるという対応で、金沢俳壇の組織化とその拡大の基盤とするために、蘇守・山隣の両名を「鎮北の師」と位置づけることによって融和をはかったものである」という指摘がある。もちろん、行脚、文通などによる指導等、様々なバックアップは行う。例えば田中道雄の教示によれば、佐賀美濃派では立机の際に美濃派道統が允許を与えていたという。
（4）引用は個人蔵による。なお「梅林舎俳諧道統」によれば、由利美濃派の祖英義は、支考から三類図と『俳諧如省式』を伝授されている。
（5）『道統伝授貳拾五箇條』所収の「口伝書」（河野美術館蔵）。

（6）引用は、愛知県立大学図書館蔵の版本（027/124/1）による。
（7）『俳諧獅子門聞書』（岐阜県図書館蔵）。なお本書は小瀬渺美によって五竹坊聞書として翻刻解説されている（「聖徳学園岐阜教育大学紀要」八・九号　昭和五十六年九月・五十七年九月）が、他の伝本から見て盧元坊聞書と見るべきである。
（8）引用は早稲田大学図書館蔵の版本（文庫31/A1943）による。
（9）引用は鈴木勝忠『翻刻　俳諧伝書集』（前掲）による。ただし最終行の「空実」は他の伝本により「虚実」とした。
（10）この聞書も「支考伝のように面倒でなく、分り易いところに盧元の指導性が見出される」と解説されている（『酒田市立光丘文庫俳書解題』（国文学研究資料館編　昭和五十八年一月　明治書院）。「支考伝」とは本稿で言う本質論と考えていいだろう。
（11）『秘文』（光丘文庫蔵）所収の「盧元師風話公文通」で盧元坊は、筑紫行脚の時、支考から『白馬経』・『一字録』・『茶話禅』・『六一経』のおおむねを伝授されたと述べているが、これらも支考が俳論中で紹介するそのままではなく、具体的な内容だったと考えられる。
（12）引用は『新潟県史　資料編十一』（昭和五十八年三月）による。ただし、濁点、読点を私に補った。
（13）「熊城逗留中諸国江書状遺ス姓名扣写」の「外附」。引用は大内初夫『近世九州俳壇史の研究』（昭和五十八年十二月　九州大学出版会）による。
（14）鈴木勝忠「五竹坊琴左」（『近世文学論叢』（前掲）『近世俳諧史の基層』（前掲）所収）。
（15）引用は『続俳諧論集』（前掲）による。
（16）注14に同じ。なお鈴木は、支考が本質論で展開する姿情論を季に絞り、初心者用に季語を解説した『姿情弁』を紹介しているが、これも盧元坊が虚実を「附合の心得」に絞って説いたのと同様の行為であると考えられる。
（17）引用は野田千平『近世東海俳壇の研究』（前掲）による。
（18）鶴岡へはそれ以前にも盧元坊や以哉坊が来遊していたが、酒田美濃派は、玄武坊に師事した百合坊を祖とする（『酒田市史改訂版　上巻』昭和六十二年三月）。なお武長光朗「酒田の俳諧雑考」（『方寸』八号　昭和六十三年十一月）によれば、百合坊の過去帳には「獅子門五世」とある。
（19）注18「酒田の俳諧雑考」。
（20）『酒田市史　史料篇第七集』（昭和五十二年三月）所収『俳諧二十五ケ條』の巻末」による。
（21）『金山町史　通史編』（昭和六十三年三月）は『俳諧人物便覧』にあげる「十輪解」を「十論解」の誤りであるとする。羽長坊の追善集『さつきの夢』に「文筆の自在に至りては為弁抄の解」とあることから考えて首肯しうる。
(22)『俳諧古今抄』をもとにしたもので、さらに羽長坊がこれに注した『増補俳諧鑑草略註』もある。
(23)没後『玄武庵和詩集』『白山和詩集』が刊行されている。
(24)引用は早稲田大学図書館蔵の版本（へ5/1985）による。
(25)荻野清「玄武坊の伝」(「ひむろ」昭和十年二月)。
(26)引用は『酒田市史　資料篇第七集』による。ただし、濁点、読点を私に補った。
(27)『蕉風復興運動と蕪村』(前掲)。
(28)「捨子と蕉門俳諧」(前掲)
(29)田中道雄「二柳の俳論」(大谷篤蔵編『近世大阪芸文叢談』昭和四十八年三月）参照。

おわりに――芭蕉の正統、そして俳諧の正統へ

本書の目的は、これまで衒学的であるとか空虚であるなどと批判されてきた支考俳論を、根本的に読み解き、俳論としての意味とその魅力を解明することであった。そしてそのことによって、支考は「作風に於ても人物、系統に於ても蕉風の正統を伝へるものでない」という誤解を解き、支考は芭蕉の正統を継ぐものであることを証明することであった。さらに本書は、結果としてではあるが、もう一つの結論にたどり着いた。それは支考は、芭蕉の正統を継ぐと同時に、俳諧の正統を継いだのだということである。それはこういうことだ。

日本文学史において、俳諧が初めて登場するのは、『古今集』の誹諧歌である。そしてそれに明確な概念規定を行ったのは清輔『奥義抄』である。清輔は、「俳諧」は、司馬遷『史記』によって肯定的な意味を与えられた「滑稽」の精神と同義であると規定した。この清輔の俳諧釈義は、後世にまで受け継がれることになった。俳諧史上、このことの意味を最初に深く捉えたのは、談林の俳人たち、とりわけ岡西惟中であった。

俳諧といふは、たはぶれたること葉の、ひやうふつと口よりながれ出て、人の耳をよろこばしめ、人をしてかたりわらわしむるのこゝろをいふなり。

一、俳諧といふこゝろ、もろこしの書には、『史記』『荘子』のこゝろなり。(『俳諧蒙求』)

これが、清輔の規定した「俳諧＝滑稽の精神」を受け継ぐものであることは明らかであろう。惟中はそれに通

じるものとして、『荘子』の思想を拠り所とした。そしてこう断言する。

　俳諧なんぞ。荘周がいへらく、滑稽なり。とはなんぞ、是なるを非とし、非なるを是とし、実を虚になし、虚を実になせる、一時の寓言をいふならんかし。荒木田のなにがし、この心を得たり。西山の翁、そのみちをまなび得たり。

西山の翁、すなわち宗因も「すいた事してあそぶにはしかじ」（『阿蘭陀丸二番船』）と記している。

このように見れば、悪ふざけが過ぎ、文学性の高い作品を作り出せなかったとして評価の低い談林俳諧は、ほんとうはそうではなくて、清輔以来の俳諧概念を継承しつつ『荘子』を拠り所として形成されたものであり、その意味で、俳諧の正統であると考えることができるのではないだろうか。少なくとも芭蕉はそれを見抜いていた。それを示したのが、「上に宗因なくむば、我〳〵がはいかい、今以貞徳が涎《よだ》れをねぶ（ら）るべし。宗因は此道の中興開山也」（『去来抄』）という芭蕉の言葉である。談林同様『荘子』に傾倒した芭蕉は、思想的にも実作的にも、この談林が継承した俳諧の正統を、さらに深化させて継承したと言ってよいだろう。

以上のように考えてくれば、その芭蕉の俳諧の本質を「心の俳諧」であると看破し、俳諧史を『史記』「滑稽列伝」以来の〈俳の精神史〉として描いて見せた支考もまた、清輔以来の俳諧概念の正統な継承者であるということになる。本書の冒頭で、支考を正しく理解することが、芭蕉を理解することであり、さらには「俳諧とは何か」を理解することでもあると述べたのは、このような意味においてであった。

さらにそれは、従来の俳諧史の再構築を迫るものでもある。従来の俳諧史は、近世中後期の美濃派の作品や月並俳諧を、文学的に芭蕉に遠く及ばないものとして否定してきた。しかし支考の俳諧本質論をおいてみると、それらは、全く違った価値を帯びてくる。

今でも年賀状やちょっとした挨拶に自分の俳句を添える人が多い。彼らは文字通り趣味で俳句を嗜んでいるのであり、もちろん良い句を作ろうとしてはいるものの、第一義的な目的は、日常生活において、仲間とともに俳句を詠むことそれ自体の楽しみである。彼らの年賀状俳句を、芭蕉に遠く及ばないとして否定することの不当さはいうまでもないであろう。近世中期以降爆発的に増えた俳人とその作品も、同様のものと見る事が出来る。彼らもまた、日々の生活を豊かにするものとして、俳諧という表現活動それ自体を楽しんでいたのである。そのような裾野があって蕪村や一茶が登場したのであり、問うべきは、狭い意味での文学性ではなく、そのような人々に生きる力を与えた俳諧とは、具体的にどのようなものであったかということである。

実は同様の指摘は、はやく鈴木勝忠（『俳諧史要』）によって既になされている。

従来の俳諧史は、ともすれば、権威典型としての芭蕉を頂点に据え、印象批評的に同系の素人俳人を中心とした列伝集成形式をとり、また、連歌から俳諧へ、あるいは談林から蕉風へというように、直線的単一的な図式として扱われて来た。貞門や談林は、蕉風成立のためにのみ存在し、江戸座点取りは、享保闇黒時代と定められるのであるが、（略）特異な面のみを頂点的に抽出するだけでは、俳諧史の総体はとらえられず、次の世代への必然を考えることも不十分であろう。史とは、常に重層的な実態をもつものなのである。

私は本書において、何も支考だけが芭蕉の、そして俳諧の正統を継いだと言いたい訳ではない。鈴木の言うように、「史とは、常に重層的な実態をもつもの」なのだとすれば、そのような俳諧史を私たちは構想すべきであり、支考俳論はそれ自体魅力的な俳諧の本質論であると同時に、そのような重層的な俳諧史構築のための重要な視点を提供してくれると言いたいのである。

俳諧を狭い意味での文学の一ジャンルに限定せず、発想・認識・表現・考え方・心のあり方・生き方、すなわち思想として基礎付けようとする支考の試みを受け入れられるかどうか。それが現代の私たちに問われている、俳諧の側からの問いなのである。もしそれを俳諧からの逸脱と見なすならば、私たちの俳諧史、文学史は、清輔や惟中や芭蕉や支考らが見ていた俳諧の可能性に比して、ひどく痩せたものであると言わざるをえない。俳諧を狭い意味での文学至上主義、頂点中心主義から解放し、普通の人々が日常生活を生きることに意味を与え、人生を豊かにする力をもった思想、文化活動として、裾野の視点から俳諧史を再構築してみせること、それが思想として俳諧を捉え直すということである。それはさらに、最近諸分野で注目されている、近世と近代の境目をどう考えるかという問題、そして田中道雄が提唱した、世界文学史としての俳諧の普遍性をも視野に入れるということにもなるだろう。

最後に。俳諧をそのようなものと説いた支考自身の俳諧活動は、支考に生きる意味と力を与えたのだろうか。もちろんそうに違いない。生前から約三百年にわたって偏見にさらされ続けた支考。それにも関わらず挑戦し続けた支考。そんな支考を突き動かしていたのは、他ならぬ芭蕉への愛だったのだと思う。

支考は純粋に芭蕉を愛し、俳諧を愛していた。

そしてもう一つ。

支考は自由になりたかったのだと思う。

初出一覧

本書は関西学院大学に提出した学位請求論文（平成二十八年二月二十六日　博士（文学）授与）をもとに、全面的に加筆修正したものである。

学位請求論文および本書のもととなった論文を左に示す。ただしこれらも、学位請求論文執筆と本書執筆に際し、大幅に加筆修正を行っている。

第Ⅰ部　支考の研究

第一章

第一節　書き下ろし

第二節　書き下ろし

第二章

第一節　支考が語る支考——芭蕉入門前（「雲雀野」二十九号　平成十九年三月）

第二節　名人と上手——支考がなろうとしたもの（「俳文学研究」三十二号　平成十一年十月）

第Ⅱ部　支考俳論の研究

第一章

第一節　書き下ろし

第二節　支考俳論の語られ方——田岡嶺雲と大西克礼（「連歌俳諧研究」百十四号　平成二十年三月）

第三節　書き下ろし

第二章

第一節

第一項　書き下ろし

第二項　支考虚実論の試み――豊かな俳諧史をめざして――（「雅俗」六号　平成十一年一月）

第三項　支考の「虚実の虚実」という言い方（「国語年誌」十二号　平成五年十一月）

第二節　支考の方法――支考俳論用語〈先後〉――（「連歌俳諧研究」第八十四号　平成五年三月）

第三節　支考俳論の特質――「諷諫」という滑稽釈義（「国文論叢」二十一号　平成六年三月）

第四節　二つの時宜――支考と御杖の表現理論（「近世文芸」七十一号　平成十二年一月）

第五節　社会と対峙する「我」から世法を生きる「心」、そして私生活を楽しむ「自己」へ（『近世文学史研究　第二巻　十八世紀の文学』平成二十九年六月　ぺりかん社）

第三章　蝶夢と支考――俳諧における「まことの心」の系譜――（「国語と国文学」八十八巻五号　平成二十三年五月）

第Ⅲ部　美濃派の研究

第一章　普及と上達のメソッド――支考の指導法（堀切実編『近世文学研究の新展開――俳諧と小説』平成十六年二月　ぺりかん社）

第二章　席巻する美濃派――支考とつながりの感覚（「国文学　解釈と教材の研究」四十八巻八号　平成十五年七月）

第三章　美濃派の継承と断絶――何を伝え何を伝えなかったか（「連歌俳諧研究」一〇三号　平成十四年八月）

あとがき

私が大学院に入学し、堀信夫先生のもとで俳諧の研究を始めることになったとき、先生はこうおっしゃった。

「僕に遠慮しないで、君が行きたいところにはどこでも行くようにね」

そして今に至るまで、堀先生が研究のことについて私におっしゃったのは、この一つだけである。学会発表しなさいだとか、論文を書きなさいだとか、このテーマにしなさいとか、学位を取りなさいだとか、その類のことは一切おっしゃらなかった。ただいつでもどこでも、きちんと私のことを見ていて下さり、私の方から何か質問すると、たちどころに思いも寄らなかった視点からの的確なアドバイスを下さった。生来なまけものの私は、そのような先生に甘えに甘え、じつにぐずぐずと研究を続けてきた。本書を書き上げるのに、二十年以上もかかったのである。呆れるほかないが、やはり私には、それだけの時間がどうしても必要だったのだと、思う。その間、いらだちを隠し、腹立ちを抑え、気長に待って下さった先生には、心よりのお詫びと御礼を申し上げたい。

また、本書のもととなった学位請求論文の審査にあたって下さった主査の森田雅也氏、副査の北村昌幸氏、星山健氏にも御礼を申し上げたい。特に森田さんには、私が大阪俳文学研究会に入会以来、大変お世話になっている。そんな森田さんに主査をお願いできたことは、この上ない幸せだった。

その他、極めて個人的なことではあるが、何人かの「恩人」についても記しておきたい。

私が支考の研究をうまく始められたのは、故各務ヒロさんのお陰である。「先後」という言葉に注目した私は、支考の絶筆となった『論語先後鈔』を見たかった。そこで、故各務虎雄氏の奥様であったヒロさんに、思い切ってお手紙を差し上げたのである。誰からの紹介でもなく、見ず知らずの大学院生からの突然の手紙を、ヒロさんは旅行から帰ってきた日に、荷物もそのままに、読んで下さったそうだ。そしてそのとき「この人は私が助けてあげなきゃ」と強く思って下さり、すぐにお電話を下さったのだった。そして後日、私を所蔵者のところへ案内して下さった。ヒロさんは一言もおっしゃらなかったが、後から考えると、そんな簡単なことではなかったはずだ。その後も、私を「孫」のように可愛がって下さり、人にも「親戚づきあいしてるのよ」と紹介して下さった。ご所蔵の資料は惜しみなく見せて下さり、折に触れお電話も下さった。ヒロさんがいなければ、私は最初の学会発表ができなかったかも知れないし、今まで文考研究を続けてこられなかったかも知れない。

その後、秋田に職を得てからは、しばらくお会いすることはなかった。その後、現在の勤務先のある豊橋に移って、岐阜はうんと近くなった。それなのに私は忙しさにかまけて、すぐにヒロさんに会いに行かなかった。しかしその翌平成十三年、秋の学会発表の準備をしていた私は、なぜかしきりにヒロさんのことが頭に浮かぶようになった。何度も「会いたい」と思った。だから学会が終わったら報告がてら会いに行こうと思っていた。ところが、私の発表の三日前、十月十日にヒロさんは亡くなった。その前に会いにゆけばよかった。亡くなる前に御礼がいえなかった。本書を読んでもらうこともできなかった。口惜しい。

竹田青嗣さんには、哲学の文章の読み方、哲学的思考、そして生き方を教えて頂いた。私が初めて竹田さんのところに押しかけたのは、大阪花博の年、一九九〇年である。なぜそんなことを覚えているかと言えば、初めてお伺いしようとしたとき、台風で新幹線が止まり、かわりに花博に行ったからである。

阪神淡路大震災の後、気付かないうちにじわじわと虚無感に襲われていった私を救って下さったのは、現象学研究会の合宿に参加されていた加藤典洋さんだった。

初めて書いた論文が、あらゆる人たちから徹底的に否定されたとき、竹田さん以外にただひとり認めて下さったのは、やはり現研仲間の神山睦美さんだった。時間が遡るが、大学生になって自分を見失っていた私を文学、そして思想の世界に導いて下さったのは、高校の恩師、橋口丈志先生と居細工豊先生であった。

俳諧研究の方に話を戻そう。初めての学会発表以来、私は堀切先生を批判しつつ自説を展開してきた。それは、研究とは、これまでの研究の到達点を示し、それを少しでも前に進めることだと信じていたからである。その意味で私は、研究とは団体戦というか、共同作業であると思っていたし、今も思っている。だからある大御所の先生から「君はなぜ堀切さんばかりを目の敵にするのか」と叱られたとき、私は最初何を言われているのか分からなかったのである。しかし当の堀切先生は、学問に対する私の考えをよく理解して下さっていた。だから懇親会などでも親しく接して下さった。学問というものに対する信頼を、堀切先生とは共有できていると信じられたからこそ、私は安心して堀切先生を批判しながら支考の研究を進めることができた。そのことにとても感謝している。また、初めての学会発表で質問して下さって以来、折に触れてご教示を得た田中道雄先生にも御礼を申し上げたい。『蝶夢全集』の成果が本書に少しでも生かされていることを願う。

その他、多くの先生方、先達、仲間、後輩、教え子たちに、そして家族に感謝したい。

最後に、本書の出版にあたっては、ぺりかん社の小澤達哉氏に大変お世話になった。心より感謝したい。

中森康之

二〇一七年十二月三日

本書は、ＪＳＰＳ科研費 JP17HP5038の助成を受けたものである。記して謝意を表したい。

人名索引

さ

た

な

は

ま

や

ら

書名索引

た

ま

や

ら

わ

著者略歴

中森 康之（なかもり やすゆき）

1965年、奈良県生まれ。神戸大学教育学部卒。同大学院教育学研究科修士課程修了。同大学院文化学研究科博士課程単位修得退学。秋田経済法科大学短期大学部専任講師、助教授、豊橋技術科学大学助教授、准教授を経て、現在、豊橋技術科学大学教授。博士（文学）（関西学院大学）。専攻、俳諧。

［編著書］

『俳句教養講座　第二巻　俳句の詩学・美学』（共著、角川学芸出、2009年）。『21世紀日本文学ガイドブック 5　松尾芭蕉』（共著、ひつじ書房、2011年）。『蝶夢全集』（共編著、和泉書院、2013年）。『近世文学史研究　第二巻　十八世紀の文学――学び・戯れ・繋がり――』（共著、ぺりかん社、2017年）。『江戸の学問と文藝世界』（共著、森話社、2018年）など。

装訂――高麗隆彦

芭蕉《ばしょう》の正統《せいとう》を継《つ》ぎしもの

支考と美濃派の研究

Nakamori Yasuyuki©2018

2018年 2 月 28 日　初版第 1 刷発行

著　者　中森 康之

発行者　廣嶋 武人

発行所　株式会社 ぺりかん社

〒113-0033　東京都文京区本郷1-28-36

TEL 03(3814)8515

http://www.perikansha.co.jp/

印刷・製本　モリモト印刷

Printed in Japan

ISBN 978-4-8315-1503-2